遇见

中共清水河县委宣传部
清水河县文学艺术界联合会

编

远方出版社

图书在版编目（CIP）数据

遇见 / 中共清水河县委宣传部，清水河县文学艺术界联合会编. -- 呼和浩特：远方出版社，2024.6

ISBN 978-7-5555-2053-5

Ⅰ. ①遇… Ⅱ. ①中… ②清… Ⅲ. ①中国文学 – 当代文学 – 作品综合集 Ⅳ. ① I217.1

中国国家版本馆 CIP 数据核字（2024）第 090155 号

遇　见
YUJIAN

编　　者	中共清水河县委宣传部　清水河县文学艺术界联合会
封面题字	杨德明
责任编辑	蔺　洁
封面设计	李鸣真
版式设计	韩　芳
出版发行	远方出版社
社　　址	呼和浩特市乌兰察布东路 666 号　邮编 010010
电　　话	（0471）2236473 总编室　2236460 发行部
经　　销	新华书店
印　　刷	内蒙古爱信达教育印务有限责任公司
开　　本	787 毫米 ×1092 毫米　1/16
字　　数	335 千
印　　张	20.5
版　　次	2024 年 6 月第 1 版
印　　次	2024 年 6 月第 1 次印刷
标准书号	ISBN 978-7-5555-2053-5
定　　价	52.00 元

如发现印装质量问题，请与出版社联系调换

编委会

总 策 划　张科灵　陈胡日查

编委主任　吕　婧

主　　编　邢永晟

编　　委（按姓氏笔画）

李　巨　李　洁　张万圣

张瑞秀　韩宇宏　樊三毛

聚焦纯净天空下的美好生活图景

✍️ **走进作者**

书中的32位作者简介，寻迹人物风采。

📖 **有声阅读**

聆听《遇见》，邂逅秀美清水河县。

🎤 **诗歌朗诵**

诵读展示，展现清水河县文化印记。

🚩 **文联活动**

活动精彩回顾，彰显地区文化魅力。

扫码遇见

只此青绿
又见清水河

序　言

　　"清河创客"微信公众号作品集《流向大海的河》出版以后，正在犹豫不决之际，县委宣传部决定与县文联继续合作出版清水河县作家协会会员及文学爱好者作品集，这便遇见了《遇见》。

　　所谓犹豫不决，并不是否定《流向大海的河》的成绩，而是因为缺办法。好在《流向大海的河》一路奔腾向前入海，与大海一起成长，一起澎湃，一起高歌，一起光耀，光耀了文联的事业，同样也为我们找到了办法。

　　有了办法，就有了成就《遇见》的可能性。因为，清水河县根本不缺文学作品。"有事儿您说话！"只要言语一声，稿件便雪片般飘飘洒洒地飞来。我们的作者，来自全县各行各业，包括不同年龄段。上有老年人，下有青少年，人数众多，活力四射，激情无限。他们的创作热情，带给我们许多新的思考，也带给我们无穷无尽的工作热情。在编辑"清河创客"微信公众号时，偶尔也会让人感到审美疲劳甚至沮丧，但也不乏质量上乘之作。常常出现的惊喜，让人雀跃，让人心潮澎湃，也让人看到我们这支队伍的希望，看到清水河县文艺事业的振兴与希望。

　　同样，只要遇见，就有可能。奥地利哲学家马丁·布伯说，一切真正的存在皆是相遇。与相遇相比，遇见更直接、更单纯。可以说，遇见了，才会有；相反，没有遇见，就没有一切。生命里的一次次感动与美好，都来自一次次遇见。人的一生，从遇见到发现。这些发现，装点了我们五彩斑斓的生活，也装点了我们丰富多彩的人生。《诗经》里说，"邂逅相遇，适我愿兮"。茫茫人海，来来往往，能遇见，是一种缘分。遇见美酒，便有陶醉；遇见佳人，便有爱情；遇见空谷幽兰，便有心生悸动；遇见旭日初升，便有憧憬无限；遇见"晚来天欲雪"，便有"能饮一杯无"的悠闲自在。在人与人的交流中，没有遇见，就没有友谊；在事业面前，没有遇见，就没有发展。遇见伯乐，便有了千里马；遇见一份喜爱的工作，便做成了一生的事业。

创作，更不能没有遇见。在冬天，我们遇见雪的美好；在夏天，我们遇见花的芬芳；在春天，我们遇见鸟的鸣唱；在秋天，我们遇见粟的金黄。这些，都可以进入我们的作品。遇见了鲜活的农村，作品中便有了牛哞羊咩猪哼狗吠的声音；遇见了繁华的小城，作品中便有了车水马龙、霓虹闪烁的繁华；遇见了多彩的世界，作品中便有了丰富的颜色；遇见了年关，作品中便有了蒸馒头、炸油糕、杀猪菜的香味。李巨遇见了碛口，便产生了《我在碛口想你了》的思念："知不知道，小广场上／在那回眸的一瞬间／你流光样的眼神／在我心底种下倾慕／种下相思和缠绵／像闪电在云间种下雨／像多情的夕阳在西天／种下迷人的彩霞／像晨曦在艳丽的花瓣上／种下闪烁的露珠"；刘海豹遇见了文博桥，便有了不一样的感叹："文博桥是花篮的提手。在七月／提来一篮子荷池／荷叶田田，蜻蜓点水。如果／你在雨中听荷，会有一曲高山流水／缓缓流过。"张瑞秀遇见了易鸣谷，便有了"女人似乎天生对月亮有着特别的情愫，遇到你的那一秒，就知道我的心已被你融化"的感悟；李洁遇见三岔河，便有了"三岔河的冰凌／被它们急不可耐地拱开／待春风时节／流凌迫不及待要涌入黄河母亲的怀抱"的体验；刘赞功遇见了秋天，才会有《秋雨即景》的激情创作；杨玉明遇到洞儿沟，才会有《又闻篓铃声》的满满回忆。

　　遇见，促进了艺术家们的创作。因此，一直以来，县文联围绕艺术家们能够更多地遇见、更好地遇见，不断地努力着、坚持着、奋斗着。这种努力、坚持与奋斗，体现在一次次创作采风活动中，体现在一场场文艺活动中。2023年末，粗略一算，全年组织文艺家协会创作采风、文艺人才培训交流等各类活动24场次，平均每月举办2场活动。这些活动，从创作采风到文艺人才培训，从书画笔会到文艺创作座谈，从文艺宣传到对外文艺联络，各种活动丰富多彩，渗透到文联工作的方方面面，让文艺家们积累了丰富的素材，提升了文艺作品的质量。一切都是为了会员，一切都是为了创作，一切都是为了宣传全县改革开放和经济社会发展成果，一切都是为了弘扬中华优秀传统文化，一切都是为推进全县文艺事业做贡献。

　　小说部樊三毛负责小说的编辑工作，散文部李洁负责散文的编辑工作，诗歌部李巨负责诗歌的编辑工作，作协主席张瑞秀负责总体统稿，对稿件质量进行把关。希望《遇见》在遇见读者时，不会出现更多遗憾，就是万福了。

　　是为序。

编　者

2023年12月30日

目　录

1

遇見

遇見

遇见

遇见

微信扫码

☑走进作者 ☑有声阅读

☑诗歌朗诵 ☑文化活动

小说辑

邢永晟，1969年生，内蒙古呼和浩特市清水河县人。中国电影家协会会员，中国电视艺术家协会会员，内蒙古电影家协会理事，内蒙古作家协会会员。主要作品有小说、散文、戏剧影视剧本。有作品出版发表、排演拍摄、入选获奖。

黄河弯弯

一

院子里两孔石砌的老窑，坐北朝南，窑面烟熏火燎，暗淡无光，如同老年人饱经风霜的脸。破旧的双扇门脏兮兮的，散发着油腻腻的光，一对黄铜门环磨得粗细不匀，金黄铮亮。窗口装着三十六眼窗，窗眼儿上裱糊的麻纸看上去也有些年头。有的窗眼儿麻纸被捅破了，黑黢黢的。随着人们从窑门口进出，窗眼儿上破烂的麻纸随着气流一伸一伸，犹如孩子们嘴里含着吓人的"鬼舌头"。

院子里，水月蹲在奶山羊前十分麻利地挤羊奶，细细的奶水直射进奶盆，唑唑作响。李江从门里出来，手里提着一副旧叉套扔在院子里修理。柳丫将碗支过去，水月接过碗，在盆底抿了一下，抿进碗里一点儿奶水，递给柳丫。

李江提起叉套，用脚踩住绊拐，双臂发力，"啪"的一声，拉绳拉断，弹起的霉灰迎面扑来。李江用手扇着飘荡的霉灰说："啥绳子了，糟得就像面条，一拉就断。"李江说着，审视着绳子的茬口。

水月抬头看一眼李江手里的半截绳子，抖一抖手上的奶水，走进屋里抱出几副旧叉套扔在李江脚下，说："海生说这些都是前几年用过的，怕是都不能用了。"

李江蹲下重新挑选叉套。水月弯下腰拣起一副，用力扯着。李江选来选去，没选出一副好的，抬头看水月手里的那副。水月抖一抖，递过去。李江接过叉套，双手拉住背带和绊拐用力拉，拉绳"啪"地断了，弹回来的绳头抽打在他的脸颊上。李江疼得龇牙咧嘴，急忙用手捂住腮帮子。水月被逗笑了，"咯咯咯"地笑得前仰后合。李江有些生气地用手里的绳头抽打水月的屁股。

水月一本正经起来，说："让你打，让你打，你敢，你敢！"水月说着，止不住又笑。

李江抖一抖手里的半截拉绳，不甘示弱地说："你看我敢不敢，看我敢不敢！"说着，开始追打水月，水月笑着躲闪。

柳丫用碗去奶盆里舀奶水喝，无奈奶水太少，没有喝到，只在嘴边沾了一滴白白的奶滴。柳丫把碗放在地上，从羊肚子下面小心翼翼地拉出奶盆子。端起奶盆的柳丫听到这边的动静，扭头看去，结果奶盆滑落，扣在了地上。柳丫推开奶盆，地上露出白花花的奶水。柳丫用碗去舀奶水，舀不起来。柳丫看到奶山羊硕大的乳房，舔了舔干裂的嘴唇，噘起小嘴小心地凑过去。羊挪动一下后蹄，柳丫吓得退缩了。

李江没有抽打到水月，水月嬉笑着戏弄李江。李江手里的拉绳再次抽打过来，水月顺手抓住拉绳。两人争夺，拉绳"啪"地被拉断。突然，院门被推开。

李江和水月扭过头，看到站在院门口挑着绳车的绳匠。

李江先是一愣，接着认出是老绳匠，说："老绳匠，你怎么来了？"

老绳匠听了，不乐意地问："听这话，你是不愿意让我来了？"

李江说："不是不是，人们不是说你……"

老绳匠接过话茬，道："人们说我死了，对不对？我才没死呢，我活着还嫌日头短呢。"

水月问："老绳匠？哪个老绳匠？你就是那个……攒绳的老绳匠？"

老绳匠说："还能有哪个老绳匠？"

李江说："对，就是那个老绳匠。"

水月满是怀疑地低声对李江说："他怎么还活着呢？"

已经走过来的老绳匠显然听见了水月的话，放下绳车说："活着就是活着，这还有个啥原因？"

水月听了，忙解释说："不不不，老绳匠，你不要误会，我不是说你……我是说，众人都说你死了……啊……哎……不对不对，你怎么还活着？"

老绳匠说："说来说去，还不是说我死了？"

水月尴尬地往李江身边靠了靠。

李江说："老绳匠，这一年多，你去哪儿了？"

1938年秋，黄河岸边风云突变，日军和伪军在黄河东岸征集大船送大队人马过河西，得到消息的共产党秘密组织河路汉一夜之间就将喇嘛湾到雄镇之间的大小船全部放下了碛口。滞留在黄河东岸的日军和伪军找不到船，整天沿着河岸"哇啦哇啦"地叫嚷着，扰得沿河的村子鸡犬不宁。日军最后决定在黄河上架设浮桥。架浮桥要用绳子，日军找老绳匠攒绳，老绳匠不给攒，整日东躲西藏。

为了不让日军搜走绳车和绳子，老绳匠把攒绳场地从村中大榆树下迁到场面上，并将绳车和绳子埋进场面边的草垛里。场面是九缸房村的最高点，只要有人进村，狗一叫，场面上的人居高临下，就可以将情况看得清清楚楚。

这一天，梁船主打发李江出去买船上用的绳子。李江来到九缸房，赶着驴队跟着老绳匠爬上场面的坡。老绳匠和李江刚从草垛里刨出绳子，村里的狗就叫了起来。老绳匠走到场面边向下观望，发现是日军又进村了。老绳匠急忙捆好绳子，和李江抬起篓子放到驴背上说："快走，要是日本人看见这些绳子，咱们就没命了！"

夜里，老绳匠坐在李江家的炕头上，红着眼说："……那天，我是跑出去了，可女人和娃娃们都遭罪了。"老绳匠说得极慢，极伤心。

水月端上饭，给每个人盛了一碗。柳丫看到饭，从李江怀里站起来，走到炕边，等着吃。水月端着热腾腾的羊奶在炕沿边坐下来，拉过柳丫坐在自己腿上，舀起一勺羊奶用嘴吹一吹，又将勺子放进嘴里试着不烫了，才喂给柳丫。

老绳匠继续说："小野田把我的女人和娃娃们关在家里，用石头封堵门窗，白天黑夜派兵把守，不给吃不给喝。半个多月后等我得到消息时，女人和娃娃们已经被活活儿饿死了。"老绳匠说完，十分痛苦地摇着头。

水月一怔，接话道："又是日本人干的？"

李江给水月递个眼神，水月低下头继续给柳丫喂羊奶。

老绳匠又伤心地絮叨起来："恶毒的小野田，人死了也不放过。他撂下狠话，谁要是敢拆开门窗上的石头进去收尸，就把谁丢进黄河喂鱼。现在，我可怜的女人和娃娃们还被封在家里。我这次出来，就是收留一些旧账，给他们装口像样的棺材，也好让他们尽早安息。"

李江劝道："人死不能复活，你不要太难过了。"

水月叹口气，说："日本人过了河西，也不知河西怎么样了……"

水月正说着，李江拉了一下水月的衣角。水月没有继续说下去，对老绳匠劝道："老绳匠，快吃饭吧，人已经殁了，你再伤心他们也活不过来了，过去的就让它过去吧。"

老绳匠突然捂着脸抽抽咽咽地哭起来，十分痛苦地说："心病难医，哪是说过去就能过得去的？"

水月也忍不住用手擦拭着眼泪。柳丫张着嘴等不上水月喂饭，扭头看着老绳匠捂着脸哭。

老绳匠擦一把眼泪，端起酒杯说："媳妇，娃娃们，我不会让你们白死的，我一定要找到小野田给你们报仇！"说完，痛苦地将酒一饮而尽。

第二天天刚亮，老绳匠就跟着李江去找梁船主要绳钱。踏进梁船主家门时，梁船主正躺在炕上抽大烟。李江和老绳匠说明来意，梁船主并不接话，只顾贪婪地抽大烟。

梁船主过足了烟瘾，享受地呼出一口气，才慢腾腾地说："要钱，你跟李江要去。"

老绳匠说："梁船主，李江说绳子是你使唤了……"

梁船主看一眼李江，说："对，绳子是我使唤了，可绳子是李江跟你赊的，谁赊的，你问谁要。"

老绳匠急了，说："梁船主，你这不是撂白话吗？"

梁船主说："我不想跟你说话，你让李江说。"

李江抬起头，说："梁船主，我借你的钱，能不能宽限几天？先把老绳匠的钱还了，他有急事。"

梁船主说："老绳匠，听清没有？绳子是我用了，可这兵荒马乱的，每个人的脑袋都在裤腰带上别着，说丢就丢了。这么长时间没人来要账，又听说你老绳匠早就让日本人砍了脑袋。李江缺钱花，我就把钱借给他了。凭啥借给他？还不是有你的绳钱吗。说白了，你的绳钱其实早让李江使唤了。你老绳匠要绳钱，李江就得把借我的钱还回来。"

老绳匠看一眼李江，说："李江他现在手头不是没钱吗。"

梁船主说："老绳匠，你我共事也不是一天两天了，你也知道我梁山的为人，我是从来不欠人钱的。在我名下，没钱就是砸锅卖铁我梁山也不说二话；不在我名下，我梁山还真没吃过这个亏。你今天来，是想赖我还是怎的？以后咱们弟兄还共不共事了？"

梁船主说着，声音突然变得严厉起来。

老绳匠听了，忙说："不不不，不关你梁船主的事，李江拿了我的绳子，我和李江结算。"

李江没钱，老绳匠有家不能回，只好在李江家里住下来，等着李江还钱。老绳匠是勤快人，闲下来坐不住，每天帮李江家里做些杂七杂八的营生。

早上起来，李江抱出一堆河路汉们穿的旧衣服和他们用过的东西，倒在院子里，和老绳匠一起整理。

老绳匠蹲在地上，给李江一边修叉套一边说："世上三样苦，拉纤打铁磨豆腐！你不在河西种地刨闹口吃的，怎么就想起来到我们这儿吃跑河路的饭了？"

李江只顾低头忙，不答话。

老绳匠又说："要想让船走，一步一叩首，河路汉这口饭可不好吃哩！"

李江看一眼坐在地上玩儿的柳丫，说："孩子小，我和水月都年轻，出来闯一闯，想过一过不一样的生活。"

老绳匠说："你们白云岭那地方不赖，树多，土地也挺肥的。我小时候跟上我爹攒绳时去过。"

李江没有接老绳匠的话，说："开河上船前，我会想办法还你钱的，实在还不上，我就偷偷地回一趟白云岭。"

老绳匠不解，抬起头问："为啥要偷偷回去？"老绳匠说着，提起修好的叉套递给李江。

水月看李江答不上来，从门口走过来解释说："这不是快要上船了，上船前，梁船主是不允许河路汉们出远门的。"

二

黄河说开就开了，气势磅礴，浊浪排空，经过一个冬天的蛰伏，此时变得分外活跃，杀气腾腾，如同万马奔腾，滚滚向南奔流。前几天河面上还漂浮着明灿灿的冰块，此时一块冰也看不见了。天气还没有完全热起来，河风一吹，让人浑身冷飕飕的，不由得裹紧衣服。偶尔有下游上行的大船过来，走在刺骨冰水里的河路汉们把号子喊得震天响，仿佛这样就能逼退寒冷，让自己冻麻木的双腿恢复知觉。

李江实在没有想到，梁船主的船队走得这么急，急得甚至自己没能与老绳匠告别。老绳匠在李江家里闲着没事干，就转附近的村子收麻去了。老绳匠准备住下来，一边攒绳，一边等着李江还钱。海生来喊李江跑船的时候，老绳匠正好不在家。

李江对海生说："我走了，老绳匠的绳钱怎么办？"

海生说："你不走，莫非就能还上绳钱了？"

杨柳清码头站了不少人，熙熙攘攘，有的看热闹，有的为河路汉们送行。孩子们在人群里打打闹闹，惹得梁船主不断地呵斥："谁家的娃娃了也不管管？不怕崩断搂头绳掉进河里淹死！"

梁船主的十几条船已全部从旱滩起进河里，五站船、七站船、高帮船、长船，一字排开，整装待发。河路汉们在码头和各船之间忙碌着，有的整理纤绳，有的往船上搬运生活用品。

岸边攒起的泥土堆上香烟袅袅升起的时候，人们知道船队就要起航了。

梁船主领着各船的老艄从码头上走下来，走向头船，几十个河路汉也跟过去。李江手里提着叉套气喘吁吁地跑过来，海生将手里燃着的香分给李江一些。梁船主和老艄上了香，又点燃黄表纸敬河神。河路汉们也纷纷跟着上香跪拜，河岸上立时黑压压跪倒一片。众人拜毕起身，纷纷回到各自船下，宽衣解带，露出被冬天捂得白白的散发着热气的身体，或高或矮，但都十分结实健壮。河路汉们将衣服扔上船，背起冷冰冰的叉套，按照背头绳、二把东、三把东、处处、揽后绳的先后顺序沿着缆绳前后排开，"啪嗒……啪嗒"将绊拐挂在纤绳上。河路汉们挂好绊拐，又突然退后，等绊拐打开掉落，再重新挂好，等着开船。绊拐是叉套上的一个应急小机关，系在叉套拉绳末端。叉套与纤绳由绊拐连接。在拉船的过程中，当遇到大船在激流中遇到倒跑危险时，河路汉只要向后松动叉套，绊拐就会自动与纤绳断开，不会让失控的大船将河路汉倒拉进河中。此时，河路汉们试验绊拐的灵活性，就是在模拟僵了船时如何能更加有效地保命。

梁船主登上头船，老艄们也都回到各自的船前。梁船主似一位统领大军亲征的将军，登上高高的船头，回望一眼后面排成长龙的十几条大船，尖着嗓子喊："起船了——"

河路汉们整齐而洪亮地跟着回应道："嘿哟！"

头船上的河路汉已经握住纤绳，向前弓着身子，纤绳紧绷。河岸上的人们不再说话，孩子们也不再追打，人们屏住呼吸，都在庄严肃穆地等待着这个关键时刻的到来。

头船的老艄起锚，登上船头。

老艄喊："弟兄们，喝起来——"

头船的河路汉们发力拉船，应答道："嘿哟。"

老艄喊："嘿哟——"

河路汉们应答："嘿哟。"

老艄喊："嘿哟——"

河路汉们应答："嘿哟。"

头船在老艄和河路汉们的"嘿哟"声中开始晃动，幅度越来越大，如同一只受伤的肥鹅艰难地在水中挣扎。接着，大船前后摇晃，缓缓离岸，向前游走。

等到头船的速度提升起来，老艄唱起了船歌。

老艄唱："万古行船水上漂哟——"

河路汉们应和："嘿哟。"

老艄唱："今天离家啥时回哟——"

河路汉们应和："嘿哟。"

老艄唱："留下妹子好可怜哟——"

河路汉们应和："嘿哟。"

老艄唱："妹子天天望穿眼哟——"

河路汉们应和："嘿哟。"

老艄唱："哥哥在外好牵挂哟——"

河路汉们应和："嘿哟。"

…………

河路汉们有节奏地拉着船走着，头船在浊浪中由慢及快，劈波斩浪，逆流而上。

众人划桨开大船。接着，二船、三船、四船、五船……在各船老艄和河路汉们的吆喝声中纷纷离岸。满河的号子声，有粗有细，五花八门，伴随着浑浊的河水漂向远方。老艄们现编现唱，看见什么唱什么，有的触景生情唱离愁，有的想起拉船的苦唱生活艰难，有的唱家里穷困娶不上媳妇，有的唱向往的幸福生活，还有的拿码头上的熟人取笑，唱一些荤话混话。霎时间，满河的船，满河的歌，热闹非凡，随波沸腾。

河路汉们弯腰发力，如同弓虾，在肌肉的张弛间，每踩一步下去，就如同一根铁桩打进河水里、烂泥里或岩石上，坚定而有力。他们带着家人的希望，带着家人的牵挂，带着对前路的未知和渺茫，离开码头，离开杨柳清，渐行渐远，把抹着眼泪的女人们远远地丢在码头上……

老绳匠收麻回来，得知李江跑河路走了，问水月："李江走了，他欠我的绳钱怎么办？"

水月说："我不知道。"

老绳匠又问："李江啥时候回来？"

水月又说："我不知道。"

老绳匠听了，有些生气，说："你怎么能不知道？"

水月说："我真的不知道，上包头，用不了多长时间，要是进后套，走的时间就长一些，要是再遇上短盘货，那就更没有日期了。"

老绳匠说："李江这不是躲我吗！他走了，我的绳钱怎么办？"

水月解释说："他不是躲你。"

老绳匠说："不是躲我，怎么就趁我不在的时候偷偷走了？"

水月说："码头上的人都看见了，他不是偷偷走的。"

老绳匠气更大了，说："明明是趁我收麻不在的时候偷偷走了，怎么就不是偷偷走的？"

水月继续平静地解释："他真的不是偷偷走的。"

老绳匠说："我不管他是真的偷偷走，还是假的偷偷走。他走了，我的绳钱怎么办？我要的是绳钱！"

水月答不上话来，有些委屈地瞪着老绳匠。

老绳匠说："你瞪我干吗？你说话啊！"

水月又回到原点，说："他不是偷偷走的！"

老绳匠生着闷气，不再理会水月。

良久，水月打破沉闷，由不住问老绳匠说："老绳匠，李江他拉船去了，你还等不等了？"

老绳匠说："我走，你让我去哪儿？我女人和娃娃们还在我家炕上，你让我去哪儿？"

夜里，水月铺好炕，老绳匠坐在炕边没有动。水月给柳丫脱去衣服，取过枕头，将柳丫的小枕头放在她的枕头和老绳匠的枕头中间。柳丫看着自己的枕头，抬头看一眼老绳匠，抱起自己的枕头要去水月的另一边睡。水月将柳丫抱回来，按在她和老绳匠的被窝中间。柳丫抬头看一眼老绳匠，想爬起来，水月按着不让她起来。老绳匠见状抱起自己的枕头和被子走出了门。

水月看着老绳匠出门，顿了一下，冲着老绳匠的背影喊："堂前没烧火，不怕冻死你！"

老绳匠没有答话。

李江拉船走了，水月一时还不了钱，老绳匠有家不能回，不知如何是好，便寻思着去问保长借钱。

保长说："你以前赊我的麻钱还没有结清呢！"

老绳匠说："等李江拉船挣回钱来还了我绳钱，我把借你的钱和麻钱一起还你，你看行不行？"

保长说："不行。"

老绳匠前脚刚走，水月后脚就迈进了保长的院子。水月站在院子里小心翼翼地喊："保长，保长，保长在家吗？"

保长突然从南窑钻出来，幽灵一样出现在水月的面前，把水月吓了一跳。保长"嘿嘿"一笑，问："水月妹妹，找我有啥事？"

水月说："我想问你借钱。"

保长问："借钱干吗？"

水月说："还老绳匠绳钱。"

保长听了，思忖着说："哦，哦，还老绳匠绳钱？好说，好说。"保长说完，围着水月转了一圈，打量着水月的胸脯，最后盯着水月的脸看。

水月被保长看得有些不好意思，问："保长，你借不借给？"

保长突然加重语气说："我凭啥借给你？"

水月一愣，问："保长是说不同意？"

保长又缓和语气说："我借给你钱，你给我啥好处？"

水月说："等李江回来，给你帮个工。"

保长阴阳怪气地说："我要他帮工？"保长说着，又靠近水月轻声说，"只要你答应我一件好事，我就借给你。"

正在这时，二憨拍打着衣襟和衣袖走进院子里。水月看到二憨走过来，吓得匆匆走出院门。

二憨指着水月的背影，高兴地对保长说："媳妇儿，哥，媳妇儿。"

保长生气地说："哪儿有你的媳妇儿？那是别人的媳妇儿，哪儿是你的媳妇儿？"

二憨不高兴地跺着脚说："媳妇儿，媳妇儿！"

保长骂道："看你那个脑门儿！"说着，走向屋门。

二憨突然一屁股坐在地上，两条腿交替蹬着喊："媳妇儿，媳妇儿，哥，媳妇儿！"

二憨看到保长要进门，站起来追上，拉住保长不住地喊："媳妇儿，哥，媳妇儿！"

保长甩开二憨的手，说："哪儿有你媳妇儿？"

二憨跺了一下脚，又坐在地上，蹬着腿说："媳妇儿，哥，媳妇儿……"

二憨是保长的弟弟，有精神病，常常因为找不到媳妇和保长闹别扭。二憨有两个特点，一是激动的时候常常拍打衣襟和衣袖；二是从来记不住自己的年龄，惹得村里的孩子们总是拿二憨取笑。

"二憨，多大了？"

"十岁。"

"去年十岁，今年还是十岁？"

二憨就憨憨地笑。

"二憨，明年多大？"

"十岁。"

孩子们听了，笑得前仰后合。

"二憨，后年呢？后年几岁？"

"十岁。"

孩子们又"咯咯咯"地大笑。此时，总有调皮的孩子趁二憨不注意，冷不防把二憨推到别人身上或脚下的狗屎堆上。每当此时，反应过来的二憨就会跳着躲开，逗得孩子们哈哈大笑。在孩子们的笑声中，二憨拍打着衣襟和衣袖，也跟着孩子们憨憨地笑。

老绳匠和水月都向保长借钱，引起了保长极大的兴趣。老绳匠挑着绳车来到攒绳场地，刚刚放下绳车，保长就匆匆赶过来。老绳匠看到保长匆匆忙忙地，就问："保长，有事？"

保长说："老绳匠，咱们做个买卖。"

老绳匠以为保长要买绳子，就高兴地问保长是不是需要绳子。

保长说："李江欠你绳钱，你欠我麻钱，咱们一顶账，你就不用还我麻钱了，我直接问李江要，你看行不行？"

老绳匠听了，心里盘算了一下，说："不行。"

保长问："怎么不行？"

老绳匠说："不行就是不行，也没个啥原因。"

保长听了，生气地说："你不要不识抬举，给脸不要脸！"

老绳匠回到李江家里，得知水月去问保长借钱，一切都明白了，但嘴上又不好跟水月说明白，就对水月说："你以后不要再去找保长借钱了！"

水月不解，问："为啥？"

老绳匠严肃地说："不要借就是不要借，别人的钱可以借，保长的钱绝对不要借！"

水月问："为啥呀？"

老绳匠感到不好劝说，就干脆挑明，说："我欠保长麻钱，你问保长借钱，保长提出顶账怎么办？"

水月高兴地说："那不更好吗？就等于我还了你绳钱，你还了保长的麻钱，那你就不用住在这里等李江回来了。"

老绳匠一听急了，说："我要钱是要买棺材，这么一顶，你给我买棺材呀？"

水月听了，"扑哧"一声笑了。

老绳匠恼怒地说："笑啥笑？我有家不能回，你要是敢和保长顶账，我就把女人和娃娃们抬到你家里！"

老绳匠不让水月向保长借钱，水月就再没有去找保长。几天过去了，老绳匠也不敢再催促水月还钱，生怕把水月逼急了，再去找保长借钱。可是，保长却等不及了。这天，趁老绳匠攒绳不在家，保长亲自登门了。

保长走进来，看到水月在院子里忙，就问："水月，老绳匠在不在家？"

水月说："老绳匠一早就出村攒绳去了。保长找老绳匠有事？"

保长说："不不不，我找你。"

水月一愣，问："找我？"

保长问："水月，这几天怎么不去我那儿借钱了？"

水月顿了一下，说："我……我……不想借钱了。"

保长说："你看，你在杨柳清，也没个亲戚帮忙，只要你水月开口，我还能不借给你？"

水月不说话。

保长靠近水月，盯着水月的脸说："李江拉船走的时候跟我说过，他不在，你要有啥困难，让我帮你。再说，我毕竟是你们的保长嘛，保长保长，村民有什么难事，我能保就保，这才是称职的保长嘛！你现在需要钱，我有钱，我就应该借给你嘛！"

水月说："我不借钱了。"

保长一愣，眼珠子转动着问："为啥不借了？老绳匠的绳钱还清了？"

水月说："没有。"

保长转动着眼睛追问："没有还清，那你……你们……怎么解决了？"

水月害怕保长纠缠，只好说了实话："老绳匠不让问你借钱。"

保长一惊，说："老绳匠？老绳匠算个啥东西？他不让你借，你就真不打算借了？"

水月像做了亏心事，低头盯着脚尖，不答话。

保长走到水月跟前，说："我是真心想借给你，你想借多少？"

水月问："那你是不是要顶账？"

保长说："顶账？对对对……只要你愿意顶账，咱们就顶账。"

水月说："那我不能借你的钱，老绳匠不让顶账。"

保长说："行行行，不顶账就不顶账，咱们现过现。"

水月问："保长真的同意借给我钱？"

保长说："君子一言，驷马难追，只要你答应给我好处。"

水月说："我能给你啥好处？"

保长"嘿嘿"一笑，拉住水月说："水月，我喜欢你，你从河西搬过来，我一眼就看上你了，你就是我最喜欢的女人。"

保长说着，拉过水月，嘴巴凑近水月的脸。

水月用手挡住保长的嘴，紧张地说："保长，不要……不要，你放开我，放开我！"

正在水月被保长逼得无路可走的时候，院门突然被推开，老绳匠挑着绳坯走了进来。

保长一愣，放开了水月，顺势拿起墙角处的麻看，问道："这麻不错呀，哪儿收的？"

水月跑过去帮助老绳匠放下绳坯，说："这么早就回来了？"

老绳匠看了一眼保长，说："我回来取麻。"接着，老绳匠又问保长，"保长有事？"

保长没有答话，将手里的麻扔在地上，拍拍手，哼着小曲儿走了。

老绳匠根本没有想到，保长会找他麻烦。第二天早上，老绳匠从家里来到攒绳场地，刚把绳坯挂在绳车上，保长就领着几个人气势汹汹地过来了。保长头上戴着一顶伪军军帽，围着老绳匠和绳车转了一圈儿。老绳匠一看阵势不对，就问保长："有啥事？"

保长没有回答，从头上摘下伪军军帽，用手指弹了弹，一挥手，几个人便扑上去，抢走了绳车。

老绳匠要不回绳车，觉得都是李江欠钱惹的祸，就回家向水月发牢骚。老绳匠说："保长赶我走，把我的绳车没收了，你得想办法给我弄钱！"

水月问："保长凭啥赶你走？"

老绳匠说："保长说村里不准留外人，全村有多少人，日本人在过河之前是数过的。"

水月说："你再等等，李江他们的船估计快回来了，回来就能还你钱了。"

老绳匠说："保长现在就赶我走，你还让我等多长时间？家有三件事，先从紧处来，当初他就不应该偷跑嘛！"

水月听了，又与老绳匠争了起来，说："他不是偷跑。"

老绳匠说："事到如今，你还说他不是偷跑？没见过你这么翻蛋的女人！"

水月有些激动，说："我怎么就翻蛋了？你说说，我怎么就翻蛋了？"

老绳匠口气也变得硬起来，说："不翻蛋，不翻蛋你还钱啊！你不是还不了钱嘛！还不了钱，还嫌人说你吗？"

水月也大声说："我怎么就不还你钱了，是你不让我问保长借钱！你还有脸说我？"

老绳匠说："我不让你问保长借钱？我是怕你和保长顶账，只要你能借回钱来，我管你问谁借钱！我只认钱，不认人！"

水月急出了眼泪，说："我现在就去找保长借钱！"

说着，出了门。

三

老绳匠把碗重重地放在炕上，碗里的米汤溅出来，溅到了炕上，也溅到了水月的身上，吓得水月怀里的柳丫"哇哇"地哭起来。看到老绳匠满脸怒气地离开，水月不知如何是好。

杏花饭铺是个热闹的地方。黄河里上上下下的大船只要停靠到杨柳清码头，河路汉们都要下船到杏花饭铺凑个热闹。挣了钱的，要上一盘黄澄澄的油炸糕和一条肥硕的黄河鱼，或一碗香喷喷的炖羊肉，再搭配一碟下酒小菜，烫一壶酒，慢慢吃，慢慢喝，不时还和杏花说个情话逗个笑；没挣到钱的和那些舍不得吃喝的，就上自带的红腌菜，喝一碗酸米汤泡酸米饭，有的上桌，有的蹲在墙角，吃完一抹嘴，或沉默或闲聊一会儿离开。因此，这里也是消息最灵通的地方，谁的船挣大钱了，谁的船没挣钱；谁的船在急水里起不上去打烂了，谁被叉套倒拉进河里又被救起了；谁船上的老艄和哪个码头的女人相好了，谁家的孩子越长越像船上的老艄了，等等。想听的，不想听的，都充斥着人们的耳朵，丰富着人们的表情。不管有用没用，河路汉们都毫无保留地把知道的消息带到码头上，如同黄河回水湾里漩着打转的河柴沫，不断地被上游奔腾而来的黄河水冲刷过来。

自从老绳匠那天摔下碗怒气冲冲地走出水月的家门，就成了杏花饭铺里的常客。也难怪老绳匠心里有怨气，水月确实做得有些过了，一天两顿饭，顿顿都是没米的稀粥。虽说老绳匠这段时间没有绳车不用攒绳，不干重活，但一个大活人，顿顿清汤寡水，就是铁打的身体也扛不住呀！

杏花对老绳匠来饭铺吃饭似乎很欢迎，每次看到老绳匠走进来，总是笑脸相迎，嘘寒问暖，常常引得河路汉们十分眼热，说杏花只对老绳匠偏心，对他们不好。杏花不管河路汉们说什么，你说你的，我做我的，该偏爱的还是偏爱，该热情的还是热情。有时河路汉们把杏花说急了，杏花也会回敬一两句。

河路汉说："杏花，怎么就只给老绳匠上鱼，我们的鱼呢？"

杏花说："有个鱼屁股给你留着。"

河路汉说："一样样的亲戚两看待，你这是啥意思啊？"

杏花说："吃啥补啥，怕你嘴上不会损人呢！"

河路汉们听了也不恼，反而高兴地用筷子头指点着杏花哈哈大笑，说杏花的嘴就像刀子。

那天水月一怒之下要去向保长借钱，走出家门后，老绳匠下了软蛋，又把水月喊了回来。没有绳车攒不了绳，老绳匠天天喝得迷迷糊糊，头脑不清；每天喝完酒回来，总要趁着酒劲儿数落水月几句，说水月不想给他吃饭，是想逼走他；说水月是在做梦，不还钱他就不走；还说水月鬼精鬼精的，嘴上不说，暗地使绊。每当此时，水月也不辩解，该扶老绳匠上炕就扶，该给老绳匠脱鞋就脱，该喂老绳匠喝水就喂，总会把醉酒的老绳匠照顾得妥妥帖帖。

老绳匠在杏花饭铺待久了，与这里的常客熟络了，才知道杏花也是一个人。

听说又出事了，船僵了把一个河路汉倒拉进黄河里淹死了。每一拨河路汉进来，都要议论一番才放心离去。老绳匠没事干，就待在杏花饭铺一边喝酒解闷，一边听河路汉们闲聊，顺便也给船主和老艄们预订一些船绳。

饭铺里只剩下老绳匠和杏花的时候，老绳匠就问杏花："你男人走了几年了？"

杏花说："十年了。"

老绳匠问："那年你多大？"

杏花说："那年我二十三。"

老绳匠问："也是没有抖开绊拐？"

杏花说："僵了船，抖不开绊拐是常事，谁遇上谁短命。"

老绳匠说："当时老艄没给提纤绳救一下？"

杏花说："水一冲，绊拐就打开了，自古以来老艄提起来过几个？"

老绳匠附和着说："都是急水僵船，人能活着爬出来的，那肯定是遇上阎王爷正在打瞌睡呢。"

说累了，老绳匠不再问，杏花也不再说话。每当此时，杏花便坐到老绳匠面前，老绳匠喝酒，杏花斟酒，有时杏花也给老绳匠剥个蒜，听老绳匠哈着酒气咬蒜的声音。两个人就这样静静地坐着，让时光在静默中流逝，直至又一批打尖吃饭的河路汉骂骂咧咧或咋咋呼呼地闯进来。

老绳匠得知杏花是保长的远房表妹，就通过杏花向保长要回了绳车。正是盛夏，太阳晒得人头上流油。老绳匠也懒得去攒绳，早上起来就来到杏花饭铺，直到太阳落山吃罢晚饭，才醉醺醺地回到水月家。

又是傍晚，老绳匠回到水月家进门的时候，正赶上水月领着柳丫走出门去拉粑粑。老绳匠走进里屋，看到水月和柳丫放在炕上的碗里的稀粥清汤寡水。老绳匠拿起筷子在两个碗里分别搅动了几下，没有捞出几粒米。老绳匠走过去，打开地上的大缸，一个一个看过去，发现都是空缸，只有在最后一个大缸里发现了不到半碗米。

老绳匠中午没去杏花饭铺吃饭，杏花就找来了。杏花走进水月院子里的时候，老绳匠正和水月从驴背上卸米。

杏花问："老绳匠，今天怎么没去饭铺吃饭？"

老绳匠说："这不是出村要钱去了吗，前些日子攒绳挣了点儿钱，今天才要回来，顺便给家里买一些米。"

杏花听了，心生妒意，但还是定了定神，问："水月家没米了？"

老绳匠假装不知道，说："有米，我在水月家吃了这么长时间的饭，买上些米，也算是给水月交点伙食费。"老绳匠又说，"杏花，外面还有几个钱没有要回来，回头收回来给你饭铺也结结账，这几天在你那儿也没少吃。"

杏花听了，有些不快地说："乡里乡亲的吃顿饭算个啥，你过来随便吃，我才不会算你饭钱呢。"

老绳匠没有听出杏花的不快，推辞道："不了不了，以后我就在家里吃。"

杏花说："家里？行，那你就在家里吃吧！"杏花听到老绳匠已经把水月家当成了自己家，心里不快，把"家里"两个字说得很重，说完扭头就走。

女人的心思，女人懂得。杏花的不快，水月看了出来。水月看了一眼老绳匠，问："杏花，你是不是有事？"

杏花这才返回来，对水月说："水月，只顾闲聊，差点儿忘了正事。你还不知道吧，梁船主的船回来了。"

水月高兴地问："李江回来了？"

杏花说："李江没回来。"

水月问："李江为啥没回来？"

杏花说："我也不知道。"

"我去看看。"水月说着，急忙向院外跑去。

院子里只剩下杏花和老绳匠，杏花看一眼老绳匠，离开了。

老绳匠冲着杏花的背影问："杏花，李江真的没回来？"

杏花瞪了老绳匠一眼，问："你是盼李江回来，还是怕李江回来？"

老绳匠说："当然是盼李江回来了，我还等着跟李江要钱呢！"

杏花突然夸张地笑了一下，走了。

李江没有回来，梁船主也不清楚，说十几条船有先有后，几十号河路汉都在各自的船上，他哪能都点验清楚。

老绳匠和水月从码头上回来就吵上了。

老绳匠说："不是我说他，躲着不回来也不是办法啊！"

水月反驳说："他不是躲你。"

老绳匠说："不是躲我怎么就不回来？"

水月说："我还想知道他为啥不回来呢。"

老绳匠说："没钱归没钱，怕还钱，躲在外面不回来算啥男人！"

水月说："梁船长也不知道他为啥没上船，怎么就说是怕还钱躲你呢？"

老绳匠说："他就是躲我，怕还钱！"

水月说："他不是躲你！欠钱还钱，为啥要怕还钱？"

老绳匠说："你还问我？李江心里打的啥算盘，你心里能没个数？他就是怕还钱！"

水月说："他怎么就怕还钱了？你倒是给我把话说清楚！他不怕还钱！"

老绳匠大声说："你这个女人，就能胡搅蛮缠！"说着，生气地站起来，走出了屋门。

水月拉住老绳匠，说："你回来，你给我把话说清楚！"

老绳匠返回来，说："要说清楚的应该是你吧？你倒是给我说说，李江为啥不回来？"

水月心里实在感到冤枉，突然哭了，说："他不回来，我还想知道为啥呢，我怎么能说清楚？"

老绳匠看到水月哭得恓惶，也软了下来，说："我女人和娃娃们死得可怜，要不回绳钱，我心里憋屈，但他李江确实做得不近人情！"

水月擦着眼泪说："你心里憋屈？你心里憋屈就拿我撒气？日本人杀了你的

家人，有本事你找日本人去！"

水月突然戳到老绳匠的痛处，老绳匠痛苦地说："你以为我不敢？我的女人和娃娃们还在家里，我现在能去找日本人吗？等我安顿好他们，我非找他小野田算账不可！"

老绳匠说着，痛苦地抱着头蹲在地上，好长时间没有反应。

水月看到老绳匠一动不动，擦着眼泪喊："老绳匠，你怎么了？老绳匠，老绳匠！"

老绳匠突然站起来，愤怒地喊道："你不给我绳钱，我跟你没完！"说完，头也不回地出了门。

老绳匠走后，水月越想越生气，走过去将门闩闩上。

夜里，水月闩着门，不让老绳匠进门，这可把老绳匠急坏了。没办法，老绳匠只好离开水月家，去杏花饭铺应急。杏花听老绳匠说水月不给他开门，想在饭铺里过夜，就没给老绳匠好脸看，说："又是家里，又给买米，你回家里住呀，看来她对你也扯淡吧？"

老绳匠听出杏花是为白天的事吃醋，就乞求说："好杏花，你看这三更半夜的，你就让我圪旦一夜吧。"

杏花说："你愿去哪儿圪旦就去哪儿圪旦，关我啥事？"

老绳匠说："你总不能看着我睡在外面吧。"

杏花说："你就是睡进猪窝里，和我又有啥关系？"

老绳匠说："好杏花，我知道你是说气话哩，你心这么好，肯定不会让我睡猪窝的。再说，今天我和猪睡，明天你又不乐意了怎么办？"

一句话，说得杏花笑了。

杏花把几张凳子拼在一起，又回家取来一张毡子铺好，双手按了又按，觉得稳当了，才放心离去。

第二天早上，老绳匠打早起来，劈柴烧火，等到杏花从家里过来，饭铺里已是热气腾腾，不像往日的灰火冷灶了。

吃过早饭，老绳匠回到水月家院子里取绳车。

水月从屋子里出来，磨磨蹭蹭地走过去，问："老绳匠，李江没回来，你还等不等了？"

老绳匠说："怎么不等？不等，你让我去哪儿住？"

水月说："我又没有不让你等。"

老绳匠突然来气了，说："半夜回来门也不让进，好像是我赖着不走了？你给了我钱，我一天也不想住在这儿！"

水月说："我没说你赖着不走，是你自己说的。"

老绳匠口气硬起来，说："我没怨你不还钱，你反倒怨上我了？"

水月说："我又没有怨你！你气粗啥？"

老绳匠看一眼水月，挑起绳车去村里攒绳去了。

水月刚进屋门，就听到院子里有人喊她。水月从屋子里出来，看到海生站在窑畔上，便问："海生，李江究竟去哪儿了？"

海生将手里提着的矛头扔进院里，说："开船前，李江把矛头交给我，我问他要这干啥，他说是给你买的。后来，他说下船有事，一会儿就上来，结果等到快要天黑了也没有等到他，我们就开船了。"

杏花来到攒绳场地告诉老绳匠说："李江死了。"

这突如其来的消息，惊得老绳匠差点儿放开手里绷得紧如发条的绳子。等老绳匠控制住绳车，杏花已经走远了。

老绳匠站在绳坯前，好长时间才缓过劲来。老绳匠感觉像做梦一样，有些疑疑惑惑，匆匆来到杏花饭铺，想证实消息的真假。码头上又有梁船主的船回来，都是下行的货船。此时饭铺里的人明显比往日多，有河路汉，也有打听消息的杨柳清人。人们都在议论李江的死，河路汉们讲得活灵活现。

老绳匠在杏花饭铺一直坐到后半夜才醉醺醺地离开。杏花搀扶着老绳匠出来的时候，河里还有河路汉拉着船上行。暑热天了，人们白天晒得受不了，就凭着对水路熟悉，趁深夜河里有丝丝河风时拉纤上行。河路汉们的号子声传来，夹裹在夜色里，湿漉漉的，显得有些沉闷。

　　　　万古行船水上漂哟

　　　　嘿哟

　　　　今天离家啥时回哟

　　　　嘿哟

　　　　留下妹子好可怜哟

　　　　嘿哟

　　　　妹子天天望穿眼哟

　　　　嘿哟

　　　　哥哥在外好牵挂哟

　　　　嘿哟

　　　　……

　　老绳匠走上村道，跌跌撞撞。听着黄河里的行船号子，老绳匠也跟着唱起来，唱着唱着，老绳匠居然抽抽咽咽地哭起来……

　　第二天早上，老绳匠在院子里整理绳车，水月从屋子里出来，听说老绳匠要走，就说："是你自己要走的，我可没有赶你走。"

　　老绳匠说："是我自己要走的，谁也没赶我走。"

　　水月说："李江不是躲你不回来。"

　　老绳匠说："他没有躲我。"

　　水月说："李江真的是拉船走了，不是偷偷走的。"

　　老绳匠说："他是拉船走的，不是偷偷走的。"

　　水月问："那你啥时候再来要钱？"

　　老绳匠说："没日期。"

　　水月安慰道："打听到李江回来，你就来拿钱。我们也不能老欠着你的钱。

欠你钱，我们心里不踏实。"

老绳匠没有答话，走到柳丫跟前，在柳丫的脸蛋上捏了捏，掏出两块大洋放到柳丫手里，挑起绳车走向院门。

水月突然感觉有些不对，追着老绳匠问："你为啥突然要走？我真的没有赶你走。"

老绳匠没有答话，挑着绳车走出院门。

水月抱着柳丫走到院门前，望着老绳匠顺着村道走远，有些百思不得其解……

四

黄河里行船，出事是再平常不过的事了。从中卫到碛口一千五百多公里的河道里，每天都有上上下下几百条船，每条船上的老艄对水路的熟悉程度不尽相同，掌舵水平也各有高低，难免会出现船碰船、船碰石、船搁浅的情况，因此黄河里每天都在发生大大小小的事，就如同黄河里涌起的浪花，数也数不清。每天河路汉们在杏花饭铺来来往往，走马灯似的一批又一批。河路汉们在杏花饭铺说李江死了，仅在当天夜里的河路汉们的心里掀起了波澜，第二天新的河路汉上上下下，谁还知道前一天发生的事！再说，第二天有第二天发生的大小事要议论，谁还会关注昨天发生过的陈芝麻烂谷子的事。

保长领着二憨走进水月院子的时候，水月还没有回来。每天早上，水月总会跑到黄河岸边的悬崖上向上游眺望，看回来的早船上有没有李江，或看有没有河路汉带回李江的消息。找不到水月，保长里里外外查看一番，正要走出院门，遇见水月回来，就说："水月，我知道你心里难过，可是如果下手晚了，就怕别人抢了先。"

保长的话，令水月有些摸不着头脑，问："保长，你在说啥呢？"

二憨看到水月进来，拍打着衣襟和衣袖，高兴地喊："媳妇儿，媳妇儿。"

保长说："李江死了，你还不知道？"

水月一愣，说："保长，海生说李江没回来是因为没赶上开船的时间，你可不要瞎说。"

保长认真地说："李江真的死了，老绳匠没有告诉你？我要是说假话，你尿在我头上。"

水月一时愣住，不知如何是好。

保长又说："男人死了，女人改嫁是迟早的事，我给二憨提亲来了。"

二憨高兴地围着水月转圈，拍打着衣襟和衣袖喊着："媳妇儿，媳妇儿，媳妇儿……"

水月操起门后的顶门棒，指着保长和二憨，说："保长，你们要是乱来，小心我手里的木棒不客气！"

保长一看水月这么无情，劝道："水月，你听我把话说完。二憨是有些不精明，可不是还有我嘛。有我这个当保长的哥哥搭照，以后你们的小日子肯定能过好。人一辈子就是这么回事情，糊里糊涂就过去了。"保长晃了晃手里提着的礼物，又说，"话到礼自明，礼到人不怪。水月，咱们还是进屋慢慢说吧。"

水月听了保长的话，生气地瞪着一双杏眼，举起木棒，随时准备迎战保长和二憨。二憨高兴地围着水月跳来跳去，想上前抱住水月，又怕水月手里的木棒打住自己。

保长继续说："水月，你要是这么不近人情，可别怪我不客气了！二憨，抱住她！"

二憨高兴地围着水月跳着喊着，扑向水月。水月急忙甩开木棒打向二憨，二憨跳着躲开。

保长继续喊道："二憨，从后面抱住她。"保长说着，趁水月扭头的工夫，扑向水月。

水月心里十分清楚，眼睛看向二憨，木棒防着保长，抡起的木棒打在保长的胳膊上。保长"啊呀"一声，手中的礼物掉在地上。水月一愣，二憨趁机从后面扑上去抱住了水月。

水月用尽浑身力气甩着二憨喊："放开我，放开我！"

二憨紧紧地抱着水月，喊道："媳妇儿，哥，媳妇儿。"

保长捂着胳膊，气愤地说："敬酒不吃吃罚酒，你连我也敢打！你也不看看我是谁！我是全村的保长！要不是看在你是弟媳妇儿的面子上，皇军回来有你好看的！"

水月用力甩着二憨，无奈二憨抱得紧，无论如何也甩不开。

保长说："二憨，把她抱进屋里。"

二憨将水月抱离地面，走向屋门。突然，水月低下头在二憨的胳膊上咬了一口，疼得二憨大叫一声放开了水月。水月急忙转身跑过去拣地上的木棒。

保长看到，大喊："二憨，别让她拿木棒。"

二憨抢在水月前头，一脚将木棒踢开。水月扑了个空，倒在地上。

二憨顺势骑在水月腰上，按住水月的双手，高兴地喊道："媳妇儿，哥，媳妇儿。"

就在此时，院门突然被人推开，三个人回头望去，看到老绳匠挑着绳车凶神恶煞般地站在院门口。

"放开她！"老绳匠大喊一声，提着扁担冲向二憨。

二憨吓得急忙跳开，跑到保长身后躲起来。

老绳匠扶起水月，拍打着水月身上的土。

保长解释说："老绳匠，李江死了，水月成了寡妇，我给二憨提亲呢。"

老绳匠喊道："不行！"

保长一愣，问："怎么就不行？关你啥事？"

老绳匠说："李江是死是活现在还不清楚，你们不能胡来。"

保长说："河路汉们都说李江死了，就肯定死了！"

老绳匠说："明天有人说你死了，你就死了？"

保长说："你……你这是啥意思？你有意要和我过不去了？"

老绳匠说："只要有我在，你们就别想欺负她！"

保长说："我怎么就欺负她了？提个亲嘛，怎么就欺负她了？"

老绳匠喊道："滚！"说着，操起扁担就打。

保长一看，害怕吃亏，躲闪着说："好你个攒绳的，翻脸不认人！你等着，我和你没完！等皇军回来，看我怎么收拾你！"保长说着，对二憨说，"二憨，咱们走！"

二憨不走，说："媳妇儿，媳妇儿。"

保长拉着二憨快步离开。

原来，老绳匠离开水月家走到码头，叫了一条船要过黄河。杏花得知老绳匠要过河西，就追去对老绳匠说："都是乡里乡亲的，有难众人帮。你要暂时没地方吃住，就住到我的饭铺里，反正夜里我也不卖饭。"

老绳匠说："我就是要过黄河找小野田算账！"

杏花问："你不等着要钱了？"

老绳匠说："人也殁了，问谁要去？"

杏花说："李江死了，不是还有水月吗？"

老绳匠说："水月一个女人家的，哪儿有钱？"

杏花说："保长有的是钱，水月嫁给二憨，你那几个绳钱算啥。"

老绳匠一听，说："杏花，你怎么尽说这没影儿的话？"

杏花说："你还不知道？保长听说李江死了，领着二憨去水月家给二憨提亲去了。"

老绳匠吓跑保长和二憨，水月拉住老绳匠哭喊着问："李江真的出事了？你为啥不告诉我，为啥不告诉我？"

水月一边哭喊，一边捶打老绳匠的胸脯。老绳匠扔下扁担，搂住水月，像安慰孩子似的，轻轻拍着水月的后背。

等到水月稍稍平静下来，老绳匠劝水月说："黄河上行船，本来就是拉住阎王爷的胡子打秋千哩，说掉就掉下去了。人已经殁了，再哭也哭不活了。人不在，哭坏了身子也没人心疼了。保长欺负你你别怕，只要有我在，就不会让你再受气的。"

听了老绳匠的话，水月不由得又伤心起来，抽抽咽咽。水月伏在老绳匠怀里，哭哭啼啼的，好了又哭，哭了又好，直到精疲力竭。

夜里，水月告诉老绳匠说，她和李江本来是河西的农民，无意中获得了日本人侵略河西的秘密计划，就悄悄把消息传递出去，告诉了包头的共产党，结果受到日本特务的追杀。

第二天，老绳匠像往常一样，挑着绳车去攒绳场地攒绳。老绳匠走到攒绳场地，刚将绳车摆开，还没开始绕绳坯，保长就领着几个壮汉匆匆走过来抢走了他的绳车。

就在保长抢绳车的同时，二憨偷偷溜进水月的院子。水月听到院子里有声音，以为是老绳匠返回来取麻，高兴地打开家门。看到二憨站在门前拍打着衣襟和衣袖，水月先是一愣，接着关上了门。

二憨双手扒着门，高兴地喊："媳妇儿，媳妇儿！"

二憨力大无比，三下两下就挤进了屋里。水月步步后退，二憨步步紧逼。水月害怕屋里危险，急忙冲向门口，夺门而出。二憨并没有去追水月，而是走向炕边的柳丫。柳丫吓得"哇"地哭起来。跑出门的水月听到柳丫的哭声，又冲进屋里去抱柳丫。

二憨并没有理水月，而是走到门前，关上门，插上门闩。二憨拉了拉门，确认门已锁死，才转身拍打着衣襟和衣袖，一步一步走向水月。水月抱着柳丫，一步一步退到炕墙边。水月害怕地盯着二憨，柳丫也不敢再哭了，紧紧地搂着妈妈的脖子，看着二憨。屋子里立时安静下来，只有二憨"哗啦哗啦"拍打衣服的声音，听起来有些毛骨悚然。突然，二憨扑向水月，将水月和柳丫一起压在身下。水月护着柳丫，慌乱中从炕上摸到一把剪刀。二憨爬起来，争夺剪刀。水月害怕伤着柳丫，放开剪刀，将柳丫推向炕中央。二憨夺走剪刀，顺势将剪刀甩到身后的墙上，接着又扑向水月……

老绳匠走进院中，听到屋子里柳丫的哭声和打斗声，急忙拍打屋门喊水月。听不到水月的回应，老绳匠一脚将屋门踹开。二憨看到老绳匠进来，做贼心虚，夺门而出。

老绳匠骂道："你个狗杂种，看我打断你的腿，看我打断你的腿！"说着，操起顶门棒追到院中。二憨拍打着衣襟和衣袖，挑逗地冲上来，抓住老绳匠手里的顶门棒，铆足牛劲儿，将老绳匠推得跌坐在地上。老绳匠坐起来，骂道："你个狗杂种，看爷爷今天打断你的腿！"

二憨向老绳匠做了个鬼脸，跑了。

五

老绳匠告诉水月，李江有可能还活着。老绳匠说："我这段时间跟好多河路汉打听了，谁也没有看见李江掉进黄河，都是道听途说，就连李江那条船上的河路汉，包括海生他们几个要好的，都说不清楚李江是死是活。"老绳匠还分析说："李江让海生捎回矛头，用矛头干啥？就是让你防身嘛！很明显是他有事不能回来，让你拿了矛头保护好自己。说不定，李江哪一天就突然回来了。"

话是这么说的，可李江究竟死没死，谁心里都没底。

老绳匠说："封河是关键，封河前要是回不来，李江就肯定不在人世了。"

不管李江是死是活，在杨柳清人眼里，在保长和二憨眼里，李江就死了。李江死了，保长和二憨就不会善罢甘休。

那天，二憨被老绳匠赶出水月家，回家就与保长杠上了。二憨吵着问保长要媳妇儿。保长说："我知道你想要媳妇儿，可心急吃不了热豆腐，这不是正在给你想办法吗，你就不能容我点儿时间想想办法？"

老绳匠和水月也知道保长和二憨不是省油的灯，商议来商议去，老绳匠决定先送水月回河西。只要回了河西，就摆脱了保长和二憨的纠缠。老绳匠说，光棍跳过墙，暂躲一时忙。回了河西还可以想想办法躲避。留在杨柳清，眼看就只有死路一条。

为了不引起人们的注意，老绳匠准备了一条小船，等在黄河岸边。水月女扮男装，抱着柳丫，拉着奶山羊走过来。老绳匠将奶山羊抱上船拴好，又从船上跳下来扶水月母女坐上船。老绳匠说："你走以后，我也要离开杨柳清了，在河西遇到危险待不下去，你就直接去九缸房找我。"水月没有答话，望着黄河上游，百感交集。一年前，迫于日本特务的追杀，也是坐着这样一条小船，他们一家人从河西偷偷来到河东的杨柳清码头。想想如今，已是物是人非，水月不由得掉下了眼泪。

老绳匠看到水月有些伤心，劝道："你放心回去吧，等到封河的时候，李江要是回来，他会回去找你的。"安顿好水月母女，老绳匠转身走到岸边起锚。正在这时，水月突然紧张地喊道："快，快！"

老绳匠回头，发现保长追了过来，急忙解缆上船，但为时已晚。保长扑上去将老绳匠从后面抱住，抢夺老绳匠手里的船缆。老绳匠将手里的船缆抛向船上的水月，转身抱住保长，向水月喊道："快走！快走！"

水月不知如何是好，手忙脚乱地划船。船在岸边转圈儿，就是不走，急得老绳匠不断地喊："划呀，划呀，快划呀！"

老绳匠将保长推倒，推船离岸。保长爬起来，拉住老绳匠，两个人同时掉进水里。老绳匠推开保长爬上船，拼命地划着船离岸。保长从水里钻出来，手里握着船缆，船缆渐渐拉直。

河岸边看热闹的人们聚过来，帮着保长把船拉过来拴好，又上船将水月母女扶下船。

保长对老绳匠说："李江死了，夫债妻还，放她回了河西，谁来还你钱？"

老绳匠说："她欠我钱，又没欠你钱！"

保长说："可你欠我麻钱，她不还你绳钱，你不就还不了我麻钱嘛！"接着，保长转身对众人说，"从今天起，谁敢再送水月过河，皇军回来绝对不会轻饶他！"

从河岸边回来，保长赶老绳匠走，老绳匠不走。保长便让人捆了老绳匠架着离开了村子。人们在前走，水月抱着柳丫跟在后面。人们把老绳匠扔进山里返回，老绳匠和水月又走着回了村。

赶不走老绳匠，保长也没办法。接连几天，保长再没有找老绳匠的麻烦。老绳匠没有绳车，不用攒绳，无所事事。

有老绳匠的干预，吃不上馍馍的保长和二憨消停下来。老绳匠无家可归，离不开水月的家；水月需要老绳匠保护，也离不开老绳匠，两个人的日子倒也过得十分安宁。

突然有一天，保长通知老绳匠去取绳车，这让老绳匠喜出望外。老绳匠走进保长的院子，看到保长院子里摆上了一桌饭菜，十分丰盛。老绳匠看到绳车放在墙角，就走到绳车前喊："保长，我取走绳车了。"

保长从屋子里出来，说："老绳匠，过来坐下。"

老绳匠看一眼桌子上的饭菜，有些不解，说："保长，我是来取绳车的。"

保长说："还没商量好呢，坐下来咱们边喝边聊。"说着，走过来，拉老绳匠上座。

老绳匠心里直犯嘀咕，知道保长肯定没安好心，但不知保长要如何作难，就说："保长，你有啥想法，先说个话。酒我就不喝了。"说着，又站起来。

保长跳过去，用棍子挑起一串鞭炮点着，举到老绳匠面前，不让老绳匠往前走。鞭炮在老绳匠脸前"噼噼啪啪"地炸响，吓得老绳匠直往后躲闪。鞭炮声过后，老绳匠扇着刺鼻的火药味问："保长，时不时晌不晌的，你这葫芦里究竟卖的啥药？"

保长拍了两下手掌，喊道："叫二憨出来，拜花堂了！"

保长话音刚落，院门口四个壮汉架着新娘进来。新娘双手被反绑着，头上盖着埋头红。

老绳匠看到新娘，什么都明白了，喊道："水月，水月。"又回头对保长怒斥道，"李江死了，水月是个苦命人。你们不能这样做！"说着就要上前，早有两个大汉将老绳匠控制住。老绳匠着急地喊："放开我，放开我！"

保长哈哈大笑，说："放开放开，老绳匠，开个玩笑，先送新娘入洞房，我和老绳匠好好儿喝两盅。"

老绳匠说："等一等，我有话说。"

保长说："说吧。"

老绳匠思忖着，说："李江死了，水月是一个人，我也是一个人，昨天夜里，我们已经订了终身大事，已经搬到一起住了。"

保长顿了一下，沉着脸说："老绳匠，胡话张嘴就来？溜鬼眼睛也不眨一下就出来了？长本事了？"

老绳匠说："保长，我说的是真的，信不信由你。"

保长看一眼新娘，说："这么说，还真的让你抢先了？来，把新娘嘴里的东西拿出来，我想听新娘亲口告诉我。"

老绳匠说："保长，我说的话你还不信？我要有半句假话，你想咋就咋。"

保长大声说："想咋就咋？到时你们俩联合起来一反口，不是就把我这个保长给耍了？"

老绳匠说："那你说怎么办？"

保长说："你说吧，我听你的。"

老绳匠说："我可以立下字据。"

保长犹豫了一下，说："二憨，哥今天对不住你了。"

在保长的操作下，老绳匠在字据上按了手印。人们让新娘按手印，新娘扭动着身体不愿意。新娘的举动，老绳匠看在眼里。等到新娘按上手印，老绳匠对新娘深深地鞠了一躬，说："水月，实在对不起了，不管你愿意不愿意，从现在开始，咱们就是夫妻了。"

保长鼓掌说："好好好，来，夫妻对拜。"

众人将新娘扭过来，与老绳匠对拜。

拜毕，保长又大声说："大家都看见了吧，一对新人拜也拜了，就是真正的夫妻了。"

正在人们高兴地鼓掌时，老绳匠突然跳上前掀去新娘头上的红盖头，露出来的却是杏花。

老绳匠气笑了，说："保长呀保长，你这是唱的一出啥戏吗？我就知道你没安好心。"

保长鼻子里哼了一声，上前将杏花嘴里塞着的布取出来。

杏花喘着气，埋怨道："表哥，你想闷死我呀！"

保长得意地说："杏花，表哥也是为你好，十来年了，表哥看你一个人过得挺凄凉的。表哥要是不这么做，你还得等到啥时候啊！"

杏花埋怨道："表哥，不管干啥，你也得先跟我通个气呀！"

保长一本正经起来，说："老绳匠，杏花，现在有你们按下的手印，还有我这个保长证婚，从今天起，老绳匠绝对不能再住在水月家了！一个光棍，一个寡妇，一个里面，一个外面，成啥体统？"

老绳匠说："好你个保长，说来说去，你还是想让我离开水月家，给你留出机会好欺负水月！保长，我看你想错了！"

保长说："我给你两条路，要么搬到饭铺，要么离开杨柳清！给你三天时间，你自己看着办吧！"

六

老绳匠安装好矛头，将长矛交给水月，又在窗外栽起的木杆上挂上犁铧和铁杵，将拉绳拉进窗口。一切准备就绪，老绳匠才前安后顿，背着行李离开。

老绳匠一搬到杏花饭铺，保长就迫不及待地领着二憨闯进了水月的家。令保长没有想到的是，老绳匠听到水月撞击犁铧的悠长的声音，立马就赶来了。保长看着跑得气喘吁吁的老绳匠，无可奈何。此时的老绳匠已经不是从前的老绳匠，老绳匠和杏花好了，住到了杏花饭铺，那就是他真正的妹夫了。保长实在不想和老绳匠硬碰硬。

保长回到家里，越想越生气。当天夜里，趁着月色，保长又领着二憨蹑手蹑脚地来到水月院门外。保长爬上窑畔，用安着长柄的镰刀将铁杆上的拉绳勾过来割断，又把拉绳下面的断头绑在木杆上。

保长领着二憨跳进院子，看到水月屋子里还亮着灯，想想自己不费吹灰之力地破了机关，非常得意，故意大声咳嗽一声。

水月听到院子里有人，就问："谁？"

保长说："水月，是我，还有你的女婿二憨。"

水月急忙吹灭灯，去拉拉绳，没想到拉绳掉了下来。保长和二憨见状站在院子里哈哈大笑。

笑毕，保长敲着门说："水月，这回你就别做美梦了，老绳匠是不会来救你了，今天就让你和二憨入洞房。"

二憨也高兴地拍打着衣襟和衣袖，不停地喊着："媳妇儿，媳妇儿。"

院子里立时变得鸡犬不宁。保长和二憨又是擂门，又是喊叫，水月就是不开门。保长示意二憨停下手，院子里瞬间静下来，屋子里也没有一点声音，死一般的沉静。保长蹑手蹑脚地走到窗台下听了听，示意二憨再去敲门。保长跳上窗台，用力来回推拉窗子。在保长的大力推拉下，窗子受损开了。保长要爬进窗子，水月手持长矛刺过来。借着月光，保长吓得躲开长矛，不敢轻易靠近窗口。

二憨看到窗子打开了，高兴地奔过来爬上窗台，抬腿就要跨进窗口。横的怕愣的，愣的怕不要命的。二憨不同于保长，看到长矛刺来也不管不顾。水月不敢将长矛刺在二憨身上，急忙跑到堂前，打开堂前的门冲到院子里。

保长听到堂前门响，转身看到水月跑向院门，急忙喊道："二憨，拦住她，别让她跑出去！"保长说着，和二憨一起从窗台跳下，扑向跑到院门口的水月。

借着皎洁的月光，双方在院子里拉开架式，展开激战。水月手里有长矛，保长和二憨不敢贸然上前，生怕视线不好被水月刺到。保长扑上去夺长矛，手被矛头刺开了一道血口子，不断地淌血。二憨则越战越勇，几次想抓住矛头，都被水月夺走了。

十几个回合下来，水月体力渐渐不支，越来越难以招架。就在这时，二憨突然抓住矛头，水月抓着矛柄不放，在两个人的争夺中，矛头和矛柄分离。水月顺手将矛柄砸向二憨，二憨用手里的矛头抵挡。矛柄砸在矛头上，断成两截，水月手里的半截矛柄也被震飞。

二憨高兴地叫着："媳妇儿，媳妇儿。"

保长看到时机已到，喊道："二憨，抱住她！"

二憨大喊一声，将手里的矛头扔出去，谁知飞出去的矛头正好砸在铁杵上，震动的铁杵来回撞击犁铧，"当啷啷"发出一连串悠长的声音。水月和保长一愣，二憨扑上去抱住了水月。

二憨抱着水月，高兴地喊："媳妇儿，媳妇儿。"

保长说："抱紧了，小心她跑了。"保长说着，擦了一把汗，走过去拿起窗下的绳子将水月五花大绑。水月躺在地上，不断地呻吟着。趁保长不注意，水月向保长的手猛地咬去。保长疼得"啊"的一声缩回手，抓起墙下的麻团塞进水月嘴里。二憨跑出院门，取回放在院门外的口袋。他们将水月抬起来，装进口袋。

说来也巧，老绳匠走出饭铺倒泔水，隐隐约约听到犁铧发出的悠长声音。老绳匠仔细听了听，犁铧不再有动静。老绳匠犹豫了一下，将泔水桶送回家，匆匆向水月家跑去。杏花看到老绳匠走得急，知道他又要去水月家，追出来故意问："绳匠大哥，你去哪儿？"

老绳匠没有回答。

杏花思忖一下，在后面远远地跟着。老绳匠跑得快，杏花走得慢。杏花追不上老绳匠，越想越气，就拐了个弯儿，直接去找保长评理。

杏花走着走着，突然听到村道上传来"哼哧哼哧"的喘气声。杏花停下，顺着声音的方向望去，朦胧中看到一个庞然大物喘着粗气，缓慢地行走在村道上。

杏花吓得头皮发麻，魂飞魄散，扭头就往饭铺跑。杏花跑到半路，想起老绳匠，害怕不知情的老绳匠吃亏，又扭头绕开庞然大物跑向水月家。

老绳匠没有找到水月，想去拉响犁铧。老绳匠和水月曾经有个约定，只要听到犁铧敲响，就是有事相告，两个人就到水月家的院子里见面。此时，老绳匠看到犁铧的拉绳不见了踪影，知道一定是保长和二憨干的，想到水月有危险，撒腿就往外跑。

老绳匠跑出院门，与跑过来的杏花撞了个满怀，两个人同时摔倒在地。老绳匠看到是杏花，顾不上多做解释，爬起来就跑。

杏花喊道："站住！你不想活了？"

老绳匠以为杏花又在吃醋，害怕耽误正事，跑得更快了。杏花看到老绳匠跑的方向，正是庞然大物出现的方向，心里一急，提起院门口的木权向老绳匠追去。

杏花一边跑一边大喊："站住，站住！"老绳匠扭头看到杏花提着木权，不敢停下，飞一样地向前跑去。

保长和二憨抬着口袋里的水月走走停停，好不容易才抬进院子里。保长对二憨说："娶回来了，下轿吧。"两个人便将口袋放在地上。

保长解开袋口，口中念念有词："一朵金花遍地开，金童玉女两边排，君子看下良辰日，请得新人下轿来。"说着，将水月从袋子里扶出来。

水月筋疲力尽，浑身湿透，但还是不断地挣扎着。

二憨围着水月，爱不释手，不断地拍打着衣襟和衣袖，嘴里喃喃地说："媳妇儿，媳妇儿。"

金蝉听到院子里的动静，抱着自己结婚时的衣服从屋子里走出来。

二憨看到嫂嫂出来，高兴地喊："嫂嫂入洞房，嫂嫂入洞房。"

金蝉说："二憨，嫂嫂怎么能入洞房呢？是二憨入洞房。"

二憨听了，高兴地拍打着衣襟和衣袖，说："媳妇儿，媳妇儿。"

金蝉问："二憨，娶媳妇儿干啥？"

二憨拍打着衣襟和衣袖说："媳妇儿，媳妇儿。"

保长给水月松绑，又换成短绳将水月的双手绑上。金蝉要给水月穿装新衣服，缓过气来的水月不断地挣扎着。金蝉只好将衣服给水月披在肩上。接着，保长喊道："吉时已到，拜花堂，入洞房。"

金蝉说："等一等。"转身进屋，取来五谷。

保长接过五谷，一边撒五谷，一边高喊："一撒金鸡离门户，二撒玉猪增酒豆，三撒青牛北元方，四撒千狗离本处，五撒时巳戊己兆，六撒诸神通户用，七撒虎梅虎之处，八撒金玉满堂，九撒长命富贵，十撒五男二女，十一撒陆合成庄，十二撒九九解散，十三撒八大金刚，十四撒孝顺爹娘，十五撒立拜花堂。"保长喊毕，说，"二憨，拜花堂。"

二憨站着不敢上前。

金蝉说："二憨，过来拜花堂。"

二憨站在地上，拍打着衣襟和衣袖，说："媳妇儿，媳妇儿。"

保长顿了一下，说："送入洞房！"说着，几个人架起水月，向屋门走去。

"放下！"突然，一个声音如雷炸裂，接着，一个黑影窜出，堵在屋门口。众人定睛一看，是老绳匠。

七

天气说冷就冷了。接连几天，水月都要到黄河岸边的崖畔向上游眺望，等着李江回来。

老绳匠解救水月的那天夜里，杏花坐在保长的院子里不依不饶，哭着对保长说："你给我说的媒，你就得负责到底，他半夜跑到人家家里，像个啥事？"

保长听了，就对老绳匠说："我说你也是多管闲事，李江死了，水月就成了寡妇，再嫁那是人之常情，你左一次右一次护着她干啥？"

老绳匠急了，反驳说："李江他就没死嘛！"

保长质问道："你凭啥说他没死？你见过他了？还是你去阎王爷那儿查过生死簿了？"

老绳匠反问道:"假如要是活着呢?"

保长说:"就算是活着,水月也是别人的媳妇,用不着你来管她!"

老绳匠说:"李江是死是活现在还不确定,你们就想娶走人家的媳妇?你还保长呢,这理能摆到桌面上?"

保长生气地向后退去,对杏花摆着手说:"快快快,杏花,你赶快把他弄回去,我看见他心里就烦!不是当哥的说你,你看他吃着碗里的,看着锅里的,你就这么惯着他,迟早有一天你会吃大亏的!"

杏花不想让老绳匠接触水月,保长也不想让老绳匠干涉水月的事。几个人商议到后半夜,最后达成协议:在黄河封冻前,保长和二憨不准再去水月家纠缠水月,老绳匠也不准去水月家帮助水月,水月也不准再去找老绳匠帮忙。众人写了约定,按了手印,杏花才满意地领着老绳匠回到饭铺。

黄河上游回来的大船越来越少了。偶尔有一两条大船回来,也是逃一样地匆匆而过,仿佛是怕上游封河早冻结在冰河中,或许是怕巨大的河冰铲破船帮,将船撞翻进黄河里。

梁船主的船都回来了,而且全部拉起来晾到了岸上,准备迎接寒冬腊月的到来。河路汉们也都回来了,带回了一年的收获与喜悦,老婆孩子热炕头,过起了逍遥自在的冬闲日子。唯独李江活不见人,死不见尸。几天来,水月有一种预感,李江不会回来了。好在自从与保长、老绳匠三方有了约定,保长和二憨再没有来打搅过她,日子倒也过得安宁。她盼望河封,又害怕河封。河封了,就能得到李江的准确消息;同时,河封了,李江要是不回来,保长就会名正言顺地领着二憨前来提亲。

人往往就是这样,遇事总爱往坏处想。水月怀里抱着柳丫坐在崖畔上,想到河封,想到李江的死,不由得掉下眼泪。她实在想不明白,到那时,自己将要面对怎样的风暴,如何才能保护好自己和柳丫。

柳丫站起来,绕过水月身边的长矛向后面的空地走去。黄河之水天上来,天边的河道里,又有大船向下游驶来,先是一个小黑点儿,在阳光下的黄金水道里忽隐忽现，跳动着漂来，如同阳光明媚的秋日从天空飘落的一片黄叶。凭经验，这是一条长船。这船是黄河里最大的船，丈八宽，按照黄河船"一宽三长"的形制，五丈四长，载重量八万斤。船上的河路汉们个个都是优选的精壮后生，李江就是拉着这种船走的。随着船越来越近，船体渐渐变大，甚至能看到立在船头的老艄。

水月顺着崖畔快走几步，想看清船上的河路汉，看有没有河路汉向她招手。杨柳清的河路汉都是这样，每当从上游回来，总要远远地向岸上眺望的女人们招招手，报个平安，告诉她们，自己平安回来了。

突然，水月隐约听到身后二憨拍打衣服的声音。水月回头，看到二憨拍打着衣襟和衣袖向自己走过来。水月一愣，急忙转身抓起地上的长矛。水月回头看一眼身后的悬崖，紧张地喊："你别过来！别过来！"

二憨并没有停下脚步，拍打着衣襟和衣袖说："媳妇儿，媳妇儿。"

水月十分清楚自己的处境，一旦二憨逼上来，自己一不小心就会摔下悬崖。此时，只有主动迎战，才能争取到更加安全的位置。想到这里，水月声嘶力竭地喊道："走开！"接着，水月举着长矛奔向二憨。

水月疯一样地出击，让二憨十分震惊。二憨先是一愣，接着扭头就跑。

二憨跑出几步，扑过去抱起地上的柳丫。柳丫在二憨的怀里吓得大声哭喊。

水月急忙喊道："二憨，放下她！放下她！"

二憨抱着柳丫，转过身来看着水月，向后倒退着。

柳丫举着手，不断地哭喊："妈妈，妈妈，我要妈妈。"

水月扔掉手里的长矛，向二憨奔去，喊："二憨，放开她！"

水月追得快，二憨跑得快；水月慢下来，二憨也慢下来。水月尽量克制着自己的情绪说："二憨，你不是要娶媳妇吗？放开柳丫，我就答应你。"

二憨说："媳妇儿，媳妇儿。"

水月说："对，媳妇儿，媳妇儿，我就是你的媳妇儿，你给我柳丫。"水月说着，慢慢靠近二憨，又哄二憨说，"二憨，听话，给我柳丫，我答应做你的媳妇儿。"

就在水月快要接近二憨时，二憨突然转身欲跑。说时迟，那时快，水月扑上去抓住柳丫。二憨躲闪，转身，脚下突然踩空，掉落悬崖。

水月扑倒在悬崖边向下看去，看到二憨挂在悬崖峭壁的树上。水月急忙趴倒在崖边问："二憨，柳丫呢？"

二憨不答，闭着眼睛，嘴里"啊啊"地大叫着。

水月着急地问："二憨，你能不能看见柳丫？"

二憨看一眼脚下的黄河，又闭上眼睛"啊啊"地大叫起来。

看不到柳丫，水月欲哭无泪，对着黄河撕心裂肺地喊道："柳丫……柳丫——"

黄河滚滚向前，哪里还有柳丫的回音！劲风恶浪中，一条长船箭一样从上游顺水驶来。老艄站立船头，威风凛凛，如同一位指挥战事的大将军，指挥着河路汉们拼搏避险："左三棹，右一棹，跌，再跌，五十步破河，右埋两棹，跌到左岸……"

水月从地上爬起来，疯一样地沿着崖畔哭喊着向下游奔跑寻找柳丫，可哪里还有柳丫的身影。找不到柳丫，水月返回来提起地上的长矛，向杏花饭铺跑，听到二憨不停地喊叫，又返回来。

二憨挂在崖壁的树上，双手抓着树枝，双脚乱踢乱蹬，不停地喊叫。树枝不时断裂，发出响声。水月紧张得瑟瑟发抖，跪倒在崖边看着半壁上的二憨，把长矛慢慢伸下去。二憨看到伸下来的长矛，不敢再喊，也不敢伸手，生怕矛头刺到自己。水月只好将长矛提起来，换成矛柄重新伸下去说："二憨，别怕，抓住矛柄，我拉你上来。"

水月话音刚落，二憨猛地抓住矛柄。二憨整个人的重量都到了矛柄上，水月吓得大喊大叫："二憨，我拉不住你，赶快抓住树，赶快抓住树！"

二憨根本不听水月的喊叫，双手拉着矛，双脚一个劲儿地乱踢乱蹬。

此时，水月已被二憨拉到了崖边，十分危险。水月说："二憨，再不听话，你就要死了。"水月说着，手里一滑，长矛脱落。

二憨"啊"的一声，跌落下去。水月向下看去，二憨重新跌回树上。二憨吓得"啊啊"叫着，用长矛抽打着崖壁。

水月看到二憨还在树上，爬起来，伸出手，示意二憨把矛递过来，说："二憨，我拉你的时候，你蹬住墙往上爬。"

二憨递上长矛，水月把二憨一寸一寸地拉上来。二憨爬上地面，拍打着衣襟和衣袖头也不回地跑了。

水月跑回村里，喊来老绳匠。人们用绳子把老绳匠掉下悬崖，恶浪滔天，水花飞溅，哪里还有柳丫的影子！

水月彻底崩溃了，整日以泪洗面，双眼瞪着屋顶，恍恍惚惚，神志不清。老绳匠天天来水月家照顾水月。水月不思茶饭，日渐消瘦。老绳匠心急如焚，只得做了可口的饭菜，亲自端着碗喂水月，但水月有时吃上两三口，有时一口也不吃就把饭挡了回去。老绳匠看着水月不吃不喝，心里不由得替水月担心，但又毫无办法，只得每天早出晚归，悉心照料水月。

几天后，保长绑着二憨来到水月家。保长推着二憨进来的时候，老绳匠正从水盆里捞出毛巾拧干水敷在水月的额头上。

保长说："水月，人我给你绑来了，你看怎么处理吧。"

老绳匠劝道："保长，水月心情不好，经不起折腾。"

保长不理老绳匠，继续对水月说："水月，你要是不说，我给你出个主意，你看这样行不行。依我看，干脆你和二憨成婚，免得他以后还会干出傻事来。"

水月突然坐起来，提着手里的毛巾抽打保长。保长用手轻轻一拨，水月软塌塌地跌倒。老绳匠急忙扶住水月。

保长说："水月，你怎么还打开人了？我是为你好。"

老绳匠说："保长，你要是为她好，就放过她吧。"

保长不耐烦地说："妹夫，看在杏花的面子上，我才饶你一次又一次，你不要得寸进尺！"

老绳匠突然激动地说："话说到这儿,那我就告诉你,从今天开始,我再不会回饭铺住了,也不是你的妹夫了!有我在,你们不会得逞的,你们就对水月彻底死心吧!"

保长怒道："嘿,老绳匠,反了你了,我明天就去找小野田队长,有本事你和小野田……小队长斗去!"

老绳匠说："小野田,我肯定要去找他!你不要忘了,我女人和娃娃们是怎么死的!"

"你你你……你连皇军也不怕了?还真是反了你了!"保长说着,怒气冲冲地走了。

二憨看到保长走了,追出院子喊:"媳妇儿,哥,媳妇儿。"

保长回过头,给二憨松了绑,说:"留得青山在,不怕没柴烧,走吧。"

二憨听了,一屁股坐在地上,来回蹬着双腿喊:"媳妇儿,媳妇儿。"

保长没理二憨,走了。二憨回头看一眼站在门口的老绳匠,爬起来喊着"媳妇儿"追出院门。

老绳匠从饭铺把行李搬回了水月家。老绳匠走后,杏花去找保长,让保长劝老绳匠。保长听了杏花的哭诉,对杏花说:"老绳匠在饭铺住了少说也有四五个月了,你早干啥去了?你怎么就连个男人也收拢不住?找我,我能有啥办法?"

话是这么说的,可保长看到杏花哭得可怜,还是去了水月家。保长劝老绳匠搬回去,老绳匠不搬。

保长说:"你要是不搬,我就过河西去找皇军。等皇军回来,你可别怪我不客气。"

保长说完,老绳匠没说什么,倒是水月不干了。水月说:"上游已经封了,李江没回来,说明他肯定不在人世了。从今天开始,我就是老绳匠的女人了,夜里我们就搬到一起住。只要我能在村里住,老绳匠就能在村里住,皇军也管不了。倒是你们家二憨害死了我的孩子,你得给我个说法!"

水月的话,说得保长灰溜溜地走了。

上游封了河，不再有船回来。老绳匠陪水月从崖畔上回来，决定送水月回河西。水月不想走，但禁不住老绳匠的劝说，最后还是决定离开杨柳清。河道里全是冰凌，顺流而下，十分壮观。好在冰不厚，对渡船影响不算大，只是小磕小碰。老绳匠划着船走到河中央，水月突然改变主意，要返回河东。老绳匠停下桨，也不再劝说水月，任凭河冰撞击着小船。

过了好长时间，坐在饭铺门前的杏花才看到老绳匠控制住小船，一桨一桨又把水月渡过来。

时间过得飞快，水月渐渐好起来。数九寒天，河风吹得人脸上生疼。黄河已经完全结冰了，人们可以自由自在地在黄河冰面上行走。

早上，水月醒来，听不到堂前老绳匠的动静。水月喊了一声老绳匠，没有回音。水月急忙穿上衣服跑出来，发现老绳匠不在家，堆在堂前的绳子也已不知去向。水月感到不妙，匆匆跑出门寻找。临近黄河岸边，水月远远地看到老绳匠挑着绳子向前走着。

水月远远地追上来，喊："老绳匠，老绳匠。"

老绳匠不答。

水月喊："你给我站住！"

听到水月的喊声，老绳匠走得更快了。

水月冲上去，拉住老绳匠的扁担说："我让你站住！你为啥不站住？"

老绳匠说："我要过河。"

水月说："过河？你还想干啥？你想去送死是不是？"

老绳匠说："水月，你让我走吧。"

水月拉住扁担绳摔打着说："你想走就走？谁同意你走了？"

老绳匠说："我真的有正事，你放开我，让我走吧。"

水月听不进去，夺着扁担。扁担从老绳匠的肩上滑落，绳子重重地落在地上。老绳匠将水月推开，想挑起扁担。水月拉着不让挑。

老绳匠说："我的事，你别管。"

水月说："你的事？你住在我家里，招呼也不打一声，想走就走？"

老绳匠说："我走我的，你在你的，我跟你打什么招呼？"

水月说："我不同意你走！"

老绳匠说："水月，李江不回来了，我住下来还能干啥？你就让我走吧！"

水月突然拍打老绳匠的胸脯哭喊道："为啥呀，为啥呀，为啥呀……"

老绳匠抓住水月的双手，动情地说："水月，你让我走吧，我想过河西找小野田算账！"

水月从老绳匠的手里抽出手，抱住老绳匠，哭喊道："你过河西？你说得倒轻巧，你过去，还能再回来吗？"

老绳匠说："能回来，我肯定能回来的。"

水月说："你为啥要留下我，为啥要偷偷地走？"

老绳匠说："水月，小野田杀了我的家人，这笔账我肯定是要算的，你就让我走吧！"

水月说："不行，要走咱们一起走。"

老绳匠说："你不能走！"

水月说："李江走了，柳丫走了，你也走了，以后谁还会管我？这不是老天要杀我吗！"水月说着，伤心地大哭起来。

老绳匠说："水月，我保证会回来行不行。"

水月说："你想回来就能回来？你要是走了，我也不想活了，我也不想活了……"水月说着，突然从老绳匠的胸前软软地滑落……

老绳匠急忙扶住水月，问："水月，水月，你怎么了？你醒醒！水月，水月……"老绳匠抱着水月，又是拍脸颊，又是切人中。过了好一会儿，水月才渐渐苏醒过来。老绳匠看到水月醒了，控制不住放声大哭。

杨柳清码头上，有人在整理船上的物件，唱起船歌，歌声在冰封的黄河上空飘荡着：

万古行船水上漂哟

今天离家啥时回哟

留下妹子好可怜哟

妹子天天望穿眼哟

哥哥在外好牵挂哟

……

八

二月河开，黄河东岸杨柳清码头又活跃起来。河路汉们在老艄的船歌声中把大大小小的船放下水。

老绳匠回来了，抱回了柳丫。老绳匠说："年前封河前，下游大树沟村的船从河套回来路过，正好赶上柳丫掉进河里，河路汉们用船钩救起柳丫，水急控制不了船，就把柳丫领回家过了个年，这次上行时，又把柳丫送回来了。"

水月抱着柳丫，又哭又笑，又亲又咬，弄得柳丫也跟着不是哭就是笑。

杏花饭铺开张了，船队刚开始北上，河路汉们在家过了年，肚子里有油水，下船吃饭的人很少，大多数都待在船上吃干粮。

杏花正在收拾桌子，老绳匠推门进来。杏花头也没有回，便问："船家，几个人？"

老绳匠仍然站在门口，没有答话。

杏花抬起头，看到是老绳匠，问："回来了？啥时候回来的？"

老绳匠坐下，说："刚回来。"

杏花问："装的杨木棺材还是松木棺材？"

老绳匠说："杏花，借你的钱，我会还清的。"

杏花抬起头，看到老绳匠神情严肃，问："怎么了？"

老绳匠顿了一下，说："明天我就要和水月结婚了。"

杏花听了，淡然地说："我知道，水月早就告诉我了。"

老绳匠说："你为啥要对我这么好呢？"突然，老绳匠捂着脸，抽抽咽咽地哭了起来。

杏花走过来，抱住老绳匠，将老绳匠的头靠在自己胸前，抚摸着老绳匠的头发说："看你哭得人心里难受的，又不是个不懂事的娃娃。"说着，杏花也擦了一把流下来的眼泪。

河道里繁忙起来，船来船往。河路汉的号子声飘荡在杨柳清上空。水月的院子里张灯结彩，喜气洋洋。老绳匠和水月高兴地在院子里张贴大红双喜字。两个人边贴边念念有词：

贴双喜，降吉祥，
你贴喜来我抹糨。
一贴夫妻恩爱长，
互敬互爱好榜样。
二贴子女生得胖，
脸蛋俊俏好人样。
三贴家庭财源涨，
进钱好比黄河浪。
双喜贴在院门上，
粮进财涌日子旺。
双喜贴在窗中央，
幸福生活万年长。
双喜贴在家门上，
儿女双全生一炕。
双喜贴在灶火旁，
有吃有喝光景强。

双喜贴在灯笼上，

窗明几净屋里亮。

众乡亲前来贺喜，挤满了水月家的小院。老绳匠和水月招呼着乡亲们，人人脸上挂着笑。就在这时，杏花匆匆挤进人群，神情紧张，见人就问："老绳匠呢？看到老绳匠没有？"

老绳匠看到杏花，说："杏花，你能来，我和水月都高兴。"

杏花说："绳匠大哥，你出来，我跟你说个事。"

老绳匠回头看一眼水月，说："有啥事，就在这儿说吧。"

水月也说："对，杏花，我们马上就要敬喜酒了，你也赶快找个地方坐下喝喜酒吧。"

杏花看一眼水月，说："李江回来了。"

老绳匠听了，惊得手中的酒杯掉在了地上。

水月问："李江怎么会回来呢？"

杏花说："就是李江回来了，我亲眼看见的。"

众人也十分惊奇，纷纷嚷道："李江不是死了吗？怎么能回来呢？"

水月哭了，问："李江他这一年去哪儿了？"

正在这时，海生走进来，说："乡亲们，李江回来了。"

众人围上去打听李江的消息。

海生高兴地告诉大家说："绥西的日本人对河西造成极大威胁，为牵制日本人向河西进攻，中共中央决定建立大青山抗日根据地，李江因为给一二〇师骑兵支队攻打绥西在黄河上运送物资，所以十月封河前没有赶回来。"海生又说，"现在好了，李江领着工作组回来了，把保长抓起来了，还说要进行船改，成立胜利船业社，让全村人都入股分红，人人都有份，都能过好日子。"

海生话音刚落，河路汉们敲锣打鼓扭着秧歌走进来，后面跟着工作组，不断地和老乡们打招呼。李江穿着军装，挎着枪，威武地走在队伍的后面。

老绳匠走到绳车前，挑起绳车正要走，清醒过来的水月扑过去抱住绳车，哭喊着："你不能走，不能走！"

水月拉住老绳匠，扁担从老绳匠的肩上滑落。老绳匠没去管绳车，表情呆滞地向外走去。水月抱着绳车，哭倒在人群中。水月看到老绳匠走出人群，又追上去哭喊："我不让你走，不让你走！"

铿锵的锣鼓声中，人们舞动红绸，扭着秧歌。水月撕心裂肺的哭喊声被淹没在欢乐的气氛中……

李洁，企业工程师，现已退休。清水河县作家协会散文部部长，呼和浩特市作家协会会员。撰写了大量介绍清水河风土人情及饮食文化的散文作品。

二羊倌儿和疙蛋儿奶奶的爱情

那年，二羊倌儿在区里当干部，他铁了心要娶疙蛋儿奶奶。

区长语重心长地说："你是烈属家庭，你的觉悟哪儿去了？"

二羊倌儿说："这个女人，我娶定了。大不了丢了这工作，我再回家放羊去！"

二羊倌儿说到做到，真的辞了工作，回去给大家放羊去了。

参加工作以前，大哥成家另过，二羊倌儿小小年纪便成了家里的顶梁柱。二羊倌儿为人实诚，随和开朗，羊又放得好，是方圆几百里人们都争着雇的好羊倌儿。

人们喜欢喊他二羊倌儿，以至多年来，人们都不知道他的真名叫什么。由于家庭贫困，居无定所，二羊倌儿又伺候着一个生病的老娘，一直到四十多岁还没有成家立业。说起来，二羊倌儿的工作实在是来之不易，是用两个弟弟的命换来的。

二羊倌儿高大魁梧，浓眉虎目，鼻直口方，是实实在在的一表人才。虽然年龄偏大，但有村里人羡慕的工作，有稳定的收入。为了娶疙蛋儿奶奶，二羊倌儿突然要辞去工作，这着实让人有些猜不透他是怎么想的。

疙蛋儿奶奶年轻时是大户人家家里的姨太太。丈夫暴病身亡，正房的儿子们主持家业，就把疙蛋儿奶奶和她年幼的儿子撵了出来。娘儿俩无依无靠，孤苦伶仃，在好心人的撮合下，二羊倌儿和疙蛋儿奶奶这两个可怜人走到了一起。此时，二羊倌儿正当壮年，浑身有使不完的劲儿，找了这个水灵灵的小媳妇，爱得无法形容。除了一日三餐和喂几只鸡，二羊倌儿什么活儿都不让自己的小媳妇做。晚上放羊回来，二羊倌儿经常背着或抱着自己的小媳妇在院子里出出进进，也不避讳院墙外隔壁李四丑那热辣又猥琐的眼神。第三年，疙蛋儿奶奶给二羊倌儿生了一个大胖儿子。这下子，二羊倌儿更是把疙蛋儿奶奶宠上了天。

二羊倌儿从来都舍不得让疙蛋儿奶奶做哪怕一点点农活儿，所以疙蛋儿奶奶的手和村里所有下地劳动的女人的手都不一样，纤细白嫩。数九寒天时，她总是伸出那葱白般的手指指着二羊倌儿，用最嗲的声音说："你个枪崩货，这么冷的天不叫你出去拾粪你怎么就不听呢？"夏天的时候，二羊倌儿劳作回来，爱在院子里侍弄他那几棵心爱的烟叶。到了吃饭的时候，疙蛋儿奶奶总会颠着那三寸金莲小碎步跑出来，说："你个挨刀货，又踔在这儿看你这几苗宝贝烟叶呢。莜面都凉了还不回来吃？"这时候，隔壁院子里鳏居多年的李四丑老汉立马从鼻子里闷闷地冷哼一声，偏过头走向自家门口，那是赤裸裸的羡慕嫉妒呀！每当此时，二羊倌儿会对着李四丑的背影轻蔑一笑，回一声嘹亮而愉悦的口哨，牵起疙蛋儿奶奶白嫩嫩的小手进屋吃莜面去了。

最让村里人开心的还是夏日的夜晚。二羊倌儿劳作一天回来，吃一碗疙蛋儿奶奶做的莜面，再喝一碗疙蛋儿奶奶熬的稀粥。洗漱完毕后，两个人搬了小板凳坐在被疙蛋儿奶奶打扫得比别人家屋子还干净的小院里乘凉。二羊倌儿这人呀，可是个文艺大叔，虽不识几个字，但无法掩盖骨子里的文艺气息，吹拉弹唱样样精通。这时候，附近吃了饭的男女老少也都陆陆续续地聚集在二羊倌儿的小院里。二羊倌儿拉一曲二胡、吹一首笛子独奏，或再来几句地道的西部二人台。疙蛋儿奶奶穿着月白色旗袍，发髻梳得一丝不苟，眼睛一眨不眨地停留在二羊倌儿的身上。此时疙蛋儿奶奶虽然已经是六十多岁的妇人了，但那痴痴的眼神一如当年那个水灵灵的少妇。

每当夜深人静，劳作一天的人们虽然已经很累很累了，但仍然久久不肯散去。大人娃娃们会齐声喊："再来一个，再来一个！"这时疙蛋儿奶奶总会抬头瞅瞅挂在半空中的月亮，用手指头戳一下二羊倌儿的额头，娇嗔地说："收起你的破二胡回家睡觉，明天早上还得早早起来给秃娃妈剪羊毛呢！"于是，不管二羊倌儿同不同意，疙蛋儿奶奶拿了笛子，径自进屋去了。那动作，那眼神，那语气，再生动的文字也无法描述。用现在流行的一句话来说，就是疙蛋儿奶奶把大把大把的狗粮撒向了全村的成年男女——男人爱慕，女人嫉妒。

最让村里孩子们怀念的莫过于每年的大年初一。早上，孩子们都早早儿地来到二羊倌儿家门口，总有调皮捣蛋的孩子先开口喊道："过大年，响大炮，爷爷把架奶奶尿……"听大人们说，曾经真的有人亲眼看到过二羊倌儿把架疙蛋儿奶奶尿尿。

孩子们在二羊倌儿家门口灰说，只要二羊倌儿和疙蛋儿奶奶不出来，他们就不停地大声重复喊着。疙蛋儿奶奶终于出来了，迈着一颠一颤的三寸金莲，左手挎着她那个精致的竹篮，右手拄着油光发亮的红木手杖，雪白的棉布中式小褂外面套一件葱绿色的开衫毛衣，黑裤黑鞋，发髻比平日梳得更光滑，一对温润碧绿的翡翠耳坠晃来晃去，很是打眼，整个人精致娇小，风韵十足。疙蛋儿奶奶脸上挂着几分佯装的嗔怒，高高举起手杖，又轻轻落在一个调皮鬼的屁股上，说："就数你个灰孙子喊得最响！"二羊倌儿则站在疙蛋儿奶奶斜对面，挠挠自己被疙蛋儿奶奶剃得青光瓦亮的光头，"嘿嘿"傻笑两声，将无限宠溺的目光热辣辣地洒在疙蛋儿奶奶身上。疙蛋儿奶奶也不请这些灰猴进屋，因为她那窄憋的小屋容不下这一大群灰猴。她随意把手杖往二羊倌儿身上一扔，抓起竹篮里的糖果、红枣之类的东西丢给这群灰猴。孩子们笑着、闹着、抢着，直到篮子见底。疙蛋儿奶奶这时往往会帮这个小姑娘整理一下弄乱的头发，或帮那个邋遢小子把窝在棉袄里的衣领翻出来。孩子们讨到了最喜欢的零食糖果，心满意足地边跑边喊："疙蛋儿奶奶最好啦！疙蛋儿奶奶最好了！"欢声笑语久久回荡在小院里……

没有见过疙蛋儿奶奶的人，一定以为疙蛋儿奶奶是一个风情万种、妩媚妖娆的大美人。其实不然，疙蛋儿奶奶年轻的时候右侧脸颊就长了个大肉瘤。因为这个丑陋的肉瘤，疙蛋儿奶奶心里郁闷，最后还染上了抽鸦片的毛病。后来，那个该死的肉瘤竟然长到了成人拳头大小，这也是孩子们喊她疙蛋儿奶奶的缘由。二羊倌儿和疙蛋儿奶奶刚结婚的时候，政府没有专业的戒毒机构，要想戒掉鸦片，全凭自己的毅力和家人无微不至地照顾。疙蛋儿奶奶毒瘾发作时，五脏六腑好像有无数只蚂蚁在啃噬着，那是一种比万箭穿心还要痛苦的感觉。她常常被毒瘾折磨得躺在炕上，连喝口水和下地大小便的力气都没有。每当此时，二羊倌儿总会悉心照料着疙蛋儿奶奶，用他的爱，温暖、滋润着这个在深渊中的女人，直到她成功戒掉鸦片，变得阳光自信，更加风韵迷人。

二羊倌儿和疙蛋儿奶奶在一起的每一天，都过着那种人生若只如初见的日子。在甜蜜爱情的滋润下，二羊倌儿身体健朗，疙蛋儿奶奶风姿绰约，一直是村里最哆的那个女人。

这年冬天，疙蛋儿奶奶突然无来由地撒娇说："挨刀货，你是铁人吗？七十岁的人呀，还丢不下那群羊？冬天了，每天扑出去冻不坏你？今年必须辞了羊倌儿的活儿！"二羊倌儿用宠溺的目光看着疙蛋儿奶奶，犹如看着当年那个水灵灵的少妇一样。

就在这个冬天，疙蛋儿奶奶躺在二羊倌儿的怀里，安详地走了……

樊三毛，本名樊志忠，内蒙古呼和浩特市清水河县城关镇人。清水河县作家协会小说部部长，内蒙古摄影家协会会员，呼和浩特市作家协会会员，呼和浩特市电影家协会会员，清水河县委宣传部（融媒体）特约通讯员。致力于传播地域文化，撰写了大量人物传记、报告文学、纪实文学、散文、小说、新闻稿。作品散见于各网络平台。曾多次获清水河县文化艺术成果长城奖，2019年获清水河县文化艺术成果特殊贡献奖。

一路情深

晌午过后，何进财领着闺女何霞茹和他刚收下的徒弟何秋兰一起离开了水沟巷的院子，顺着清水河北岸的小路一直往上游走。刚走不远，他们就到了县城东边的来狐坡村。

这村子是在一个形似戴伞状帽顶的山的半山坡上。山帽以下的石山因含有高价铁化学元素，呈紫红色。从东到西的山峦，都是一色紫红，很有特色。久居山城的人们就从这山上就地取材，开采石头、石片，用于碹窑筑墙、修建居室。久而久之，取石的行为把山腰变成了无规则的阶梯。这儿一处，那儿一处，远远望去，民居窑洞、石房、石院蜂窝似的密集布满山坡，向下延续到清水河畔。在一处崖头的空地上，上几辈人修建了一处清朝式的戏庙院，建成每年时分八节许愿、唱戏娱乐或天旱祈雨的场所。据老辈人口口相传，清朝乾隆年间，皇上听说清水河山清水秀，物产丰富，想在清水河边上建一座城池，就派钦差大臣来实地考察城址。大臣一行到达清水河后，沿清水河水系走了很长一段路，决定把准备建城的标志——一面花旗子插在清水河上游的一个大转湾村。当日晚上，这面花旗子就被一个狐仙叼到下游的一个紫红大斜坡上。人们看见很有特色的紫红色山峦座座相连，觉得这是神仙的旨意，大臣一行人也感到稀奇，觉得不可思议，就决定把城建在这里。这个村子就起名来狐坡村。

此时，来狐坡村正在唱戏，仰头望去，围观的人很多，叽叽喳喳的吵嚷声不断，铿锵的锣鼓声夹杂着吼塌天的唱腔弥漫开来，很是热闹。何进财和娃娃们说："这是山西唱大戏的腔调，叫晋剧，现在唱的是狸猫换太子。"

"我想看！"何霞茹说。

"我也想看！"何秋兰也说。

何进财说："你们还是娃娃，看也看不懂，咱们还有三十多里的山路要走呢，看戏的机会以后多的是，这唱戏的经常在乡下转着演出嘞。我在路上先给你们叨啦这个戏的故事哇，再碰到唱这戏时，你们有个印象，就能看懂啦。"

何进财领着俩闺女从踏石上过了河，到了雾柳湾村，加快了脚步，就走就给她俩讲起了狸猫换太子的故事。有时还放慢脚步，回过头来，哼哼哈哈学唱几段，逗得俩女子笑声连连。

三个人不知不觉中走到了牛家洼村对面的一片玉茭地里。何秋兰放慢了脚步，停下来，望着这个熟悉的山村，百感交集。她眼含热泪，朝着村子深深地鞠了三躬，心中默念："保佑朝夕相处的社员们平安，也保佑我的爱子英英和换换一家在以后的日子里安然生活。"

她双手合十，在心中继续许愿道："我一定要学好裁缝手艺，报答牛家洼村的父老乡亲们对我家人的养育之恩。"

她不由得跪下了，又朝牛家洼村磕了三个头，说："我终有一天还要回来，还每一个人的人情债！"

已走远的何进财和女儿何霞茹说笑着，发现何秋兰落在后面，正要返身回来找她，何秋兰已跟了上来。

三个人走河边，绕山弯，蹚水过河，一边叨啦，一边行路，不一会儿，又走到一个村。

"咿呀！这个村我咋这么眼熟了？"何秋兰惊讶地说，"我来过这个村！"

"秋兰姐，你真的来过这个村子？"何霞茹疑惑地问。

何进财大睁杏核眼，也问何秋兰："你真来过这个村？你知道这个村叫什么名，上边还有个村叫什么名吗？"

"真来过！"何秋兰肯定地说，"这个村叫海子堰村，上面还有个村叫西山沟村，再往上走叫石峡子村，再往上走叫席麻沟村，再往上走叫窑林沟村，再往上走叫三岔河村。"何秋兰一口气数出了好几个村。

"噢，你比我这个当地人还熟悉啊！"何进财说，"那你给我叨啦叨啦你咋这么熟悉这些村子嘞。"

何秋兰边走边把她和靳新民行乞走过各村的事一五一十地给何进财和何霞茹叨啦了一番。

走长路，叨故事，拉家常，扯闲事，能化解旅途的枯燥和困乏，不知不觉已是阳婆落山时。闷热的天气凉爽了许多，四周的光线渐渐地暗淡下来，听得见流水潺潺和蛙鸣声声。树木和草丛中散发出植物的清香，凉森森地，使他们感到乡村夏日夜晚的静谧和惬意，劳累感化解了不少。

一阵狗吠声中，夹杂着牛羊牧归人的吆喊声。何进财欣喜地说："我们走进窑林沟村啦。"

窑林沟是个不大的小山村，属于清水河上游的一条支沟，常年有山泉水从村脚下穿乱石而过，流向清水河主河道。一条小道在乱石丛中延伸进村子里，弯弯绕绕，不太好走。

不远处，迎面碰上了生产队长郭胎海正赶着牛羊回家，看见裁缝师傅何进财领着两个女娃娃，热情地问长问短，死拦硬拽地逼着他们朝自家走。

郭胎海的家就住在西沟的半坡下，山背后是高耸的大石山和黄土塬相连。农户院宅，星罗点点，很密集，依山而筑，很像是一个倒扣的大草筛。其中有路径相连，山脚下的沟壑里有一眼山泉，如滚水翻滚，潺潺流出，与东沟和南沟流下来的山泉相融，涌向北面的村口。郭胎海吆喝着牛羊，背着一捆绿草，从住宅对面的山坡小径往上爬，何进财他们紧随其后，帮着把牛羊拦堵进了两处圈棚。粪肥堆积如山，地上杂草丛生，坑坑洼洼的场地杂乱无章，牛羊粪便到处都是，气味混杂。这是典型的清水河上游东部区村子的特征，地多，人少，社员生活困苦，杂事又多，他们没有过多的精力去打扫卫生，各户如此，村村如此。还有一句俗语说："沟沟有水东面人，沟沟有水水白流，院院邋遢柴草生，有人进，有人出，就是没人去打扫。"

他们说笑着走进窑洞，郭胎海老婆正在搅一盆豆面糊糊，准备抿豆面。几个毛头女娃娃正在帮忙，往炉灶里添加柴草，有的往炕上端碗筷盘子。郭胎海老婆见有客人来，喜扑扑地招呼客人们上炕，就做饭就问长问短。不大的土窑里，一时显得气氛十分热烈。郭胎海点着煤油灯，黑黝黝的窑洞里，映出了炉膛火和煤油灯掺和的光亮，把所有人的面孔映照得火红，庄户人家的烟火气息使人感到温馨而甜蜜。说话间，围拢在饭盘前的人都注视着郭胎海老婆。她麻利地往大铁勺里倒入胡油，往灶膛里一擩，顿时胡油热滚。她连忙抽出勺头，抓了一把盐和扎蒙花混合的佐料放入勺子，"嗞啦"一声，香气四溢，随即倒在一个大花碗里。这是一顿汤汤水水的抿豆面，东部区村里人习惯称"面饭"。生活的窘迫，让他们只能是这么粗糙简单的吃法。把炝好的油盐佐料掺在抿豆面里，大家各自端碗吃了起来。吃了一碗再添一碗，直吃得大汗淋漓。

正吃到兴头时，院外传来"轰隆"一声巨响，甚是吓人。大人娃娃们跳到地上，用马灯照着查看，原来是猪圈墙塌了。一只半大的黑猪被惊得满院子跑，哼哼乱叫。众人忙着把猪赶进一个土墙围子里。

郭胎海无奈地说："营生营生，天天就是这乱七八糟的营生，不是忙这，就是忙那，明天还得误工垒猪圈！"

何进财接道："人不留，天也留，明天早早起来，我帮工吧。"

五明头鸡叫两遍，何进财就和郭胎海起来，穿衣下地开始忙活了起来。天色放亮，娃娃们也起来了，一齐整修坍塌的猪圈墙。何秋兰干活更是麻利，扑泥下水，就像个熟练的垛墙工。郭胎海看到何秋兰干得欢，觉得面熟，好像哪里见过，又一时想不起来，就问："这闺女真面熟，就是一下想不起来了。"

何秋兰笑着说："郭叔叔啊，我对你还有印象，你忘了哇？去年冬在村口河滩边上，你拉了一毛驴车干柴树棍，车卡在冰窟窿里，是我和我家那口子帮你推出来的。你还热情地把我们叫回家又烤衣服，又给做了一顿炒莜面块垒，把我们要饭的一对对真给吃了个饱！"

"噢，我想起来了。"郭胎海喊着老婆，惊喜地说，"嘿！你过来看看这个闺女你认识不啦？山不转，水在转，真是不走的路儿还走几遭嘞。这闺女咱们又见着啦！"

郭胎海老婆说："我倒也忘了，噢……真的，就是她！她叫何秋兰哇！"

过晌时，猪圈墙也垒好了。说笑声中，吃罢午饭，何进财和俩闺女沿后沟小道一路向山坡上爬。爬过后窑林沟村，就到了紧挨着109国道边上的韭菜庄村。

这里山头高，虽是艳阳高照，但风头很大，凉风习习，吹得人衣衫咧咧，树叶摇曳。蓝天白云下，绿油油的庄稼地里，成群的社员挥锄忙碌。过往的车辆卷起滚滚黄沙，漫散开来。

回到韭菜庄村，何进财就和俩闺女，还有几个他带的徒弟，开始整理店铺卫生。社员们见何进财师傅回来，都纷纷跑来，稀罕地又是打塌嘴（扯闲事），又是帮忙拾掇些零乱的营生。有人还拿出了家存的鞭炮，为何进财恢复营业的裁缝铺燃放了鞭炮，以示开张吉庆。

下午时分，几个干部拥着一位气质不凡的人走进来。那位中年胖干部，圆脸，浓眉大眼，上身着白衬衫，敞怀无扣，绾袖半臂，露出黑黝黝的胳膊，笑哈哈地对何进财恭喜道："何师傅的裁缝铺又开张了哇，我进来助助兴，打几个补丁，扎扎裤脚线。"

何进财闻声抬头，一看，惊喜道："是王坦书记来了，欢迎欢迎，你是从公社下来的？"

"不是。"另一位干部回答说，"王坦书记和我们去大桦树沟下乡，在筑河坝工地上参加淤河打坝工程，把裤子磨开了几个窟窿，正好从这里路过，顺便来你这缝纫机上扎扎！"

王坦书记坐在木凳上，脱下满是泥土的旧军裤，说："给你添麻烦了！"

"这事不麻烦！"何进财接过王坦书记手中的裤子，坐在缝纫机前，踏踏地补扎了起来。何进财说："退伍军人，退伍不褪色，一条军裤打了好几个补丁，还当宝贝穿？这哪像个公社书记！"

王坦书记说："家有千万，还得补纳一半嘞。勤俭持家是咱百姓本色，什么时候也不能忘呀！"

王坦书记掏出一毛钱递给何进财，说："不要嫌少，收下！"

"不行，不行，不能收书记的钱啊！"何进财执意不收。

"咋就不收？书记是给人民当的，就是个干事的公仆，不拿群众一针一线，也不占群众一毫一厘，这是做干部最起码的规矩！"王坦书记硬是把一毛钱按在何进财手里，边出门边说："一分一毫看人品，这一分钱还能逼倒个英雄汉哩！记住，这一毛钱还能买八个糖蛋蛋哩！"

何进财目送王坦书记一行朝公社院走去，回头对众人和徒弟们说："多好的书记啊！这就是从部队退下来的军人，他真有个好名声，他叫王坦。"

何进财返回缝纫机前，边做营生边说："徒弟们啊！做事先学做人，人这一辈子，有个好人品就是有了过好日子的基础啦。人品好，好人得报；人品不好，走到哪里也不受人尊敬。这就叫好德性人人夸，这种人，一辈子命长！"

何进财的裁缝铺又火爆了起来，每天都有周围村舍的社员从四方八面涌来，三个一群、五个一伙。一是来供销社购买生活用品，二是顺便来何进财铺子里选布料。正逢时兴条绒布料，何进财的生意真的很火爆。何秋兰一心一意学艺，不忙时，常常跟着何霞茹学文认字，还跟上她学习唱歌，结识了很多人，增长了社会阅历。

何秋兰经过学徒的磨炼，命运在一天天地悄悄改变着……

（节选自中篇小说《黄土地上的清水河》）

王晓华，内蒙古呼和浩特市清水河县人。大学毕
业后，在中国二冶集团有限公司及包头中冶置业有限
责任公司从事财务工作，现已退休。

莫叹清水河

一

在地下等了二十二年的田广元老汉做梦也没有想
到，老伴是用这样的方式来跟他相聚的。

破柴房里有根麻绳，是田老汉活着的时候拿来捆柴
火用的。

前天傍晚时分，连着下了三天的雨终于停了。

田老太穿着出嫁时的那件红花夹袄，站在围墙早已
塌了的院子里，出神地四下张望。

邻居老康家院子里，鲜红的西番莲开得饱满滋润。

头顶上的天空，西边，云层褪去了前些时候阴沉厚

重的黑灰色外套，露出一道微微的蓝，渐渐地，那蓝越变越宽，有点像田老太做闺女时总爱去的那条河。好几天没看见的日头一点点冒出来，染红了天上的云，温柔地把光涂抹到田老太沟壑纵横的脸上。

"真好看啊！"

田老太满足地叹了口气，颤颤巍巍地走进柴房，踩着家里那条唯一刷过油漆的木头长凳，把挂在东墙上的麻绳慢慢解下来，似乎并没有用力，轻轻一甩，就把绳子甩上了房梁，接着，又系了个死疙瘩。

田老太拍了拍身上的土，抬起干瘪的双手，仔细整了整只剩下半头的灰白头发，才把头伸进绳套，缓缓闭上了眼睛。

虽说那柴房年久失修，房梁也不是很结实，但田老太比较轻，不到二十分钟，就咽了气。

"你糊涂啊！你走了，儿子媳妇忙着挣钱养家，两个小孙子谁给看？"

"你这个老汉才糊涂，咱们只有两个儿子，大儿子吃生杏仁中了毒，不到九岁就没了。小儿子才处了对象，人家嫌咱家里穷，还没答应了，哪儿来的孙子？"

田广元老汉愣住了，这二十几年，他从来不敢离开地府给他设定的那一小片地方，只能凭着微弱的气息感应，知道一些地面上亲人的生活状况，但是老伴儿的失忆，他竟然一点儿都没有察觉。

其实，不只地下的广元老汉没想到，地上的贾引弟更没有想到。

到1996年，贾引弟嫁到田家已经整整八个年头了，大儿子力力七岁，刚念了县里的一完小。小儿子平平刚两周岁，若不是六天前婆婆失忆，她也不会让才结婚的妹妹招弟帮忙看孩子。

那天是国庆节。

如果是在村里，此时每家每户都忙着收割自己那一亩三分薄地里的玉米、土豆，能走动路的都下了地。除了三五家安了电视的，剩下的人，谁也不注意日历上到底是哪一天。

县城里总归还是不一样。

首先，上上下下的邻居几乎都有电视。

还有很重要的一点，县城比乡下美，尤其到了秋天，更有看头。

县城不大，四面环山，一条清澈见底的河从县城中间蜿蜒而过。

田家的院子别看破，地理位置却很好，就在紧挨镇政府的北山上，算在城关镇的镇中心。

北山有个阔气得有些俗气的名字：银滚山。

贾引弟也读过些书，刚成家时，二十出头的她很好奇，问大她两岁的男人："为什么叫银滚山？"

"不知道，老一辈留下来的吧。"

"是不是一百年前有大财主来山上藏银子，不小心洒了，银子滚下山，时间长了没人捡，就变成石头了？"

"哈哈哈，也就你能想得出来，都结了婚的人了，还说孩子话！"

贾引弟从小就个子高，大大咧咧的，不怕被人笑话。

春风刚起，她缠着男人上山，去看大片大片粉红的桃杏花，凑到开得像小星星一样的沙枣花前使劲地闻。夏雨一过，她缠着男人上山，身轻如燕地爬上光滑得像红缎子的桃树上，摘毛茸茸的青桃吃。杏树皮粗糙，也能爬上去，只是刚谢了花的毛杏比桃还酸涩。秋天最好，桃树叶、杏树叶黄里透红，虽然果子在夏天就被人摘得不剩几个，但还有熟透了的沙枣，那些小小的沙枣颜色虽然黑，味道却甜，像蜜一样。

不上山的时候，贾引弟就站在院子里，远远地看那条夏能捞鱼冬能滑冰的河，还有对面那座灰中带着微绿的平顶山。

平顶山山势平缓，山中间略有起伏，远远看去，很像一尊睡着了的大佛。更奇的是，山东边有一纵一横两道纵横沟，一道像大佛微微合上的眼睛，一道像大佛轻轻上扬的嘴角。

二

"引弟，快回家哇！你婆婆上吊啦！"

跑到菜摊前通知她的，是住在同院北窑里的智障女人。如果不是她在窑头上往院里丢石头，抱着孩子拉风箱的婆婆也不会因为突然受到惊吓而失忆，可是，贾引弟对她，居然一点儿也恨不起来。

"什么？上吊了？"

贾引弟感觉身体里的血像听到冲锋号的队伍，一下子都涌上了脑袋。她扔下手里的秤盘，盘子里的几颗西红柿滚在了街边，她也不管了。

"嫂子，帮我收一下摊啊！"她对旁边摆摊的中年女人说了一句，也没管前一秒还在买菜的老汉一脸的困惑，拔腿就往家里冲。

县城只有一条街，街名很古朴：永安大街。从永安街到她家，一直往北，正常步行需要十六分钟，要经过三道弯弯曲曲的巷子。三道巷子都不宽，巷子两边都住着人，自己盖的房子，高低错落，大小不一。日常的生活垃圾虽说可以定点投放，但巷子里下水不好，好多人家只管自家干净，把脏水随手一泼，不下雨还好，一下雨，雨水裹着每条巷子里的脏水，随心所欲地流，人走路都得捡水稍浅的地方，年轻点儿的人一蹦一跳，像在自学街舞。

然而，此刻的贾引弟完全没有心思顾及这些，她迈开长腿一路狂奔，到家时才发现，两条粗布裤腿已湿了大半，黑泥汤顺着裤脚，一滴一滴地往下淌，把已然洗得泛白的黄球鞋彻底染成了黑色。

贾引弟跌跌撞撞冲进家门的时候，上下院的几个邻居已经把田老太抬到了外屋炕上。

说是外屋，实际只是一条通往里面窑洞稍宽的过道，过道很深，靠北边盘了个能睡五六个人的大炕，炕上铺着的，还是田老太成亲时，广元老汉去县里唯一的毛毯厂擀制的一条粗羊毛毯。

田家的窑洞是广元老汉的父亲和二爹一起打的土窑，里屋也很深，炕靠南。本该冬暖夏凉的窑洞，因为是坐东朝西，再加上广元老汉活着时，用木椽在窑洞前搭了一间小凉房，所以人在屋里，只能在下午两三点钟时见到一道细得可怜的太阳光。

贾引弟自打进了田家门，就没见过公公田广元和那个短命的大伯子，先是她和男人在里屋，婆婆一个人住外屋，后来添了儿子，白天婆婆给看孩子，晚上还是一个人睡外屋。田老太喜欢这个爱说爱笑的儿媳妇，总夸她眼睛大，毛花花的，好看。

当然，相比之下，田老太更喜欢两个孙子。两个小家伙都取了爸爸妈妈的优点，虎头虎脑的，皮肤白白嫩嫩，仿佛田老太院里种的小葱，轻轻一掐就能出水，又都长着一对黑溜溜的圆眼睛。尤其是大孙子力力，一张红润润的小嘴特别会哄人。

"奶奶，这是我妈妈从地里摘的嫩黄瓜，我给你削皮，你吃瓤，我吃皮。"

"奶奶，你抱弟弟做饭累了吧，我替你抱一下。"

…………

如今，总跟邻居夸孙子的田老太安安静静地躺在被那床烟熏火燎了二十多年的羊毛毯上，眼睛微微合起，嘴角轻轻上扬，竟有点儿像贾引弟平日爱看的那座平顶山佛。

三

"引弟，你可回来啦！你说说，你婆婆咋就这么走了呢？！"邻居康大娘声音里带着哭腔。

康大娘家在田家大院的西北，是十多年前从村里搬到县城住的。做过村会计的康大爷头脑精明，来县城不久就和一个小工头一拍即合，专门给城关镇里有需要的人家盖房子。五六年下来，康大爷花了极低的价钱，把一个院的破窑烂房都买了下来，装门竖墙，狠狠整饬了一番，康家便成了方圆几里为数不多的有钱人家之一，很让还在为养家糊口奔波的左邻右舍羡慕。

康大娘没有有钱人的傲气，忙完家务后，常常迈开缠过的小脚，主动到田家大院找田老太和下院的两个老太太聊天，家长里短的，从正午能唠到日头偏西。

康大娘挺喜欢田老太的大孙子，每次去都带点儿小零食，有时是几块糖，有时是一个苹果或一根香蕉，不图别的，只想看看小家伙接过东西时，像天上发光的星星一样那对亮晶晶的黑眼睛，还想听听那声"谢谢康奶奶！"那声音脆生生的，像河东头那眼长年不休的老泉，冒出了一股清冽冽凉盈盈的泉水。

"康大娘，我也没想到啊！自打我婆婆被吓得失忆后，她总是手里抱着平平，嘴里喊着力力。我把孩子送到我妹妹家那天，听二凤说她在院子里站了半天，一直盯着路口看。"

二凤就是那个把田老太吓失忆的智障女人，是同院田二龙的媳妇。

田二龙是广元老汉的远房侄子，说话有些结巴，比贾引弟的男人大十五六岁。他娘死得早，爹也没什么本事，只会在事宴上给人吹唢呐，不拘红白事宴都去吹。

吹唢呐的爹供不起孩子上学，只好教两个儿子吹唢呐，可是，直到爹去世，哥哥成了远近有名的吹鼓手，田二龙还是不会吹，只好跟着哥哥敲锣拍镲（一种类似于"钹"的乐器）。

没学会吹唢呐的田二龙喜欢看书，邻居们算了一下，他打工挣的钱，四分之一都用来买了书。田二龙看书的速度奇快，像《三侠五义》《萍踪侠影录》《封神演义》《薛刚反唐》之类的野史书，还有《西游记》《三国演义》《水浒传》这些书，他都看。看得多了，眼睛自然近视得很厉害，可他不当回事，不出工的时候，他常常捧着本厚厚的书，坐在自家土窑的炕上，眯缝着眼继续看。有时候大院的几家人聚在一起吃晚饭，他心情好，也给院里的小孩子们讲书里的故事。

因为家里穷，田二龙一直娶不上媳妇，长年在县城给人打零工。十几年前的一个冬天，跟他一起打工的一个工友给他领去一个外地口音的女人。

女人是个智障，田二龙问她叫什么、多大了、从哪儿来，她都不知道，只是傻呵呵地笑。

女人虽然傻，但是爱抽烟，还爱串门。十几年间，把前前后后上上下下每一家邻居的门槛都跨了不下几十遍，进了家，会把她不知怎么得来的便宜烟分给邻居家的男人们抽，偶尔在离开的时候顺手拿走一两件不值钱的小玩意儿。除了这一点，十几年间，她倒也跟所有人相安无事。日子久了，邻居们也习惯了她的存在，并且给她取了个挺喜庆的名字：二凤。

四

"你不提二凤我倒忘了。都怨她，要不是她朝院里扔石头，你婆婆也不能被吓着。"康大娘一边没好气地说，一边伸手指着躲在众人背后的二凤。

邻居们也反应过来，七嘴八舌地埋怨起二凤来。

"快别说她了！我男人还没下班，这发送老人的规矩我也不懂，大家伙有明白的，还得帮忙给拿个大主意！"

贾引弟心里很难过，毕竟在一起生活了八年，虽说家里穷，婆媳俩经常为柴米油盐的事拌几句嘴，但从没有真正红过脸。如今，她看着炕上这个心善话少一辈子没享过福的婆婆，眼泪不自觉地流了下来，可又气她选了这么一条离开他们的路。

"引弟，别着急上火，生叔经常给人帮忙办白事，我给你张罗！"

接话的，是下院的生老汉，他的老伴和田老太年龄相近，性格相仿，贾引弟和年轻一点儿的邻居都管他们老两口叫"生叔"和"生婶"。

生叔生婶有两儿两女，女儿们早早嫁了人，大儿子一家跟他们住在一个院里，生活得跟他的父母兄弟一样，常吃清汤寡水的饭菜，穿打着补丁的衣服。

生叔姓牛，也爱吹牛，有时能把牛吹得惊天地泣鬼神。年近七十的生叔从不知愁，每日下了工，总爱上邻居家串门，每次都像王熙凤初见黛玉——人未到声先闻。进了屋也不见外，盘腿坐在炕尾，大讲他年轻时的光辉历史，其中有一件事相当离奇。说1943年的一天，日本兵把飞机停到他家窑畔，驾驶员打开窗子问他："老牛，山西在哪个方向？"生叔给他指了相反的方向。

牛生老汉讲他这些故事的时候声如洪钟，仿佛他自己也是抗日英雄。

尽管生叔爱吹牛，但贾引弟和邻居们一样，都知道他是个热心人，哪家邻居有事，他带领两个儿子冲在前头，也不要报酬，一顿热乎饭，一盒中档烟就能让父子三个铆足全身的劲。

"那就麻烦生叔给张罗吧。需要干什么，您只管跟我说。我婆婆苦了一辈子，咱家再穷，后事也要尽量办得体面些。"

贾引弟哽咽着对生老汉说。

邻居们也都跟着落泪，生婶和康大娘坐在炕沿上，拉着彼此的手，哭得更是伤心。

"奶奶，我回来啦！"

一阵极有节奏的小跑声突然传来，伴着清脆的叫声，刺破了仿佛已经凝固了半晌的悲伤空气。

"咦，家里咋这么多人？妈妈咋回来得这么早？康奶奶和生奶奶也在呀？"刚放学的力力还没来得及放下快赶上他大的书包，小嘴巴就像连珠炮似的，冒出了一连串问题。

贾引弟冲康大娘使了个眼色。

老太太一下就明白了贾引弟的意思：力力是田老太一手带大的，跟奶奶比跟他妈还亲，要是让孩子知道奶奶没了，肯定会哭闹个没完。

康大娘瞬间止住眼泪，跳下了地，小脚竟比往常灵巧了几分。

康大娘把力力堵到门口，笑眯眯地说："力力乖，今天过节，康奶奶炖了羊骨头，蒸了大馒头，你快放下书包，跟康奶奶吃好吃的去。等吃完，还能看电视，看完了就回来找奶奶。"

毕竟还是小孩子，力力一听说有好吃的和最喜欢的电视，马上解下书包，顺手丢到了炕角，又快速跟贾引弟说了声"妈妈再见"，便高高兴兴地跟着康奶奶走了。

五

等力力跟着康大娘出了大院，牛生老汉鞋也没脱，盘腿坐到了离田老太一米远的炕角。

"以前准备好寿材没？"他问贾引弟。

"还没有，我还说今年秋后卖了土豆有了钱，给他奶奶买口稍微好点儿的寿材嘞！"

寿材就是棺材，县城里没有火葬场，不管谁家死了人，都是土葬，老一辈人把老年人寿终正寝后入殓的棺材叫寿材。讲究点儿的人家，会在老人寿命将近时，选上好的木料，找手艺好的木工提前打好，再让手巧的油工雕花刻叶、描龙绘凤，把一口棺材打造得像一件大型工艺品。

刚满七十的田老太身体一向结实，所以谁都没把做寿材的事列进一家人的生活计划里。

"那就这样吧，等永丰下班回来，让二龙陪他连夜去趟村里，去买口现成的寿材吧。"

永丰是贾引弟的男人，当过红军挨过饿的广元老汉既有当兵情结，又怕再遇灾荒，所以给两个儿子分别取名胜利和永丰。也是因为家里穷，胜利还没成年就死在了一把生杏仁上。

田永丰吸取了哥哥的教训，什么山里的野兔野鸡、毛桃毛杏，一概不碰，天天只吃土豆白菜，长了一副好身材：一米八的个子，细腰长腿，加上皮肤白眼睛大，二十出头就被左邻右舍的婶子大娘们抓着去相亲，可是大部分姑娘相中了人，一去他家看过就变了卦。贾引弟是个例外，在介绍人家里第一眼见到一表人才又老实敦厚的田永丰时，就认定了他，家里人问她嫌不嫌田永丰家穷，她轻描淡写地说了一句："穷不怕，慢慢挣呗！"

事实证明，贾引弟虽然选对了人，但嫁到田家的日子比她想象的还要清苦。

田永丰家除了一间半土窑和土窑里那一节传了三代的红躺柜，什么家业都没攒下，一家人的日常生活来源仅靠田永丰在县五金厂上班每月领的那八九十块钱工资。

二儿子平平满周岁时，头脑活泛的贾引弟从一户搬去市里的人家手里租了河南边的二亩滩地，一亩半种了土豆，剩下半亩种些豆角、黄瓜、西红柿，这样不仅能卖菜贴补家用，家里人也能隔三岔五地吃上婆婆口中经常念叨的"细菜"。当然，田永丰正点下班的时候，都会骑着他那辆除了铃不响哪儿都响的二八永久自行车赶到地里，帮贾引弟除草浇地，因为他舍不得媳妇一个人为了这一大家子人没日没夜地奔忙。

前几天在地里，田永丰看着长势喜人的土豆和细菜，兴致勃勃地嘱咐贾引弟说，到了国庆节时摘些豆角，打块豆腐，他再去割二斤猪肉，晚上由他下厨，好好给她露一手。

偏巧在国庆节这天厂子有批急活需要加班，下午活儿还没干完，厂长的媳妇又去了，找到厂里手艺最好的田永丰，让他拿着工具和材料，到家里给修院里刚安不久就关不上的铁门。

田永丰修好了门，从厂长家出来的时候，已经过了平时的下班时间，巷子里住的人家已经开始做晚饭了，炊烟袅袅升起，锅铲相碰间，蹿到鼻子里的阵阵香气提醒他加快脚步，去厂子对面的肉铺买肉。

六

当田永丰兴冲冲赶到肉铺的时候，那个平日里不笑不说话的胖老板娘正准备上板打烊，一看见他，白得发光的胖脸上罕见地露出既焦急又怜惜的神色："永丰啊，别顾着买肉了，快回家哇！你家出大事了！"

县城太小，只要不是放个屁这样比芝麻粒儿还小的事，每一家的风吹草动，不过半天，整个永安街的买卖人便都能知晓。

田永丰心里咯噔一下，问："我家出什么事了，嫂子？"

"你妈上吊啦！"

"啊？"

田永丰的脑袋像被人重重敲了一闷棍，双腿紧跟着发了软，一时间两只脚仿佛被粘到了半湿半干的柏油路面上。自从几天前母亲失忆，一有时间，田永丰就和儿子力力一起，想方设法地逗母亲笑，可她总是一副恍恍惚惚的神情，这神情像根针，扎到田永丰的心里，让他有了一丝隐隐约约的不安。

"别发愣啦！快回家哇！"

肉铺老板娘轻轻推了一下田永丰的胳膊。

田永丰瞬间回过了神，像上学时在运动会的赛场上听到了发令枪，拔腿便朝家的方向跑。

他以百米冲刺的速度跑进家门，瞅都没瞅一眼坐在炕沿的生叔还有地下站着的贾引弟和邻居们，拨开人群，直接扑到躺着的田老太身边，用力抓着母亲冰凉干瘦的双手，放声大哭。

贾引弟和邻居们都没出声，只是默默地陪着流泪。他们知道，孝顺本分的田永丰心里，对相依为命的母亲，不仅仅是依恋和不舍，更多的是愧疚。

田永丰哭了好一会儿，牛生老汉拍了拍他的后背，开口劝道："永丰，生叔知道这二十几年你妈不容易，一个人把你拉扯大，又给你娶了媳妇，带大了孩子，眼看日子快好过了，她又这么走。你一向是个孝顺孩子，这心里头肯定觉得对不住她。可眼下最要紧的事，是咋安排你妈的后事，你还得打起精神，跟你二龙哥去最近的村里买口寿材，让你妈早点儿入殓啊。"

田永丰止住了眼泪，哑着嗓子应道："我不哭了，谢谢生叔帮着张罗，等我二龙哥回来我俩就走。"

"生叔，还要做点儿什么？"贾引弟问道。

"还得准备孝衣孝帽,明天一早你让你妹妹招弟去买白布,你康大娘和生婶她们给缝。另外,田家除了二龙,也没什么近亲,让你妹夫去通知你家里人。引魂幡冲天纸让二龙、永丰路过做纸货的钱三家时顺便买上就行啦。还有,咱们老辈人讲究给死人嘴里放个洋钱,过冥河的时候给摆渡的舟子,人才能顺顺利利地到那边,你婆婆生前肯定没攒下洋钱,这个不好办!"

"生叔,能不能用别的代替,是个银的就行哇?"贾引弟又问。

"按理说也行了。"

一听牛生老汉这么说,贾引弟把手上的银戒指摘了下来:"用我的戒指!"

"引弟真是个好媳妇!家里有白酒没?消消毒,给你婆婆含上。"

田永丰从来不喝酒,家里也从来不买酒,贾引弟正想说去买一瓶的时候,站在一旁一直陪着唏嘘的人群里,有一个人接住了话茬:"我家有酒,我现在回家,一会儿让我媳妇给送一瓶过来!给戒指消了毒,剩下的让永丰、二龙路上带着,夜深天凉时暖暖身子。"

说话的人姓畅,贾引弟和田永丰平时管他叫畅大哥。跟大多数头脑简单只求温饱的邻居比起来,畅大哥很另类。在县里还没到全民刷牙的年月,他已经是第一个也是唯一一个牙医了,还兼着给人祛痘除斑。

畅大哥的神奇之处不止职业,他的头脑和见识也非同一般。他常跟邻居们讲他自己的理论:"有买房盖房的钱,不如存到银行吃利息(那年月一年期存款利率百分之十),然后用利息的十分之一去租房,这样生活质量会高出一大截。"

虽然这套理论对邻居们而言,既听不懂,又够不着,可畅大哥说这话是有依据的。他家就是县里最早的万元户之一。虽然有四个儿女,但丝毫不影响他家的生活质量,除了全家人定期去县里唯一的澡堂里洗澡,日常的吃穿用度几乎都与众不同,逢年过节,别的邻居家都是打几斤散装酒,他家买瓶装酒都是按箱论。

七

畅大哥走后不到十分钟，他那个平素不大爱串门的媳妇便拿着一瓶北京二锅头，跟刚刚下工的田二龙一起走了进来。

"引弟，给你酒！我一下午在家忙着做饭，刚听老畅说了广元婶的事。唉，这人啊，咋说走就走了？"

贾引弟接过酒递给田永丰让他打开，红着眼圈向畅大哥媳妇道了谢，又转向田二龙说："二龙哥，还得麻烦你，跟永丰连夜去趟山对面的村子，给我婆婆买口寿材。"

"行……行了哇！本来……我婶婶这事也……也怨二凤，我……我……我回家……拿几张烙……烙饼，我跟……永丰路……路上吃！"

田二龙结结巴巴地表了态，转身回了北边他和二凤住的那间小土窑。

就在牛生老汉像个指挥若定的大将军一般，叮嘱贾引弟接下来如何如何做的时候，田永丰带着贾引弟从里屋红柜的宝贝铁盒里小心翼翼取出的一百三十多块钱，还有消毒用剩的那瓶酒，和怀里揣了五张烙饼的田二龙一起，朝着对面平顶山后的村子出发了。

平顶山石头少，比银滚山平缓，沿着山体，修了一道一道的盘山路。田永丰上中学的时候，常常在有月亮的晚上，站在院子里，往对面的平顶山看。黑黝黝的山带领周围的三五十户人家，一起钻进黑夜支起的大帐里，只有山路上偶尔经过的汽车打起了车灯，灯光如豆，一下一下地闪，时快时慢，仿佛在田永丰心里拢起了一丛乱蓬蓬绿油油的草。可命运往往把人往相反的方向推，田永丰有多渴望走出这个小县城，命运的大锤就越把他在这片土地上钉得有多牢多深。自从结了婚，田永丰就再也没在夜里眺望过平顶山路上闪烁的汽车灯。

大约晚上八九点钟，天渐渐变成像田老太常穿的那件布衫般的墨蓝色，天上一颗星星也没有，只有一轮即将圆满的月亮，努力地朝地面泼洒着光。

田永丰不由得想起去年中秋，自己教力力背李白的诗"小时不识月，呼作白玉盘。又疑瑶台镜，飞在青云端"，贾引弟在一旁插话："我没见过什么白玉盘、瑶台镜，我看那月亮倒像从咱们地里刚刨出的新土豆。"逗得田老太脸上的皱纹笑成了一朵花。

借着明晃晃的月光，田二龙瞥见只顾低头走路的田永丰脸上也泛着明晃晃的光，他觉得必须得说点儿什么了："永丰，你……你饿……不饿？给……给……给你吃……饼！"

田永丰用手轻轻挡回田二龙递过来的烙饼，哽咽着说："二龙哥，你吃吧，我不饿。"

"永……丰，人……都是要……要死的，三国……国的周……周瑜，那……那么年轻就……就……就被气死了，薛……薛刚一……一大……大家……三……三百多……多口……都……都让……杀……杀了，所……所以，婶……婶婶……这……这下……不……不用再……再……再受罪了！你……你想……想开……开点儿。"

本来田永丰的心里像堵了一块巨大而坚硬的冰块，听着田二龙东拉西扯地拿书上编的故事来开导自己，他倒觉得那冰块似乎融化了一点儿。

下过雨的山路没有车经过，却比平时更难走，每往前一步，都得拔出陷在胶泥里的脚，还不能太用力，不然，鞋就会留在泥坑里。

就这样走一步挪一步，田永丰和田二龙终于在月亮升到当头顶的时候，深一脚浅一脚地走到了村口一扇从里插了闩的木门前。

这是个只有四十几户人的小村子。田二龙说村口住的，是村里最有威望的张旺老汉，张老汉有三个儿子，两个在市里做牛奶买卖，一个在县委上班，因为儿子们经常往家里寄钱，张旺老两口的日子过得很清闲，住的大院看起来比别人家的气派。

田二龙就是前年跟着包工队来给翻修窑洞的时候，认识了被村里人奉为"百事通"的张旺老汉。

八

田二龙正要伸手推门，院里传来一声狗叫。在静得听不见一丝风声的夜里，这突如其来的狗叫声显得格外刺耳。

不只门外的田永丰和田二龙被吓了一跳，大院正北那孔石头窑洞里的灯随即亮了起来，接着，一个苍老却不失洪亮的声音问道："外面是谁呀？大半夜的来做甚！"

"张……张旺叔，是……是我，前……年……给……给你家盖……盖窑的……那……那个……跟你讲……讲三国的……那……那个……田二龙！"

"哦，二龙呀！进西窑来哇！"

张旺老汉穿衣出来把狗给看住，领着田永丰和田二龙进了素日待客的西窑，打开灯，让他俩坐在靠东墙的长沙发上。

田永丰简明扼要地讲了来意，听得张旺老汉直叹气："你们也来得巧，正好村里有家人的闺女放暑假回来时，因为不小心让一只苍蝇跑进嘴里得了痢疾，咋治也不行，村里的半仙让准备后事，没想到棺材打好了，闺女的病好了，所以那棺材成了这家人的心病。一会儿我就领你们去，肯定能便宜买上！"

田永丰千恩万谢了一番，紧接着又犯了愁："张旺叔，下完雨的山路实在不好走，我和我二龙哥就带了半瓶酒和几张烙饼，都走了好几个小时了，再抬口棺材，可咋弄呢？"

"嗯，让我想想……对了，村里有个二后生有辆驴车，专门给人拉重货，这小子就爱喝酒，你们把酒给他，再少给上几块钱，他保险能给你送一趟。"

田永丰和田二龙跟着张旺老汉，在黑灯瞎火的村子里先花了八十六块买了棺材，又把睡得迷迷糊糊的二后生从被窝里拽起来，给了他那瓶打开的酒和五块钱，二后生便很爽快地套上驴车，拉着棺材出发了。

三个人一路上都不说话。田永丰没心情说，说话本就不利索的田二龙累了，二后生的睡意还没全消，只听见拉棺材的驴车"咯吱咯吱"地响。田永丰觉得奇怪，同样的路，去的时候走了那么久，回来时好似快了许多，一会儿工夫就到了河边。月光下的河水像镀了银，哗哗地流着。

如果把县城比成人，那这条河就是人体里的血液。田永丰太熟悉这条河了，闭着眼都能知道哪一段水深，哪一段水浅，知道每一道踏石有几块。

没注意什么时候，天上多了几片云，月亮不理会世间众人的喜怒哀乐，在轻飘飘的云层间一点一点地往西边挪动，地上似乎也没有先前那么亮堂了，人和驴都有些犯困。

突然，已经到了河中心的驴子前蹄打滑，棺材顺势栽了下去，走在旁边踏石上的田永丰瞬间清醒，抓住捆扎棺材的麻绳使劲一提，驴直起了身子，棺材也回到了原位。

"哎呀，真玄！要不是永丰反应快，这棺材进了水就麻烦了！"拉着驴车的二后生经这么一折腾，彻底清醒了。

"我也不知道，本来也有些迷糊，刚才一下子就不困了。"其实，田永丰的心里还有句话没说出来：当时，他感觉有只神秘的大手，稳稳地推了他一把。

九

一过了河，离田永丰的家就不远了。

巷子口已经有一两户亮起灯的人家，看样子，时间快到凌晨四点了。驴车刚拐过巷子最后一道弯，田永丰便远远地望见自家的院子里也是罕见的明亮，他知道肯定是邻居们帮着贾引弟搭好了母亲的灵棚。

进田家大院要走一段石头坡路，那是驴车进不去的。二后生停好驴车，招呼田永丰和田二龙把棺材卸下来，两个人在前管头，一个人在后顾尾，呼哧带喘地把棺材抬进了院子里的帆布灵棚前。

听到动静的贾引弟很快冲出了家门："永丰，二龙哥，你们可算回来了！你们先进屋歇歇，喝口热水，一会儿准备给他奶奶入殓！"

"引弟，生叔和邻居们多会儿走的？就你自己在家？力力和平平呢？"田永丰进了屋，端了杯热水，坐在炕沿上问。

"生叔他们安排完就回去了，说早上再过来。二凤跟我做伴呢，这会儿在里屋睡着了。力力学校明天放假，晚上在康大娘家睡了，平平在招弟家。对了，纸货买上没？"

"我们只顾赶路，忘了买啦。等天明我去买哇，顺便找个油漆工再给寿材刷遍油漆！"

"不用找油漆工，我就会，买上桶油漆就行。"坐在小马扎上的二后生喝了口水，很自信地说道。

"那……那等天明……我……我……我去……去买……买……买纸货和……油……油漆哇，你……你……你们忙……忙别的。"挨着田永丰坐着的田二龙忙说。

"行，那谢谢二龙哥了，花了多少钱，回来我给你。"贾引弟从来不爱占任何人的便宜，她总说遇事时人家能帮忙出力已经很难得了，再搭着钱，无论如何也是说不过去的。

"不……不要了，你……你们……花……花……花钱的地……地方多……多呢。"田二龙说。

"那等办完事一并答谢哇。墙角有脸盆和毛巾，你们洗洗手，咱们先给老人入殓！"

贾引弟觉得给老人入殓是件严肃的事，凡是参与这事的人，不只心里要恭敬，手也得擦洗干净。

田永丰用颤抖的双手扶住母亲的头，好不容易止住的眼泪又像决了堤的洪水，扑簌簌地流了下来。

贾引弟见状，伸手把他推到了一边："我来吧，你去挂起门帘！二龙哥和拉车师傅，你们搭把手，帮我把他奶奶抬出去！"

"不……不……不能走……走门！"田二龙急忙阻止。

"为什么啊？"贾引弟问。

"是有这么个说法，死人不能跟活着的人走一个门，我们村里的老人死在家里，都是从窗户上抬出去的。"二后生替田二龙回答道。

田老太住的外屋只有一扇长宽都不到一米的小木头窗，窗子正上方的墙壁上和最下面的窗格上分别有两颗比较大的铁钉，开窗时用根布条上下拉直。田老太怕平平碰头，用花布缠住了下面的钉子头。

小木窗共有九个小小的窗格，每个窗格的白麻纸上还贴着去年过年时力力和奶奶一起剪的窗花，七八个月过去了，麻纸泛了黄，原来红艳艳、粉嘟嘟的窗花也都褪了色。

虽然贾引弟不明白为什么死人不能跟活人走同一扇门，但还是让田永丰卸下了木窗。

几个人把田老太抬出窗，正要往棺材里放，贾引弟突然让几个男人等等，自己进里屋打开红躺柜，把结婚时四铺四盖中的一床没舍得铺的新褥子取了出来，小心翼翼地铺在棺材里。

"好了，永丰，你们轻一点儿往下放。"

田老太躺在绣着大朵牡丹花的缎褥子上，神色安详，身上的红嫁袄似乎比天边第一抹出现的朝霞还要鲜艳。

<h2 style="text-align:center">十</h2>

早上九点多，被康大娘送来的力力看到大门口的石墙缝里插着的冲天纸和院子里停放着的棺材，立刻反应过来，一反往常的乖顺，坐在地上声嘶力竭地大哭大闹起来。

力力非说奶奶还活着，死命拽着爸爸让打开棺材把奶奶救出来。

后来，还是力力那个在县财政局工作的二姨父，也就是贾引弟的妹夫贾招弟的男人，凭着他的伶牙俐齿百般哄劝，才让力力这匹脱了缰的野马驹儿慢慢地安静了下来。

因为广元老汉死得早，田家没有近亲，两个孙子又太小，所以田永丰和贾引弟听了牛生老汉的建议，省去了诸如合墓、叫夜、安鼓之类的繁杂程序，直接在入殓后的第三天，由左邻右舍的男人们和田永丰、田二龙一起，将田老太安葬在了广元老汉旁边。

"咱真不应该图省事，没把老两口合葬。"晚上回了家，全身像散了架似的贾引弟躺在炕上，跟也软成一摊泥的田永丰低声说。

"为什么呢？"田永丰闭着眼问。

"今天我跪在老太太坟前烧纸的时候，你没注意，那火苗蹿起老高，把我眉毛都快点着了，这肯定是老太太不乐意了！"

"不能，我妈没那么多讲究，再说人死如灯灭。咱先睡哇，明天起来商量商量咋答谢生叔、二龙哥还有邻居们。"

"嗯，我心里也一直惦记这事呢，大家都没少出力，这份人情咱不能不还。哎，别关灯！今晚咱们就开着灯睡哇！"

田永丰一听媳妇这么说，把刚伸出去要关灯的手又收了回来。

贾引弟几乎一夜未眠。

十五瓦的白炽灯像个暖心的卫士，发出幽黄的光，忠实地守护着她。

天刚蒙蒙亮，贾引弟就起来了。

她蹑手蹑脚地下了炕，关掉了开了一夜的灯，拿了自己和田永丰换下的衣服，放在小凉房里的那个大洗衣盆里，撒了两把洗衣粉，又从门口的大缸里舀了十几瓢水进去，两个人的衣服都像从土里刚刨出来的，轻轻一按，盆里的水晕成了黑乎乎的一片。

贾引弟在院里的铁丝上晾好最后一条裤子，端着洗衣盆，把脏水倒进广元老汉在世时挖出的简易下水道里，水顺着高低不平的石头路，流到邻居们堆放垃圾的小土坡上，渗进了地面。此时，天色大亮，对面的平顶山像披了金黄袈裟，更显得庄严安详了。

端着空盆的贾引弟痴痴地注视着那尊双目微合的山佛，心里冒出一个想法：也许，所有家庭里发生的故事，都是这尊睡佛做的一场梦，包括田老太的悲凉、田永丰的无奈和自己一连几日马不停蹄地忙乱。

贾引弟对着平顶山出神的时候，被尿憋醒的田永丰发现媳妇不在，迅速穿好枕边叠放着的干净衣服，几乎是一路小跑，向院里的露天厕所冲去。

等田永丰上完厕所，贾引弟边往平展铁丝上的湿衣服，边扭过头说："永丰，你回家洗洗手，我给你拿上五十块钱，你上街给生叔买上一条红塔山烟，再割几斤肉。我一会儿去招弟家看完儿子，再去地里摘点儿细菜，咱们拌几个凉菜，请邻居们来吃肉臊子豆面。"

十一

贾引弟的妹妹贾招弟的家，就在田家到永安街必经的一条巷子里。

贾招弟比贾引弟小六岁，虽说从小长在乡下，却比二十刚出头的城里姑娘都要水灵，天生一双丹凤眼，白瓷一样细的脸蛋上一边一个酒窝，笑起来能迷昏村里一半儿的半大后生。

所谓"一家有女百家求"，在20世纪90年代的农村是确确实实存在的。长得漂亮的贾招弟自己不爱念书，却一心想嫁个有文化、有出息的读书人，所以当同村唯一一个大专毕业生陈昌明的家人去提亲时，贾招弟像拒绝前十几个那样果断，果断地答应了这门亲事。

陈昌明的母亲老实木讷，父亲陈老四脑子活络，除了种地，还在村里开了个小卖部，所以有两个儿子的陈家也算是村里的殷实人家，老大老二早早成了家，娶的都是邻村年岁相当的女子。陈昌明学习好，在村里读完小学，考到了县一中读初高中，补习了一年后又考上了市里的财校，毕业分配到县里的财政局，捧上了全村人都羡慕的"金饭碗"。

陈昌明比贾招弟大三岁，中专毕业回了趟家，见到十八岁的贾招弟，心里便痒痒的，再也没放下。

陈老四两口子不知道儿子的心思，一有媒人提亲，陈老四就借到县城进货的机会，去催儿子相亲。陈昌明左推右推，直到两年后陈老四跟他提起了贾招弟，他才爽快地同意了。

陈昌明随了父亲的精明，用家里给的两千多块钱和自己攒了两年的工资，共花了四千多块钱，在离县财政局不远的巷子里买了一孔半石窑，简单装修了一下，买了几样必要的家电和家具，在贾招弟刚过完二十周岁生日的那年秋天，两个人就结婚了。

婚后，没文凭的贾招弟在县城找不到合适的工作，便在家给丈夫陈昌明做饭，几个月下来，厨艺倒也长进了不少。

毕竟还是年轻，姐姐打发婆婆这几天，陈昌明下了班直接去帮忙，两个年幼的外甥把贾招弟弄得手忙脚乱。

"招弟，再辛苦半天，晚上答谢邻居们，你带力力和平平也去，吃完饭把孩子们留下，你和昌明回家好好歇歇！"

听姐姐这么说，正抱着平平喂奶粉的贾招弟有些心疼了，说："没事，姐，力力给你留下，我再给你带两天平平，你比我辛苦！"

贾引弟给还在睡懒觉的力力掖了掖被角，从妹妹家出来，径直往自家的滩地走去。

忙婆婆后事的这四五天，地里的土豆和细菜并没像人一样难过，反倒因为之前喝饱了雨水，都长得齐刷刷、绿油油的。

好大一片浓绿中，黄蕊白瓣的土豆花，紫得发亮的胖茄子，弯曲起身子的长豆角，红着圆脸的西红柿和顶黄花带绿刺的嫩黄瓜，好像是商量好了一样，努力展示出最美好的样子，集体讨好贾引弟。

被上午八九点的阳光晒着，站在地里的贾引弟整个身子暖洋洋的，心里涌起一种好久都没有出现过的感觉——舒服、顺畅。她的目光不由自主地移向地东头的那几孔只有一圈半人高院墙的石头窑洞，多亏了和她一起卖菜的王家嫂子，每当家里有事，只要打声招呼，人家总会尽心尽力地帮忙照应，要不然，这片地临近河滩，难免有些手脚不干净的人，趁地里没人，偷摘西红柿、黄瓜。

贾引弟穿过地头，走进院子。院子里铺了一溜灰砖，王家嫂子勤快，沿着砖地，一侧种了五月梅，一侧种了南瓜。这时候正是花盛开瓜已熟的季节，五月梅都能碰到贾引弟的腰了，碎纷纷的绿叶托着红的粉的白的花瓣，热热闹闹的，让人瞅一眼就高兴。八九个黄澄澄的大南瓜躺在地上，小盖帘一样的叶子都快遮不住它们了。

贾引弟知道，这时候王家嫂子应该是在街上卖菜，家里只剩腰腿不好的老婆婆和放假在家的闺女。贾引弟站在正窑的窗子前，用手拍了拍窗玻璃说："大娘，我是引弟，你让兰兰出来，我跟她说句话！"

十二

窑洞里一个八九岁的小姑娘听见贾引弟的声音，一蹦一跳地跑了出来。

"引弟姨姨，我妈上街卖菜去了，你找我有什么事呀？"

"没什么大事，就是让你妈晚上带上你去姨姨家吃饭去！小兰兰，你妈回来你记得跟她说一声。"贾引弟弯下腰，摸了摸兰兰光溜溜的大辫子。

"太好啦，又能跟力力和平平玩喽！"兰兰开心极了，两根又粗又长的麻花辫甩得老高。

贾引弟让兰兰从凉房里给她拿了一个布袋子，到地里摘了些细菜，回家的路上顺便通知了几家帮忙的邻居。

牛生老汉家是要专门去道谢的。

上午十一点多，靠在被摞上抽烟的牛生老汉一看到田永丰两口子拿着烟进了门，立刻直起身子，吆喝正在炕边捡豆芽的老伴倒水取瓜子。

跟牛生老汉相比，这个低眉顺眼的老太太干的多说的少，她不关心别人知不知道她姓什么叫什么，也不在乎半辈子跟着丈夫吃苦受穷，只管家里、地里地忙活。每到冬天不用出地，她把土炕烧得热乎乎的，烧一锅开水，炒一盘瓜子，笑嘻嘻地招待邻居的女人小孩，听她们讲东家西户天南海北的故事。

"生叔生婶，别忙活了，我们说句话就走。打发我婆婆这事多亏了生叔，这烟不贵，多少是点儿心意，晚上都来吃豆面啊！"

十月初的天气不冷不热，简单吃过午饭的两口子各自忙活了起来。

田永丰扫净大院，借了三张桌子，把院子里的土灶点着，备了几个凉菜：扎蒙花拌豆芽、糖醋黄瓜丝、凉拌西红柿、蒜泥茄子，一桌摆好四盘凉菜，便开始准备起肉臊子汤来。

贾引弟负责擀豆面，加了蒿籽和好的豆面不太好擀，可是贾引弟不愁，胳膊粗的长擀面杖前后左右顺序擀起，不到半小时，手底下便铺开一大张黄灿灿的面皮，薄得像纸一样。

谁也没有料到，田永丰和贾引弟这次答谢宴的主角竟然成了陈昌明。

下午五点左右，邻居们陆陆续续都到了。贾引弟把男人们都安排到了里屋，牛生老汉主动脱鞋上了炕，喊了老畅和田二龙一起坐到炕桌边，又指挥着两个儿子和另外四个年轻后生在地下一桌落了座。

女人和孩子们都在外屋，康大娘和牛生老汉的老伴、老畅媳妇，还有帮忙缝孝衣的两个中年女人坐了炕桌，二凤和两个孩子坐地下的小桌。

快六点的时候，卖菜的王家嫂子领着兰兰，贾招弟和陈昌明带着力力跟平平也来了。

孩子们的悲伤就像天上的流星，持续不了多久，不等豆面煮好，力力、兰兰带头，五六个孩子便在院子里玩起了捉迷藏。

陈昌明一进里屋门，牛生老汉便扯开大嗓门招呼起来："昌明，快上来坐，跟生叔和你畅大哥好好喝两盅，顺便唠唠县里的新鲜事！"

陈昌明笑嘻嘻地上了炕，挨着牛生老汉坐下，说："生叔，畅大哥，二龙哥，你们想听点儿什么新鲜事？"

"先把县里头最近有什么新政策说一说哇！"老畅一贯思想超前，关心的还是大形势。

"说起来还真有一个事，国家开始提倡下岗再就业，咱们县也要响应，所以最近两年，一些单位很可能要大量精减人。"

正说着，田永丰用大搪瓷盘端着六碗豆面进来了，听见连襟的话，这个不善言辞的男人不由得心里咯噔一下。他一边给众人端面，一边问了一句："真的？先从啥单位开始？"

"姐夫，我也是开会时听局里领导说的，具体咋执行还没定了。要我帮忙端面不？"

"哦，不用了，你跟生叔他们先吃，我一个人能行！"

"永丰，你手艺那么好，精减也轮不到你，不要怕！这肉臊子面做得真香！"牛生老汉的话得到了众人的一致认同。

大家的宽慰给田永丰吃了一颗定心丸，他来来回回端了四五趟，待众人吃得差不多了，才坐到陈昌明跟前，边吃面边听他讲对他而言难得接触到的信息。

贾引弟是最后一个上桌的，别人都说她的面做得好吃，连小孩子都每人吃了一碗半，可是她太累了，只吃了半碗就饱了。

（节选自中篇小说《莫叹清水河》）

遇见

张俊清，内蒙古呼和浩特市清水河县人，现居呼和浩特市。呼和浩特市作家协会会员，清水河县作家协会会员，昭君诗社社员。爱好写作、绘画、剪纸和制作手工艺品，作品散见于网络平台。

红闺女

红闺女来到二狗家，看见那一壕杏树、桃树、李子树、海红果树，高兴地笑着，眼睛里绽放出幸福的光。

这是一个风和日丽的夏天，各种果树都挂满了小果子。红闺女的两条大辫子搭在后背，格格褂子有点儿肥大，蓝布裤子皱皱巴巴，黑条绒布鞋沾满泥点，露着袜腰长长的蓝色尼龙袜。红闺女手插在褂子兜里，仰头看着果树上压弯枝头的果子，嘴里的口水咽了一口又一口。看着一簇簇的果子，红闺女心里想：嫁给二狗，以后就有好果子吃了。

二狗兄妹六个，他排行老四。母亲生下二狗十个月，二狗臀部起了一个脓疮。二狗爹用粪筐箩拷着二狗来到县医院，大夫看二狗病得奄奄一息，让二狗爹赶快到大医院治疗。二狗爹走在县城的街上，有好心人推荐二狗爹去三间窑村找专治脓疮的马大夫试一试。马大夫用碗片把脓疮发白的顶部划开一个小口，挤出半碗黄脓，用麻纸捻塞住口子，吩咐二狗爹每天拔开纸捻放一次脓水，等新肉长出来，二狗就好了。二狗好了以后身体虚弱，五岁才会摇摇晃晃地走路。二狗长大以后，左腿长右腿短，背上还有个疙瘩。二狗娶媳妇儿难，二狗爹妈就商议用二狗的妹妹杏花为二狗换个媳妇儿。

无媒不成婚。二狗的媳妇儿，媒人答应下来。几天以后，媒人上门告诉二狗爹妈说，二狗的媳妇儿叫红闺女。

红闺女他们村路不好走，村里上上下下都是羊肠小道，十几户人家住在半山坡上，远看高高低低的窑洞就像一幅漫画，每天早上赶上毛驴去深沟里驮水需要一个多小时。因此，红闺女的二哥三十好几还没有娶上媳妇儿。

媒人告诉红闺女，二狗家在县城的边上，地方好，二狗人好，家里又有钱，夜里站在山顶上就能瞧见县城明晃晃的灯光。从没去过县城的红闺女听了心里一阵激动。媒人说二狗家种了好多果树，自家吃不完还要进城卖。红闺女想到那些熟透的桃、李、杏和海红果，口水就流下来了。尤其想到以后可以经常去自己从没去过的县城逛逛，越想越开心，就同意了这门亲事。

定了亲，一年后的冬天，两家办了婚宴。洞房花烛夜，红闺女看到二狗两条腿长短粗细不一，而且背上还有个疙瘩，侧身才能睡下，不由得流下眼泪。二狗看到红闺女伤心，安慰她说："红闺女，你不要嫌弃我，我就是长得丑，身体不好，但我不是傻子，你跟上我也不会难活的。你想想，咱俩要是过不好，妹妹和二哥也跟着过不好。现在婚宴也办了，你要是不愿意，妹妹和二哥怎么办？"二狗一席话，说得红闺女泪流满面，只得同意和二狗睡到一床被子里。

第二天早上，二狗一瘸一拐地走出家门，担起两只水桶，一摇一晃，边走边唱："海棠花开满园香，白玉仙女黏身旁。摇摇欲坠天庭转，尝到红唇似蜜糖。"

（节选自小说《红闺女》）

散文辑

苏芝英，内蒙古呼和浩特市清水河县盆地青人，中共党员。中国作家协会会员，主要著作有散文集《扬一扬手吧，母亲》《苏芝英散文》《苏芝英乡情散文》《叩拜大地》等。

冬天的纯情

秋天不情愿地收起了她那金黄的衣裳，冬天便不知不觉地来到了。

雪，飘摇着，大片大片，铺天盖地。一夜起来，打开屋门，但见银光耀眼，面前的院落和远处的山野全白了。目眺远方，根本分不清哪儿是山哪儿是梁，天地间顷刻变成了晶莹的世界。

雪，是这个季节开得最忙最多最美的花朵，它执意选择六角形的方式揉进你那睫毛覆盖的晴空。

看哪，大片大片的雪花飘飘洒洒从天而降，轻轻盈盈铺面而来。雪花碰响雪花的声音很轻，也很脆。

她的起点就是生命的制高点。她以个体的最小变化实现了整体的最大变化，突出了他物而高大了自己。冬季有多长，雪花的生命就有多长；山峰活了多少年，雪花就开了多少年。雪花见过盘古开天辟地的壮举，见过远古人类走出洞穴和森林的身影，见过汉时的明月、大唐的太阳，也见过我们中华民族的屈辱、坎坷和辉煌。她默默地以自己的朴素装点大自然的美丽，无色而至色，大素而大美。

雪白的旷野，像是一张展开的洁白无边的大纸。阳光在雪原之上像个娇羞的少女，火辣辣的光躲躲闪闪。这时节，所有的植被都已飘零入土，鸟儿也蜷缩在岁月的窝巢里；凛凛朔风像是粗涩的草绳，有意无意，把人们拉过来拽过去。这时你若走上原野，双脚在雪中踏踩，便会发出"咯吱咯吱"的声响，如嚼甘蔗一般，空灵清脆；身后茸茸的雪地上，就会留下一串串玲珑的诗行。

记得在儿时，每当这个时候，我就和村里的小伙伴们或是去雪野里追踪兔子的足迹，或是埋伏在打谷场畔等待麻雀进入我们早已设下的索套，或是分成势不两立的两支队伍展开激烈的雪仗。山里的孩子太过于憨真、太过于傻气吗？那是父亲用豪爽的气质塑造的，那是母亲用粗糙的感情哺育的，那也是呼啸的山风、飞舞的雪花陶冶的。

站在空旷的雪野，向前看，是层层山峦；向后看，是绵绵雪峰。周围除了白茫茫、冰凉凉的峰峦，还是冰凉凉、白茫茫的雪峰。这时，只要你张口随便喊一声，大山里就会有沉闷的回音。这时，你就会觉得，这个苍茫的晶莹世界是那样广阔无垠。而你，相比之下，显得那样渺小。你就会觉得人世间的争名夺利和一切烦恼，是那么的无用与可笑！

在一个大雪纷飞的冬季里，记不得我从哪里借来了一本叫《雪花飘飘》的书，高兴得连饭也顾不上吃，几乎是一个晚上就读完了。我完全被书中的故事陶醉了，尤其是那个会吹唢呐的桃树爷爷给孩子们讲的抗战的故事。

于是，我便跑出屋外，踏踩着毛茸茸的积雪，去喊邻家的小伙伴，我们要去给村里的几位烈属老人担水扫雪。那时，我们的心灵十分纯洁，就像刚刚飘落下来的雪花一样。我们的脑海里常常闪现着雷锋、刘文学、张高谦等英雄人物的形象，我们只想着学雷锋，做好事，做个能够为人民服务的好孩子。

…………

多少年过去了，冬天的雪是年年可以等得到的，可我童稚天真的心灵是再也无法找回来了。

微信扫码

☑走进作者 ☑有声阅读

☑诗歌朗诵 ☑文化活动

李巨，内蒙古呼和浩特市清水河县人，退休教师。清水河县作家协会理事，清水河县作家协会诗歌部部长，《中国诗歌报》内蒙古工作室主编，大河诗刊社签约诗人。在报纸杂志和网络平台发表散文、诗歌多篇（首）。有获奖史。

走进春天（外一章）

十二根凛冽之弦，弹不乱季节的方寸，春天如约而至。鹰翅剥开层层冷云，放太阳出栏。太阳在北方的山野找到了归路。耳贴石岩，听见大山雄浑的心律有力地搏动。风似绵软的酒，春在醉意中朦胧欲睡。一种诱惑在林隙穿出穿进，苍白的枯叶已不是季节重温的旧梦。如绿的软枝上，米芽喜听久违的雷声自远处隐隐而来。桃杏含苞，出墙粉腮像酣梦初醒的少女的倦容。向阳的山坳里，一簇簇"串山黄"眨着金闪闪的笑眼，让你也爽心悦目地激灵。最迷人的是雨天的中午，斜斜细雨与柔柔炊烟共织，如雾如纱，似迷似幻。山村被罩在这张缥缈柔美的情网里；鸟鸣雀唱，羊咩牛哞，鸡叫犬吠，也被罩在这张情网里。雨后，一切都变成了新的。灰白的山变成浅黛色，苍暗的天变成翠蓝色；各种树木的颜色一下子变深了。草坪上鹅芽如锥，争先恐后地钻出地皮，像一群打打闹闹的孩子。空气中，弥散着新草的清甜，沁人心脾。戴胜鸟声声忘情地呼唤着，让山村一下子忙了许多。母亲解开了种子袋，父亲擦亮了犁铧，祖父开始整理磨耙……

春天，就这样，不以激昂的言辞取宠，总是以这种实实在在的行动，让人们从慵懒和困惑中突然得到惊喜。

这时候，挽臂踏青的歌声和笑语，鲜花嫩草般艳美亮丽，让人感到处处都充满了活力。这时候，我多么想走进山野，拼尽全身力气，对着大山喊一声：春天啊，请张开你的双臂，我想做一次你的情人！然后，躺在铺满花草的山坡上，听远远近近的回声，激荡春的浪潮。再然后，闭着眼睛畅想：舒展的流云托着我的惬意，进入某种不可言喻的境界，温煦的风爱人一般走过来，在我的脸颊上吻了又吻……

深秋小韵

南归的大雁在长空吟哦过恋歌后，秋天仿佛突然远了，只留下一串亦深亦远的脚印和一些耐人咀嚼的哲理。

花木失神，吟虫逃却，太阳的感情凉了半截。黑鸦数点，荡舟高天，荒草间惊飞失魂鸟，如箭离弦。忽觉得凉意袭来，心头一颤，真是瘦秋不胜寒。塞外深秋，已在眼前。

塞外，深秋和初冬的面孔是相似的，两个不同的季节却没有明确的分界线。常是这样：地里的庄稼收完了，场上的禾谷打完了，在抬头吐气时忽然发现，树叶早已落光了。

早晚时分，风冷气寒，要不是枝头有几片不肯离去的黄叶仍在复诵留恋，要不是田里还有谁家的一小片荞麦还在渲染夏的意境，你一定觉得冬天已经和你谈话了。

天高高的，板着一副不冷不热的面孔，让人猜不透是啥意思。淡淡的白云也无精打采的，似乎再不想用它这块魔巾把天穹变得有声有色。人家屋顶上，炊烟一露头，立刻就被无形的手撕成千丝万缕，撒向四野。

静谧的田野，多是疲乏的茬田，静静地躺在阳光下，如父亲酣睡中疲惫的身躯。有几只或一群鸟雀落向茬田，觅食遗落的颗粒，忽聚忽散，像刚上一年级的学生的生字本。偶尔也能看到田鼠将头露出洞穴向四处窥探，很形象地为你解释什么叫胆小如鼠。

山野显得极空阔明净。此时，你宽阔的胸襟无遮无拦，仿佛容得下冬的任何挑剔和无端指责。一丛丛灌木仍然醉态未醒，坡梁上、沟岔里，沙棘果红一片黄一簇，如火似焰，如烧如燃，仿佛为抵御寒冬设下一道道封锁线。

登高远眺，苍山如黛，雄伟的万里长城似出水蛟龙，时而仰首，盘旋于山巅，时而俯身，没入雾岚。身处高山，风猎衣襟，抖动浪漫，给人一种超尘脱俗的感觉。

秋确实是深了。透过秋渐行渐远的背影，我仿佛看到老母亲爬满皱纹的脸庞和消瘦的肩头，仿佛看见了老父亲棱角分明的容颜和佝偻如弓的身躯。

是啊，母亲青春的花朵萎谢了，我们却开成了万紫千红中最娇美的那一朵；母亲高耸的乳房干瘪了，我们却走进日渐壮实的岁月。秋的奉献与母亲的奉献何等相似！

终于，在一场轰轰烈烈的奉献后，秋疲惫的躯体悲壮地倒下，第一场雪为它披起白纱……

哦，深秋，我不能忘怀的季节！

杜全生，内蒙古呼和浩特市清水河县人。诗作发表于《散文诗》《草原》《散文诗世界》等报刊以及各类网络媒体。多次在各类诗文大赛中获奖。

清水河笔记

一

要说哪片土地能让一个人一辈子魂牵梦绕，那一定是家乡的土地。

清水河，一个充满诗意的名字，一个人口只有十四万多的北方小县城，偌大的中国，在地图上几乎找寻不到她的位置，但她确实是蒙古高原与黄土高原交接处一个鲜活的存在，是生我养我的地方，是思兹念兹的生命之地。

当我们在书本、电视上了解到在中国大地上有那么多古人类活动遗址时，曾感慨人类祖先的遥远和不可触及。岂料在清水河境内，黄河和浑河交汇点的岔河口北岸高台之上，一处距今六千多年的新石器时代晚期的古人类聚落遗址徐徐展现在了世人面前。这是迄今内蒙古中南部地区发现的规模最大、保存最好、文化内涵最为丰富的一处古人类聚落遗址，出土了大量珍贵陶器、石器、骨器。这一发现，让清水河的文明足迹一下子跨越到了六千多年以前。自此，还有谁敢说，这是一片蛮荒之地呢？

二

这的确是一块有历史、有文明传承、有情感的土地。

清康熙三十七年，下嫁蒙古喀尔喀郡王敦多布多尔济的康熙皇帝四公主，携随从数百人离京，向塞外缓缓行进。途经清水河时，见这里山清水秀，风景宜人，加之漠北战事未绝，便在此建府邸花园，暂居下来。这一住就是八年有余。如今，当你行走在城关镇一条名叫花园巷的街巷时，依然能看到当年公主府旧址上残存的几级石质台阶。条石上錾过的道道石痕，虽经风雨侵蚀，依旧历历在目。用手轻轻触摸，历史的沧桑感涌上心头，仿佛四公主正站在高高的台阶上极目远望，青龙渠里的汩汩清流正在润泽万物，她的脸上频频浮现慈爱的笑容。

一座公主府，一条花园巷，让一座小城有了皇家遗风。于是外地的朋友来到这里，我总是骄傲地指着花园巷后的银滚山说："看啊！那里，就在那里，曾有一只美丽的凤凰栖息过。"凤凰已经飞走，但她飞过的痕迹已经化身为一座德政碑，永久地竖立在这片土地上。

说到凤凰，我自然又想到了天上的龙。谁说龙是不存在的呢？你看，清水河南部的崇山峻岭间，那隐隐约约、蜿蜒起伏的，不就是一条活生生的龙吗？是的，这条龙，还有一个更伟大的名字，那就是长城。清水河明长城是内蒙古境内分布最密集、里程最长的长城，属于万里长城中段。站在老牛坡入口处的观景台上，只见对面南山上，长城依山势起伏，墩台林立，莽莽苍苍，景象蔚为壮观。长城脚下，分布着大量古寺庙、古戏台、古塔碑刻等人文景观，难怪外地的游客会赞叹说："清水河明长城，较之北京八达岭长城毫不逊色！"

长城在清水河境内，跨越韭菜庄、北堡两地，蜿蜒向西南延伸，到了老牛湾，神奇的一幕出现了——长城伸出她热情的臂膀与东去的滔滔黄河之水深情相拥。一阴一阳谓之道，这样的拥抱，跨越千山万水，一定是天作之合。

从喇嘛湾小石窑开始，黄河正式流经清水河境内。她浩浩荡荡，不舍昼夜，以波涛劈开两岸的悬崖绝壁，形成堪比长江三峡的峡谷风貌。河道内，黄河千回百转，两岸壁立千仞，群峰耸立，古木苍翠，自然景观独特。天下黄河九十九道弯，老牛湾就是其中之一。这是一个"几"字形大回弯，从高处看，水绕着山，山抱着水，浑然天成。到了这里，对于天地哲学，你会逐渐顿悟乃至豁然开朗。

据说，这个地方还有一个美丽的传说。很久以前，天降大雨，陆地变成汪洋，于是太上老君派遣自己的神牛下凡犁开地面，以疏通水道。到了晚上，附近百姓点燃火把前来照明，谁知竟惊了神牛，扭头一跑便犁出个大大的拐弯。这就是老牛湾来历的传说。

在黄河大峡谷，坐在游艇上面泛游黄河是一件畅快的事。河面上波涛滚滚，一支船队，满载着从黑矾沟馒头窑里烧制出来的瓷器，缓缓行驶，岸上的船工号子声此起彼伏，铿锵有力。极目远望，对岸的盘山路上，一队娶亲的队伍走了过来，新媳妇坐着骡驮轿，颤颤悠悠，喜庆的唢呐声时远时近。这些景象，在过去曾是多么熟悉，而今一切都随着眼前的黄河水流到了时空的另一边。

清水河的美景是说不完的，这里的每一座山、每一条河都透着自然的灵光，随性，不事雕琢。像山间的风清爽，如树丫间的月明快，这也正是她独具魅力的原因。

三

山水养人。说到清水河人，外界的一致印象是朴实、厚道。这不禁使我想起了早年百姓间常说的一句打趣话："粉条豆腐糕挠子，紧说的不要了，从后面又给舀了两勺子。"这是清水河人的待客之道，表达出的却是人本性中的真善美。时至今日，到了乡下，随便走进一家院落，即便是生人，主人都会热情地招待你赶快进屋上炕，接下来的一句就是问："吃了没？"然后不由分说地把屋里最好的吃食做给你吃。在他们的心里，对人对事充满善意，完全是循着自然的、朴素的行事原则。

可以说，清水河人内心向善，眼光却是向外的。他们最欣赏的一句话是："耕读传家久，诗书继世长。"随便一个普通人家，都把孩子的教育视为一生中最大的事情。曾经和一个老乡聊天，他说过这样一句话："再苦也要喂猪，再穷也要念书。"对教育的重视程度由此可见一斑。翻开《清水河名人传记》这本书看一看吧，随便一个名字都会让你眼前一亮，有中国科学院的院士、医学界的专家、大学的教授，政界、商界的精英，不一而足。

再看看大街小巷、茶余饭后人们饶有兴趣谈论的话题：抗战时期，在老牛坡成立的晋绥边区第一个农村党支部的故事；黄河岸边有关"君子津"的感人传说；城关镇八进七出的解放历史；青龙洞山的前世今生……这些话题不知说了多少年、多少遍，但永远也说不够、说不完。一代代说下去，一代代便会记住这片土地，亲近这片土地，感恩这片土地。

四

当城市里的高楼大厦越来越多时，我却更加喜欢上了家乡的一孔孔窑洞。无论是傍山崖打出的土窑洞，还是平地碹起的石头窑洞，都是人类历史上原生态的建筑形式之一。清水河山大沟深石头多，这样的地理特征，也只有窑洞最合人们的脾性了。冬暖夏凉不用说了，一铺土炕是它的灵魂，一眼窗花是它的神韵，一方院落是它的天地。当然，在院落里，必定要栽一棵海红果树，那是家业兴旺的标志，少了它，就少了一种味道。在过去，老辈人一生最大的成就就是有生之年能碹上几孔像样的窑洞，这是能传给后辈儿孙的最大荣耀。如今在清水河城关镇北山的村落里，还保存着大量古窑洞，那是人们的根，也是心中的乡愁所在。

记忆里，清水河县城的模样是破旧的，大街两边没有几栋像样的建筑，但时过境迁，如今这里的城镇建设发生了翻天覆地的变化。博物馆、图书馆、公园广场、居民小区、购物超市有规划地分布在各个区域。永安街头，二环路上，车辆川流不息，行人熙熙攘攘。清水河像一条玉带穿城而过，清水河县的名字正是因这条河而得名。

"水不在深，有龙则灵。"这条河里当然没有龙，但这座县城确是因水的恩泽而有了十足的灵气。这就不得不说水的另一种存在了——圣泉。熟悉清水河的人都知道，县城西小庙子境内有一汪清澈的泉水，常年水流不断，因泉水富含多种矿物质元素，从早到晚来这里取水的人络绎不绝，有肩挑的，有手提的，或者就地掬一抔痛饮的。据说，当年这里是建有一座寺院的，名字就叫圣泉寺，规模宏大，香火鼎盛。现在，寺院早已不复存在，而圣泉水却流淌千年，记住了这里发生过的一切。

水为财之源。这便不难理解在清水河县赫赫有名的陶朱米市商号、古城坡村清代四大院落当年的兴隆了。如今，走进县城东的万和厚古巷，陶朱米市的铺面牌坊依然挺立在那里，虽然经过风雨的侵蚀，早已破旧不堪，但铺面上砖刻的几幅联语依然清晰可辨。其中一联是"贸易中全无市气，谈笑内并带书香"。透过这样的文字可以看出，陶朱米市不再是简单的一家盈利商号了，而是具有文化情怀的一代儒商。

五

在地理位置上，清水河与山西偏关、平鲁、右玉等地接壤，而且清水河祖辈人大都来自山西，所以口音和山西北部地区有相似的地方。喜欢说一个"圪"字，例如，说"蹲"，叫"圪蹴"；说"闭住眼睛"，叫"圪挤住眼睛"；说"挠别人痒痒"，叫"圪哩人"，等等。

　　这里在风俗习惯上也接近山西，就说看戏吧，这里老百姓最爱看的是晋剧。"误甚也不要误了看戏"，是他们对待晋剧的态度；"就喜欢这个味"，是他们对晋剧"唯此一种、再无其他"的认可。锣鼓一响，大幕拉开，天大的事也变小了，再累的身体也轻松了，前朝往事尽在眼底。嘿嘿，人生，不也就是一出戏吗？

　　这样的大戏，每年在重要节庆日或"赶交流"的时候才会上演几天。没有大戏看的日子，"看鼓匠"成了这里百姓的另一种选择。凡是家里办白事宴时，主家总会请一班，甚或两班、三班鼓匠为亡者送行。"安鼓"完毕，当天晚上要进行一种为亡者招魂的仪式。孝子们身穿白色孝服一字排开行走在大街上，队伍前面，火把通明，鼓匠班子边走边吹着凄苦的《苦伶仃》，当前面有人点着火堆拦行时，队伍停止行进，鼓匠班便会使出浑身解数卖力地吹奏起来，有两三班鼓匠时，你方吹罢我登场，非得比出个高低不行。再看看街道上，围得水泄不通，大家伸长脖子、踮起脚，要一睹这精彩，有时甚至会堵塞交通。曾经有人说这种仪式是一种封建陋俗，要改革。也有人说，这才是最地道、最传统的民间文化，应该保护。各自都有各自的见解，谁能说得清呢？但那高亢嘹亮的唢呐声确实听着过瘾，够痛快，够味道，甚合此地人的胃口。

　　要说有哪种形式能真实表现清水河人的精神气质，那一定非踢鼓子秧歌莫属了。这是长城沿线一带土生土长的民间舞蹈形式，属于自治区级非物质文化遗产。据说，秧歌表现内容取材于《水浒传》里梁山好汉剿灭方腊部后，接受朝廷正式招安的故事情景。不懂的人看来看去，只看到一群扮相古怪的人在场子里胡乱捣鼓，懂行的人却知道那一招一式都有许多讲究。抖脸、飞须、踢脚、瞪眼，动作或急或徐，或蹿或跳。鼓是大鼓，镲是大镲，锣是大锣，唯有大，才能震山响，才能踢出精气神！整场看下来，洋溢着一种粗犷、野性、洒脱之美。每年正月期间，秧歌队进村入户，走街串巷地表演。孩子们紧随其后，摩拳擦掌，比画着架势，大人们携妻抱子，呼儿唤女，推前攘后，好不热闹。

六

喜欢一个地方总会念念不忘这里的饮食。当清晨第一缕阳光照耀山城的时候，古老的巷子里传出了阵阵吆喝声："小锅豆腐……小锅豆腐……"这是豆腐作坊里清晨做好的第一锅豆腐上市了，颤颤悠悠的扁担两头吊盘上，豆腐一块块整齐排列。别的地方豆腐论斤卖，此地的豆腐论块卖。需要的随手拿一块，没有人会担心缺斤短两，也没有人会讨价还价。人人都知道，这是经石磨磨制，在小锅里用最传统的浆水点出的豆腐，所以才叫小锅豆腐。其口感筋道，豆香浓郁，会激发出你味蕾里最原始的记忆，让你一辈子再也忘不掉。

制作豆腐的原料是黄豆，而另一种豆类——豌豆，可以成就当地的另一些美食，那就是擀豆面和抿豆面，虽只有一字之差，但制作方法迥异。

擀豆面，重在"擀"。豆面里加入蒿籽，倒入温水，和面至"三光"，醒好面，把面饼放置在面案上，用大号擀面杖开擀。面饼擀开如报纸般大小时，需反复撒面把（面粉），左右折叠面片，滚卷到面杖上，双手向前一搓一拁，面皮逐渐擀开，最后擀成如宣纸般薄厚，分几层折叠，切成细条状，下锅煮面，盛碗，浇上猪肉土豆臊子，一碗香喷喷的擀豆面便大功告成了。过去女子嫁人时，如果擀得一手好豆面，那是特别赢人的事情。

抿豆面，重在"抿"，动作相对简单。把面加温水搅成糊状，置于抿面床上，用手托或木头疙瘩来回抿面糊，面糊顺着抿面床的窟窿眼流到煮沸的水里，熟后面呈蝌蚪状，即可出锅，辅以肉臊，喷香无比。

来了清水河，不吃一碗豆面，就像和一个人只打个照面没有深交，那是多么遗憾的事。"三十里莜面，二十里糕，十里豆面饿断腰。"要论耐饥，还得吃这里的莜面和糕，莜面做法很多，糕以油炸豆馅糕为上乘，这两样都是老百姓餐桌上经常见到的。此外还有酸米饭、黄河鱼、荞面拿糕等，这些饮食无不带着山乡的气息，材料地道，做法传统。吃一次，不仅会记住那个味，还会让你想起一片山水，一缕清风，或者头顶飘过的一朵云。

七

  时令已到了春季，漫长的冬天过去了。但北方大地依然春寒料峭，一个响雷过后，天空下起了雨，过一会儿竟飘起了雪花，雨夹着雪，雪裹着雨，城镇、村庄、远山、河流，一片迷蒙。这是冬天遗留下的属于春天的雪，也许是在最后关节提醒人们，在面对春暖花开的时候，别忘了曾经陪伴过自己的那一片晶莹的雪花。这是梦境里的雪花，也是希望的雪花，就像历史与现实交织在一起，时间与空间叠加在一起。一茬茬人从那孔古老的窑洞里走出来，从山沟沟里走出来，走了那么远的路，回过头来，故乡依然那么可亲可爱，依然在呼唤着你、温暖着你。有多少次的出发，终点却又回到了起点。

  这是一片值得我们感知与书写的土地，不仅以家乡的名义，更以赤子之心，以担当、大爱的胸怀。既要借助于放大镜来观赏，也要在显微镜下品味，放大才能看到她的轮廓、她的气象；缩小才能看到她的美、她的真、她的与众不同。当我们的身体里拥有这片山水的质地，精神上具备这块土地的深沉时，我们就和家乡融为一体了，这是我们一生最大的底气。

  恰到好处的时候，雨雪消停，天放晴了。枝头的喜鹊欢喜地跳来跳去，树干上泛出的绿晕愈来愈浓，孩子们走出家门，开始在春风里奔跑。解封的清水河，卸下厚厚的铠甲，精神抖擞地流向远方。

张瑞秀,清水河县作家协会主席。擅长散文写作。近几年撰写了大量散文作品,在各种平台、刊物上发表,多次获清水河县文化艺术成果长城奖。

秋醉易鸣谷

九月,藏着我最喜欢的秋天。喜欢,在一朵花里行走,在一片叶下安闲。花开正盛的时候,我们走过,在希望之中,仰望生命的怒放。秋意盎然,我们拥抱一份秋的静美,聆听一曲秋的私语。此时,易鸣谷的秋色,正好。

不到易鸣谷,你就真的无法想象这里的美丽——湛蓝的天,安逸的流云,多彩的风景,大自然美妙的声音,浪漫的酒堡风情……走进易鸣谷,如同走进了秋天最美的童话。

花开如诗,花香满径,开在多彩的秋日里,那是秋日里的一抹妖娆。花朵是热烈的、奔放的、喜庆的,大片的天人菊铺天盖地傲然绽放，那渲染成一片的红艳，如一团燃烧的火焰，点亮了整个秋空。风动花动，花动心动，引来蜂飞蝶舞！引得我们在花海里不断地拍照留念！风鸣草鸣，草鸣虫鸣，汇成了秋的和鸣，大自然的美总是纯粹的、自然的，一切都美得恰到好处。

远处传来熟悉的歌声，那动人的歌声，唱出了人们心中的喜悦，唱出了人们对幸福生活的赞美，也唱出了人们对美好未来的向往。这歌声把我们带回到大树旁的秋千下，大树上的树叶被秋风点燃了，发出"沙沙沙"的声响。坐在秋千上的人啊，那一腔火辣辣的热情也瞬间被点燃：唱吧，用酣畅淋漓的歌声，引起每个人的共鸣；荡吧，索性在秋千的一起一伏中，荡个尽兴、荡个天真无邪、荡个童年时光里的嘻嘻哈哈……亦如我们的生活——多姿多彩。

荡漾在月亮船上，心是最欢快的，所有美好或是圆满的感觉都悄然涌上心来。女人似乎天生对月亮有着特别的情愫，在遇到你的那一秒，就知道我的心已被你融化。你不染风尘，纯洁、清澈，你用温柔的清辉给我带来美的遐思。古人常常望月而歌，皎洁的明月承载了古人无限的精神寄托，也正是他们的这些寄托，引领着我们的后人不断大胆创意造梦。易鸣谷这个非凡创意的小地标——月亮船，让我找到了心中的日月，也让我突然想到"日月同辉"这句成语。或许，这就是许多人对美好家园、美好生活的所盼、所想，如今，这样的美好愿景也正在一步步实现。

易鸣谷的美还在于一个又一个古朴窑洞的欣喜碰撞。窑洞不大，外看石圈窑洞与大自然浑然一体，而屋内的陈设似乎又让人觉得身处于繁华都市。推窗见绿、抬头赏景，窑洞里的幸福生活，一半烟火，一半清欢。在这个美妙的，能让心灵放飞的地方，还有什么比藏在窑洞里的酒吧更让人心醉的呢？吧台大姐很热情地为我们倒上了自制的海红果子酒，我们一人一杯酒，或坐，或站，或举杯畅谈，在安宁与静谧中慢慢品味，品味一种极致，一点，一点，入口，入心，让柔和的芬芳弥漫，再优雅沉醉，将身心完全还给自然，有淡定的生活态度，也不失为一种幸福。想着这些，我不觉莞尔，笑这诗意的生活、诗意的画面。生活其实很简单，快乐就好。

天高云淡，秋色何处赏？做一个"桃花源"人，到易鸣谷走一走，感受那悠然、唯美的惬意生活吧！

微信扫码

☑走进作者 ☑有声阅读
☑诗歌朗诵 ☑文化活动

遇
见

遇见美好

时光恰好，不负遇见。在枳几也村，我们这些怀春的人啊，在这片纯净的天空下，放逐心情，开启了一场与诗、与书画、与农耕文化的美丽邂逅。因为遇见，所以美好。

——题记

老榆树下

依山而居的枳几也村，位于清水河县城西郊，村庄不大，却干净整洁。村落间柏油路、水泥路连村入户，整个村庄花果飘香，景色宜人。

这个美丽的小村庄，有着活跃的经济，也有着不一样的宁静与悠然：草尖上的晨露，泥土的清香，弹唱的秋虫，寂寥的老井，跃立枝头的花喜鹊，吊挂架上的葫芦瓢儿，还有村头的那棵树冠蓬大、枝叶茂盛的老榆树……静静地感悟生命的美好，总会在不经意间触动人们的心弦。

"当——"不知是谁敲响了大榆树上的钟。悠悠钟声，穿透了整座小村庄；钟声悠悠，陪伴了小村庄不知多少年的时光。站在老榆树下，心，一次次被榆树那翠绿的浓荫暖着，我们似乎找到了思乡的信物，一种情愫苏醒了……

如何赋彩这风情万种的村庄？如何将这芬芳的时光留住？如何将这份浓得化不开的乡愁表达出来？老榆树下艺术家们展纸挥毫，用画笔、用墨香，把一份情怀、一份牵念、一种心境注入笔端，在执笔流转间，迅疾地画下一张又一张素描，写下一幅又一幅作品。画卷里走来鲜活的乡亲们，那是一张慈祥的脸，微微翘起的嘴唇弯曲成柔和的线条，让我们感到一种亲切；那是几张灿烂的脸，微妙的短线勾勒出逼真的脸庞，让我们看到生活的多彩；墨香里飘来欢快的笑语，那是一幅清气淋漓的墨宝，是浑厚的共鸣，是生活与温度的交融，更是对家乡枳几也的真挚热爱。

老榆树下散发着别样的艺术气息。书画里的人间烟火，是我们精神的寄托、心灵的温暖，也是我们丢不掉、舍不去的美好生活的本真。

诗歌会上

每个人的心里都装着一个故乡，每个想家的人心里都有一首诗。在秋色醉人的枳几也，在枳几也这片温情诗意的乡土上，朗诵志愿者们唱响每个人心中的那首诗。浪漫的情怀，在诗歌里荡漾；澎湃的思绪，在欢乐中涌动。美丽村庄枳几也在歌声、朗诵声和欢笑声中沸腾……

茶韵飘香，邀月共欢，为故乡抒怀，为时代放歌。一首首深情动人、朴实走心的原创诗歌，是他们发自生命本真的呼唤，饱含了作者丰富的情思和美好的意境。朗诵者自然的情感和优美动听的声音给了文字作品第二次生命，让诗歌的生命更鲜活、更亲切、更精彩。

在中秋与不同风骨、不同温度的诗歌相遇，每一首诗歌都是如此的神奇和美好，有高远，有唯美，有浪漫，有惊喜，还有陶醉。想到明月照耀之下的所有风景，不老的乡愁便盛满心房，且把浓情化作这一行诗，在满怀深情与激情的诵读中挽起中秋。

乡村与艺术的碰撞，不仅在于村庄外观的改变，更在于生活的美好。生活不只是柴米油盐，还有诗和远方。在枳几也村，在不经意间，我们把生活过得如诗般美好。

农耕馆里

一个人与一片土地的感情，来自倾心倾情的牵挂和忆念。就如现在的我们，在枳几也农耕博物馆里，观赏、触摸、回味这一件件充满年代感的展品，心仿佛又回到了那年那月的那段时光。

布票、粮票是一个时代的历史见证，是一段艰苦岁月的浓缩。在那个物资匮乏的年代，春节的记忆鲜活而绵长。小时候我们总是盼着过年，因为过年的时候，饭桌上就会有荤腥味，身上还会有新衣服穿。我出生在20世纪70年代，家里兄弟姐妹四人，那时的商品都要凭票配给。买米买面买油，要出示粮票、面票、油票，买布要有布票。快到年关的时候，母亲便把攒了一年的布票拿出来，到供销社却不急着扯布，她先是将柜台上的布卷轻轻摩挲一番，再在几匹布料中挨次问价，思量再三，才掏出钱和布票扯上几块中意的布料。扯回的布料也是精打细算去用，在过年的那天，一觉醒来，我们的枕头边一定会放着新衣服，那穿着新衣服过年的高兴劲儿，至今还深深地印在我的脑海里。

农村有句老话："大人盼种田，小孩盼过年。"田种好了，一家人就会衣食无忧，这句老话也真实记录了清水河人的生产生活方式。农耕博物馆里陈列着古旧的铁犁、锄头、掀、耙、叉、镰刀、橛头、绳套、篮筐等。这些带着浓浓乡土气息的农具所沉淀的，不仅有劳动人民智慧的凝聚，更有着我们这一代人的记忆和情怀，有着一份永不老去的乡愁。在古朴的农耕风情里，在丰润的土地上，勤劳的村民是怎么用双手和智慧为我们创造了今天的美好生活？在这里，在枳几也农耕博物馆里，我找到了答案。

这里，每一件物品、每一幅图片、每一处实景，都是蔡睿良协助枳几也村委，从各个村落挨家挨户淘来的。他告诉我们："只有这样才能把农村劳动生产、生活的历史展示给后人，让子孙后代记住家乡的劳动精神和光荣传统。"农耕文化与艺术的完美融合，凝聚起乡村振兴的文化力量。重拾这些老物件，我们看到了一种力量，看到了劳动创造出的美好生活，也看到了枳几也村奔向美好未来的希望……

微信扫码

☑走进作者 ☑有声阅读
☑诗歌朗诵 ☑文化活动

遇見

白文宇，内蒙古作家协会会员，呼和浩特市作家
协会副秘书长。作品偶发于《草原》《黄河文学》等
刊物，曾获第三十届"东丽杯"孙犁散文奖，第六届
内蒙古职工文学奖等奖项。

塬峁与泥土之间

我对于大西沟的印象，是从广袤的梁峁、骡子犁耕
和牧羊开始的。

大西沟有数不清的沟壑，分布着星星点点的田地和
窑洞，一条季节性河流淌过整座村庄，坡上高高低低的
窑洞随着山势掩映在大榆树下，路边的野苜蓿、地梢瓜
一株比一株精神，炊烟中传来驴叫和犬吠声。

盛夏正午，太阳悬挂在头顶上，塬峁被晒得滚烫，
我刚从田里拔出来的脚还带着湿土，赤着脚在石头地板
上走几步，土就干了，像硬痂一样贴在腿上，把皮肤扯
得紧紧的，飞快地找个饮羊槽，双腿泡在水里，把泥洗
干净。

进屋把衣服脱下来，晾在门口。窑洞里炕桌上，报纸罩着几碗结了粥皮子的米粥，端起来一口喝掉半碗，很解渴。歇了汗再吃饭，饭后躺在院里树荫下木板车上，一会儿便鼾声四起。

睡上个把小时，村里的老羊倌柴三旦就喊："羊出坡了，起来赶羊。"我眯着眼睛套上衣服，再迷迷糊糊地往羊圈里走。簇拥而行的羊群，在塬峁上固执地奉献它们"哒哒"的蹄声，干瘪的信天游从坡上柴三旦的嘴里吼出来："骑白马，跑沙滩，我没有婆姨你没有汉，咱们两个捆成一圪嘟蒜，呼儿嗨哟，土里生来土里烂……"这是泥土里生长出来的曲调，一种接近自然的语言，要比城市流行歌手的歌声更具感染力，将黄土塬的生存状态缓慢地呈现在眼前。

塬上有许多杏树，五月杏子还没有成熟，青绿色的，走到一棵杏树下，摘一颗青青绿绿的杏子，咬一口，表皮微凉的杏子被嘴唇包裹、焐热，与舌头交混在一起，牙齿轻触，咬开，脆的，先是酸、甜，最后到苦涩，回味无穷。

进入六月，每一天的杏子，味道都是不一样的。坡前梁上，金黄的杏子缀满枝头，风吹过，掉落满坡的杏子。一不小心踩到一颗，鞋底的缝隙里就会挤满了果肉。

这些年，年轻人都外出打工，无人打理杏树，结的杏子也没人吃，都被虫子吃了。当咬开一颗杏子，看到一只红色的、身姿曼妙地扭动着的虫子，顿时汗毛倒立，巴不得把刚才咽下去的那一点点杏子尖，夹着前一顿的饭菜一起呕出来。

我一直有占一个塬峁，盖间木屋写诗过隐居生活的念头，或许这是我对泥土、犁耕、牧羊的怀念。从某种角度来说，土地、农耕、生命，三者之间有着无限的关联，农耕文明下的人类一直与土地产生着情感联结，土地上的生命是提纯的尘埃，是人对土地的重新认识。

甲骨文中"土"的象形文字是"三角形"，表示"物质不断循环归于泥土"，与绿色循环标识不谋而合。《尚书·洪范》将"土"列于"水、火、木、金、土"之末，称"五行终始"，代表着万物由水始，归于土，循环往复。泥土是能够吸纳阳光雨露的物质，蕴含着无数的生机缝隙，能够将躲藏在泥土里的种子孕育发芽，并护佑它苗壮成长，直到归于尘埃，它是能量与神性的合一。

黄土塬上的生命，就这样被泥土所塑造，从简到繁，如野草般疯长，撒播种子，甚至如浮土一样传播。同样兜兜转转之后的归宿，也许是大树脚下重新接纳一片落叶，回归泥土，从繁到简，生生不息。

土瓷手记

泥土有厚、博、慈悲的特性，供给万物生命的土直接烧成瓷器，千年以来，泥作食器，一直烹煮着大西沟人家的一日三餐。窑沟的土瓷，就是从泥土里长出来的生活。

鼎、鬲、罐、瓮、钵，没有华丽的名字，看似已归于沉默，如果仔细观察，器物上或许还残留着先人的指纹，从这些指纹中，你能想象到它们成为陶瓷的全过程。先民取自大地的陶土，在听过火焰的歌声后，带着灰烬、烟雾和匠人双手的温度，凝固在了器物的身体里，实实在在地留在中华文明的长河中。

"始于土，成于火，慈比玉，宁碎不折"，一件器物从土到瓷的过程，就是土淬火的过程，从土到瓷，虽叫土瓷，可它已不是土，带着匠人的指纹，呈现出凝敛的肌理，包含着泥土朴素的苍古之美，让人感到返璞归真。

泥土是最基本的文明物质，人类创造的器皿，没有什么比陶瓷更具有神性了，许多民族都记载着从揉泥土开始的历史，是泥土点亮了文明的火把。制瓷是一门融合了古拙与细腻的手艺，与五行学说有密切关系，一件土瓷通过揉土加水，巧手塑形，以木生火，高温玻化，金属发色烧成，包含了黑与白、粗犷与精巧，锋锐与柔和，粗粝与光滑，干涩与润泽，裂缝与融合，将自然五行化为了人工巧造。

在我生活的小镇窑沟，土瓷一直是最重要的产业之一。县城里发现了新石器时期文化遗址，出土了鬲、罐、瓮等陶器，点缀着蛇纹、篮纹、绳纹和瓦楞玄纹，甚至已经有了黑陶和红陶之分。这一发现确认小城的制陶业约在距今六千年前的半坡文化时期就出现了。到了明清时期，从山西保德"走西口"来的匠人，发现这里的高岭土塑性、黏性强，非常适宜烧造陶瓷，就在窑沟建窑烧瓷，制陶业出现了从陶到瓷发展的飞跃。

窑沟的祖辈们将烧制好的陶瓷用木船沿黄河运到包头、宁夏、甘肃等地，船一停靠在河岸边，土瓷就被一抢而光，换回羊毛、粮食和布匹。村里的老人讲，从黄河渡口出发的大船一走就是半年，种谷子时出发，到了收割谷子时才回来。

考古工作者在窑沟古墓里发现一个瓷罐，罐口瓷盘上写"大定十年七月初四合葬父母"。土瓷做工与窑沟手工白瓷没有区别，作为磁州窑谱系，窑沟有迹可循的制瓷手艺已有八百多年。

窑沟土瓷分黑瓷和白瓷两种，黑瓷是朴素单色瓷，几乎没有装饰，如缸、罐、盆、钵等；白瓷为上釉瓷器，主要有碗、盘、碟、盅等。土瓷制作技术很古老，明代的技术也一直没变，先将泥浆过滤，经过踩、揉、和，使泥坯的黏性和强度达到要求，在辘轳台转坯成型，再经削、刮、刻，然后晾干，彩绘上釉后，在窑火里烧制，散热后出窑，就成了一件件焕发新意的土瓷。

"土瓷"如同时下流行的"土鸡""土鸡蛋"一样，讲究的是原生态，本身包含着非物质民俗文化。试想，在一个宽敞明亮的厂房，用自动或半自动化工具生产出的土瓷器，是土瓷吗？它们可以统称为土瓷，但绝非根植于不同地域的民间土瓷，土瓷匠人在一代代的家庭作坊中代代相传，这种传统、略显粗糙的工艺就是民间土瓷的制作过程。

出生在土瓷世家，张选从一出生就注定要和泥土打一辈子交道，他是家族第九代土瓷传承人，也是小镇仅有的传承人。在他的记忆里，自己一直住土窑、走泥路、吃五谷杂粮，用土瓷延续着一个又一个的平凡日子，用各种陶瓷器物滋养着村庄。

一个安静的下午，我到张师傅的工作室参观土瓷烧制，工作室里只有拉坯机转动的声音，张师傅正在拉坯，氛围是那样的静谧，令人不忍打扰。我轻唤他两次，他猛地抬头，看到我来，马上用沾满泥土的手示意我坐下，温和地笑着，但你能感到他的心思还在手中的土瓷上。

土瓷匠人的手就是一副模型，长久地与土瓷接触已经让他准确地掌握了泥坯的属性，知道如何精准地拿捏。随着转轮的迅速转动，一堆看似柔软的泥坯会随着手指的挤压和牵引，迅速变成某种器具的形状。他一边捏一边蘸水，泥坯被扶立起来，像是朝上生长，依靠手的牵引，形成器具底部和腹部的空间与弧线。手继续牵引，或收或压，泥坯极为温顺，按照他的意愿持续生长，一只瓷罐的样子渐渐展现出来。

张师傅十岁开始作瓷，村里的土瓷匠人都是他的徒子徒孙，无论是制瓷还是授艺，土瓷的生命都在他身上生长。已经是省级非遗传承人的他，自然免不了爱好者的拜访，崎岖的山路阻挡不住为非遗瓷艺而来的人，纷纷攘攘的人群到了他的工作台面前时，他非常有耐心，一遍遍不厌其烦地教学，双手轻柔地握住飞旋的泥坯，两三分钟内，在往复地提、拉、挤的过程中，土瓷逐渐成形。张选师傅对我们说："土瓷技艺有不少奥秘，很多环节无法用语言来表达，都是祖祖辈辈传递、积攒的经验，做土瓷其实是学习如何与泥土相处的过程，人和泥不是控制或者被控制的关系，更像是平等的、商量着来的关系，找到这个平衡点后，不仅拉坯会更顺手，制作的土瓷也会更自然、质朴、厚重，给人呈现一种返璞归真的感觉。"

工作室里除了泥就是瓷，没有多余的摆设。木板往地上一放就是工作台，每天早晨六点起床，洗漱后到工作室制瓷，坐在木板后面揉泥、拉坯、修坯、上釉，六十多年的制瓷生活，一直都是如此。他说："一生有很多事，只有做瓷是一生的事。"

走进窑沟村，一股烧窑味扑鼻而来，沿着弯曲的山路走十分钟，一座古窑便出现在眼前，沿袭先人的叫法称为馒头窑。张氏先人在明朝末年来到窑沟村后，就带领族人制作土瓷，现存的馒头窑就是先祖留下来的。二十多座明清古窑遗迹隐匿在黄河峡谷旁的角落里，层层叠叠，原始粗粝，窑火就这样生生不息地燃烧了几百年。

俯视而下，整个村落都是零散的馒头窑，有四米高，像烤馕的火炉，圈圈罗列，直通到底。从底层入口进去，光线昏暗的窑中挂着白炽灯，四周是灰扑扑的土墙，昔日手工作坊的气息扑面而来，这里就是孕育土瓷的场所。

窑口有两束光，直直地穿过狭小的空间，明晃晃地打在旧窑里，仿佛通往过去的隧道，凝固着往日的时光，把那些留住的、留不住的都在此堆积。墙角一隅，堆着已经晾晒好的土瓷，层层叠叠，被尘土包裹。放眼另一角，耐火砖上闲置着两把废弃的刻刀，一台老式脚蹬转轮格外显眼，覆盖着厚厚的尘埃，俨然一件古董。显然，这样的画面构成了一幅手工作坊里的静物素描画。

烧窑其实并不神秘，是一种流传已久的烧制方法。以柴薪为燃料烧瓷的历史，可以追溯到新石器时期。先民无意间发现，火烤后的泥土会变得坚硬，于是开始用泥土制陶，并发展为掘地成窑、垒砌建窑的烧窑方式。通过对窑内温度的控制，草木灰自然飘落，每只土瓷上都会有厚薄不均的自然釉面，留下火焰熏烧的痕迹或似熔未熔的朴拙色彩，土瓷便是火痕、烟雾和落灰的集中体现。

在山坡下方，堆满了开裂变形的土瓷，这些愧对泥土与双手的器物，似乎在默默诉说着某一次开窑后，张师傅的辛酸与失望。

千百年来，人类一直在泥坯的旋转中创造器物和空间。制瓷是最古老的手艺，泥坯在动静之间的规律与平衡，似与万物的旋转有着千丝万缕的呼应，而土瓷匠人就是在泥坯与自然的变化中寻觅微妙的关联。

每一件瓷器都尘封着泥土的意义，泥土是瓷器的根，在一座没有泥土的房子里，瓷器就是它骨肉相连的兄弟，让一件瓷器回归泥土，或是让一抔泥土化为瓷器，便是泥土的又一次轮回。

耕田犁地

只有在耕田犁地的时候，才能发现隐藏在泥土里的粗犷属性。

农耕是一门综合技艺，经历了复杂而漫长的历史演变。它与原始狩猎、动物驯化、畜牧生产及文化发展都有着无法割舍的传承与比照关系。先民采用刀耕火种的方式，经过石刀与土地上百次的撞击，在泥土里刻画原始质朴的线条图案，黍、粟和糜子在延展中发芽、成长和收割，展示着土地的本质。

大西沟村肥沃的坡地适合农作物生长，村民多是清末民初迁来的晋、陕农民。这里的农耕技巧与数千年前的仰韶先民并没有什么不同，农田是陡坡上的旱田，骡拉犁、耧播种、镰刀收割、石碾子打谷等传统农耕方式依旧保留完整，二牛抬杠似乎是一直的追求。

更为重要的是耕田犁地似乎是大西沟人生命中迟早要做的事情，学会耕种，意味着学会了生存本领，可以立业成家，至少不会受饥挨饿。毕竟作为庄稼人，不会耕田犁地，是无论如何也说不过去的。

一张犁，一头骡子，这是山塬上耕者寻常的一天，不停地犁地、播种、收获，持续成百上千次的动作如行云流水，却又安静从容。犁铧在畜力的带动下，翻起一层层泥土，垒出一条条墒沟，耕田人随即撒下种子，翻土、播撒、覆土，每一个环节都是干净利落，并不需要太多的修饰，就能让耕田犁地呈现出一种体量感，展现大西沟的原生态面貌。

很多人看耕田犁地，以为就是无为而治，等待自然的规律。规律并不是听天由命，还得看耕者的勤劳与否，犁铧能犁一尺宽，二亩地要犁六十个来回，每天至少要犁四五亩，一声鞭响，一声吆喝，骡子在前面拉着犁，人在后面扶着犁，都谦卑地面向土地。"春种秋收"这句农谚里体现的是扶犁耕地、摇耧播种、耙地保墒、锄草收割、麦场打谷等诸多程序，每个环节都不能偷懒，否则就可能颗粒无收。

鸡鸣三遍，村庄还在沉睡中，一盏盏橘黄色的灯亮了，一股浓烟冒出烟囱，炉子里通红的柴火拉开了东方的鱼肚白。父亲抓起草帽，收拾鞭子、套绳、木犁，赶着骡子，听着叔辈们的吆喝声，走向远处的坡地。

骡子熟悉村庄里的每一块地，总能准确地站在地头上，父亲双手扶犁，赤着脚跟在骡子身后，在犁铧的均匀行进中，脚下翻起了滚滚土浪。太阳快到小南崂塬顶时，斜长而弯曲的影子恰好与犁铧划出的土垅吻合，土垅不断增多，杂草荒芜的土地面积快速缩小。此时公路上第一趟客车已从村庄驶过，鸣笛声里夹杂着浓浓的乡音，车子在村口停下来，偶尔上去几个人。骡子很自然地停下，似乎在观察车里有没有它认识的老乡。父亲蹲在田埂上喝口水，抽根旱烟，清清嗓子，吼上两声信天游，顿时浑身通透有力。

歇息片刻，骡子欢快地迈开步子，犁将一茬茬草根翻倒、淹没，父亲和骡子踏着简单而又古老的韵律，来来去去，一切都显得那么默契。

只要父亲握着犁把，每一垅都是实实在在地犁过去，犁田埂总是很费力气，野蛮生长的茅草根从田埂边伸到地里，抱成一团，倘若遇到草根横在犁沟，父亲总会停下将草根一一挑起，然后扔下崖，可谓是精耕细作。两三个来回，人已经累得满头大汗，骡子也累得气喘吁吁。我懒得让骡子停下，更懒得弯腰捡草，总是浮皮潦草地耕田，常常被父亲训斥。

大西沟有一套不知传了几辈的吆喝声，到田埂畔让骡子回头，先叫一声"噢"，让骡子停住，再叫一声"回"，一提犁把，骡子就回头了。往犁沟里走喊一声"哩哩"，往犁沟外走就喊"嘚嘚"，要快一点儿就喊一声"嚓嚓"。田埂边上的杂草很多，只能多耕几遍，这时候就得喊着"嗷嚓，畔"，这时骡子就会卖力地将草根从土里翻出来。骡子必须踏在犁沟里，如果走到了别的地方，就甩着鞭子，虚张声势地骂骡子"这个灰狗的，往哪儿走"，骡子就会自觉地走进犁沟里。

"哩哩"声和鞭哨声是耕者催骡子前行的"口号"，音节变化虽不大，但有徐缓、短促、高亢之分，口中"哩哩嘚嘚"悠扬徐缓，也是一种劳动的欢愉，起到解乏的作用。每到耕种季节，田间欢快而响亮的"哩哩"声和鞭哨空击声不绝于耳，"哩"者不烦，听者不厌。

多年来，我家的骡子与邻居的骡子搭伙耕地，使用两头骡子把两家的地犁完。当然，搭伙也要搭得合适，不但骡子要合适，两家人的心性也要合适，要是哪一方有偏袒，对方的骡子就会吃亏，搭伙就难以长久。

　　太阳落山，地犁完了，取下套绳，骡子甩甩尾巴，鼻子"嘟哼"一下，便去地边吃青草了。父亲用草根把犁铧上的土擦干净，把套绳系好，脱下鞋，倒尽鞋里的土，拍打衣服上的土，然后将犁、套绳一股脑全扛在自己肩上，牵着骡子，唱着二人台走在山野里，屁股后面还跟着两头骡子仰着屁股、蹶起两蹄，一路尘土弥漫地回了家。岁月也在这日复一日、年复一年的耕耘中成长着。

　　直到现在，我也只会用镰刀收割，不会使唤骡子耕田，祖辈们流传下来的一牛挽犁式农耕方法在我这里失传了。我也尝试过扶犁耕种，左手牵着缰绳，右手扶犁，吆喝着骡子往犁沟走，耕了不到十几步，父亲就让我停下了。虽然我把精力都放在了扶犁上，但犁过的地仍不免歪歪扭扭、坑坑洼洼。按父亲的话说，像是沙鼠爬过一般，这样的"滑毛犁"是不标准的。

　　随着时代的发展和变迁，传统犁耕被效率更高的旋耕机所取代，农人大都闲置了耕田手艺，年轻一代也无心学习和传承耕田犁地，木犁也消失在荒塬上的杂草丛里。

　　如今，在大西沟使用传统耕犁的仅剩两家，狗栓老汉就是住在东峁坡的一家，除了偶尔到县城和乡镇赶集，他每天都深居简出，和泥土草木为伴，经常徜徉在田间地头，观察泥土的变化，一过就是十几年。

　　从东峁坡到杨二湾再到四眼堡，哪块土地上适合种什么样的庄稼，他都了然于胸，已完全沉浸在与泥土为伍的日子里。传统耕田是个重活计，他也没觉得累，相反还很喜欢这个过程。"我十二岁的时候就跟着父亲学耕田了，那时候个子矮，木犁和我一般高，踮着脚也够不着，只好挎着筐箩撒种子，虽然身子是弯着的，却能将籽种均匀地撒在垄沟里。"他说。

　　"耕田的犁、种地的骡子，每家每户都得有。"这句话朴实无华，包含着塬上的人对土地的认知，而理解耕田犁地的关系远比这项技艺更重要，这决定着农耕文明是否可以绵延传承。

　　是的，泥土里的动植物都是山塬的儿女，在大地上养育那么多的儿女，又被那么多人认养，无论去哪里，它们从没奢望过什么，也从不奢望成为什么，和山里勤劳的耕者一样，一生散发着自己的光，给予我们更多的是安静和回归。

今年是雨水多的年份，坡梁上的张杂谷、羊眼睛豆、莜麦甚至野苜蓿都比往年长得更茂盛，和狗栓老汉在田埂旁漫步，他拔草，我帮忙，他讲故事，我静听。他说起十年前的大西沟，往事倏忽而去，之所以惦念，无非是一些故人旧事，因为都归于泥土，被署上姓名，贴上标签，有了无法拒绝的亲近之感。人与土地的关系不正是如此吗？像一棵草回到土壤，像雨水攀附着云。

泥土固然是静止的，但当它们置身广袤的大地，凝结而成的却是鲜活的生命，于是萌芽、吐蕾，万物生长。

掘土为窑

土窑应该算是人类文明的源头，从古人学会掏土为穴的技能后，一直为人类提供冬暖夏凉的庇护。

有土的地方必有生命，自然万物在泥土里繁衍生息、枯荣变迁。大西沟就是这样一个不起眼的角落，一年也看不到几场雨，漫天的尘土、光秃秃的山丘，人、狗和骡子都在土里打滚。不是泥，是土，像面粉一样干燥疏松的土。所以也不会觉得脏，用力抖一抖、拍一拍，身上就又干净了。这里的人天生与土为伴，土与他们血肉相连，女人生了孩子就在褥上铺一层细土，接生婆用一双灵巧的手将孩子放在土上滚一圈，润湿的身躯从头到脚都裹上了金黄的沙土，就像秋天收获的谷穗一般。膝盖擦破了就撒一把土敷一敷，一旦塬上的生物失去呼吸，就会被深埋地下，成为塬上"尘归尘，土归土"日子的一部分。

远观大西沟，周身蒙着一层黯淡的浮土，矗立在黄土塬上，好像年迈老者烙印着厚重与沧桑，在历史的滚滚尘埃中踽踽独行。塬上的土随意挖凿也不会坍塌，于是挖出了大西沟的土窑洞，黄沙、黄土地、泥土色调的窑洞和劳作的人们一起映照着与塬峁浑然一体的境况。

每次回乡，我都会站在塬峁上，看斑驳的土墙、平仄突兀的石板路、蔓延的荒草和看门的老黄狗，又或是叼着旱烟穿着臃肿棉裤的老者、阴凉里避暑的孩童、漫不经心放牧的羊倌、平躺在草垛上养神的汉子……形形色色的人物组合在一起，便构成了塬上的故事。

坐在院外的土崖畔，母亲端来热腾腾的烩菜，夹起油糕，在和煦的阳光中，听对坝坝圪梁梁上传来宝音拉骡子的二人台声，最温暖的日子就这样在窑洞中弥散开来。入夜，白天隐没在黄土峁中的大西沟窑洞群，如高原的眼睛闪亮起来，窑院里的孩子们仍在叽叽喳喳笑闹奔跑，羊群早已前肢跪地进入酣梦。

参差错落的窑洞，层层叠叠的土墙，不求规则，顺势而建，依黄土塬挖方，挨挨挤挤连成一片，祖祖辈辈在此定居。若家族新增人丁，则在父辈土窑旁再掘一孔，如此反复，见缝插针，窑洞便呈阶梯式，随地势徐徐升高，一不留神，便会踱上人家的屋顶。日久年深，聚居人数逐渐增加，广袤的塬上便出现无数的黄土窑洞。

土窑是泥土、植物、人类的共融共生，没有公式可循，更不可能找出类似的建筑，因为影响土窑的因素太多了，除了土质与排水，土窑建造更讲究"背山面水，负阴抱阳"，因此窑匠师傅对附近的山体、土石构造、水流方向，都了如指掌。欣赏一排排古朴的土窑，若说它刻意讲究，却找不出来自哪一道梁哪一个峁，一切都显得浑然天成；若觉得它随意简单，又不得不折服于匠人巧夺天工的手艺，将这里随处可见的黄土塬打造排列，变成了土窑，变成了艺术。

土窑反映的不只工艺与技术，还有观念、审美，甚至是心境。面对枯燥自然的黄土，人们没有选择放弃审美，以彩色的贴纸打破窗棂的线条，白色为底，代表整洁明快，红色和绿色为衬，代表着生活的喜庆吉祥、浪漫清新，给人更多靓丽的感觉。炕围画的历史人物经过组合变形、交叉移动。演变出不同的样式，再密集地分布在火炕周围，求满不留白，不同于追求简雅与留白的南方园林艺术，少了一些恣意洒脱，但塞北草原的豪放又带给人完全不同的视觉体验。没有人准确知晓这种炕围画的起源，但这种来自祖先的寄托与传承，是对枯燥生活的加工改造，是简约艺术穿越心灵的追求。

房屋的发展史就像王朝的兴衰，有着自己的轨迹，随着居住条件的改善，人们开始疏忽原始，甚至认为住在土窑里是一种瑕疵。光鲜亮丽的生活让无数人逃离村庄，头也不回地走进城市。没有人和动植物陪伴的土窑好像没了牙齿的老人，看着不利落不整齐，窑洞和泥土厮磨，达成共识，然后一年一年往下陷，恰如一个人与岁月商量好了，一天一天驼起背一样。人到最后直不起腰看不到日头，蹲在墙角被太阳暴晒，土窑到最后变得空旷，生起杂草，准备归于土地。

城里一幢幢大楼拔地而起，轰鸣的卡车将泥土运走，然后浇筑上灰色的水泥，被水泥、砖石、沥青覆盖的土壤，连呼吸的权力都被剥夺了，只能四散而逃，坚硬光滑的城市再也留不住它们。混凝土里长不出粮食，也无法养育扎根泥土的生命，城里再也找不到乡野的泥土，只好用无土栽培来维持屋里少有的那一抹绿色。

在城市里的高楼里待久了，亚健康几乎如影随形。即使空间再精致，也没有贴近泥土的惬意。城市那么大，人如一枚草芥，在砖头和水泥之间漂浮着，不知把自己漂到了哪里。甚至都不如一株荞麦，它扎根泥土，随风摇摆，可它本就生在土里，土是它的归宿。

霍二疙瘩一直在大西沟里务农，平日话不多，憨厚，十几岁时就能赶驴犁地。妻子早逝，儿子在城里上班，几次回来接他到城里住，他都执拗地说双脚踩在泥土里，闻着庄稼的味道就是舒服，不愿意去。村里人都说他是一只蹲在田里抽旱烟的"土蛤蟆"。快六十岁了，他离开村子的次数屈指可数，儿子劝他去感受一下城里的生活，老霍这才勉强答应到城里住。

住了两年楼房，老霍躺在软兮兮的床上，看着外面的灯光，白花花，冷霜一般，从玻璃墙上泼进来，听着侧门里出进的车流声和对面楼上住户的说话声，一切都显得陌生而恍惚，有种不知漂泊到了何处的错觉。他总是想起大西沟院落里的山杏树，想起坡梁上被杂草占据的土地，天天念叨说："今年村里土豆结了很多，胡麻、葵花也长得挺好，还有黄瓜和柿子，每天摘都摘不完，不像城市，什么都贵。"

为缓解他的思乡之情，儿子弄了点儿韭菜种子，想让他种在阳台的花盆里，却发现无处取土，公园里的泥土容易板结，河边的泥土有塑料垃圾，想要到农田里去挖泥土，抬头看看周围的一幢幢高楼，无奈作罢。邻居告诉他花店里有乡下的泥土，但价钱很贵。泥土也得花钱了吗？老霍不禁愕然，只能去郊区农田里挖土，结果没出两个月，盆里就长出绿油油的韭菜苗，看着非常惹眼，这时老霍心里才觉得莫名的舒畅。

老霍将儿女送进城市生活，可他在砖头和水泥里始终无法落脚，显得格格不入，索性又回到自己的小院里。斜阳穿过土窑厚厚的窗户，窑内光线昏昏沉沉，炕上盘坐着村里的老者，他们随意地聊着，谈论羊羔的价格、收割的镰刀在哪里买、庄稼是否需要追肥，谈论偷瓜的狗獾和打洞的田鼠，偶尔说说村子里已经过世的两个人，就像田里的庄稼枯萎了一样……在他们的谈话中，塬上的生命似乎都会和人一样思考。一只斑鸠从天上飞过，"咕咕、咕咕"声划过塬上的每一个角落，他们都沿着窗口向外张望，眺望着大西沟的一草一木。

和老霍一样留在村庄的人，有着浓厚的乡土情怀，生于黄土，长于黄土，很多人一辈子不曾离开村庄，他们对土地里的庄稼了如指掌，似乎只有在土地里耕作，在塬上生活，才感到日子是踏实的、有味的。

乌兰木伦河环抱着黄土塬，静静地无声守候，见证着历史的沧桑巨变，土塬已经存在了几千年，仰韶先民就开始定居于此。河的另一端，新城耸起，高楼林立，且是另一番景象。现代文明的脚步即将在黄土塬亮起红灯，行走在黄土塬上，亦是原始生活气息的守望与追溯。

离开大西沟时，遇到一位背柴火的老者，他望向我的一刻，我的脑海里又回想起老羊倌柴三旦唱的信天游："羊肚子手巾三道道蓝，见面容易拉话话难，一个在那山上一个在沟，拉不上话儿招一招手，看见那村村看不见人，泪蛋蛋抛在沙蒿蒿林。"

后 记

成年后，我离泥土和乡村越来越远。

除了过年，平时回村庄大都是为了参加一些喜丧仪式，红的门帘，白的纸幡，该喜该悲有了固定的模式，逐渐简化成几个符号。我几乎已经忘了那些玩泥巴和耕田犁地的日子，连同狗栓老汉和霍二疙瘩在大西沟的生活，也在我的记忆中渐渐隐去了。

楼下墙角处有一块裸露的土地，稀稀疏疏地长着蓬蒿和拂子茅，还有几株格外显眼的马兰花，隔壁老伯瞧中了这块空地，准备种一些蔬菜。我站在窗前吹风发呆，静静地看着老伯在土地上劳作，从楼上提着水桶，给刚撒下的种子浇水。突然间心里有一种说不出的滋味，在城市夹缝里生存，每天都行走在水泥钢筋的世界里，早已忘记了泥土的气息，即便偶尔在漫长的午夜想起，尝试在生活中恢复与泥土的联系，不久后也会烟消云散。

那些无法融入城市生活的人，也曾试图在城市的喧哗、浮躁、冷漠、欲望里，把自己烧成一块砖，哪怕是半成品也罢，这样就是城市的一部分了。可不行，无论怎么烘烤自己，内心的那坨泥土，总是纤尘不变，甚至还经常长出一些玉米穗或米蒿草、田旋花什么的，这真让人失望。

无论主动还是被动，城市正在成为我们最主要的生活空间，一座座"城市"正在从费孝通笔下的"乡土"里分剥出来。与乡土生活的静止和重复不同，城市生活充满了惊奇和变化，它满足我们关于幸福生活的欲望、野心和理想，也隐伏着孤独、残酷和各类心理与精神危机。

在停不下来的奔跑中，幸福越来越像一个传说，不该丢失却已丢失了很多。在所有丢失中，最要紧的可能是我们丢失了与大地的触摸，丢失了农耕文明的安详表情。

当我再次站在大西沟，无尽的晦涩瞬间将我淹没。我们不可能再回到农耕文明，但亲近泥土可以帮助我们恢复对土地的记忆，或许还能重新找回安详的表情。在此意义上，我们与泥土的关系，不是疏远，更不是排斥，而是一种生存的必须，回归泥土是一种必要的自我救赎。

微信扫码

☑走进作者 ☑有声阅读
☑诗歌朗诵 ☑文化活动

邢永晟，1969年生，内蒙古呼和浩特市清水河县人。中国电影家协会会员，中国电视艺术家协会会员，内蒙古电影家协会理事，内蒙古作家协会会员。主要作品有小说、散文、戏剧影视剧本。有作品出版发表、排演拍摄、入选获奖。

朱毛草那片天空下

观山水识人

夏天清凉的早晨，我们一行十五人从清水河县城出发，前往朱毛草村采风。生命蓬勃的夏天，充满活力，总能带给人无限快乐。车厢里，人们一路激情无限，笑话不断，笑声不断。我们沿着清水河逆流而上，穿越河道里密植的白杨林带，登上石峡口水库，在库尾的三岔河，向东南方向进入汤溪河。大轿车穿行于狭窄得令人窒息的汤溪河河道，横跨小溪水，绕过石山门，眼前豁然开朗，屋舍俨然，鸡犬相闻，田禾生长油绿，农人安然劳作。

这就是朱毛草村，与上游山西省平鲁区的大河堡影视基地和明海湖景区一山相融，一水相连。

朱毛草村很小，山弯里东西三公里长的村子，只有三十多户六七十口人，也多是上了年纪的老人。人们春种秋收，每天一睁眼，就在山上山下劳作。春天种下的是希望，秋天收获的是喜悦。

朱毛草，一个宁静而神奇的地方。村里人喜欢将村口的山称作龙山，但我更觉得，村子背靠着的山体，一直延伸到村子两侧，更像一双手臂或一对翅膀。如若双臂，朱毛草村，就是双臂呵护在怀里的婴儿；如若双翅，朱毛草村，就像具备双翅的鸟儿，随时会振翅腾飞。我曾走过好多村子，总感觉朱毛草是个不俗的地方。人们都希望自己居住的村子是风水宝地，对面青山照，门前福水流。我觉得，朱毛草，就是符合这种居住文化的福地。

漫步在朱毛草村，站在田边，庄稼错落有致，油光嫩亮；走到村前，山野绿草如茵，彩蝶飞舞；徜徉河边，小溪清澈见底，鱼儿嬉戏。登上龙山，天空瓦蓝，飘着朵朵白云；大地碧绿，树木郁郁葱葱。村子静卧绿荫丛中，与山前树林浑然一体。山上，黄的油菜花、白的荞麦花，招蜂引蝶，将山间点缀得五彩斑斓；山下，老牛在河边吃草，百鸟在林间争鸣，就像童话里的仙境。好一个有山有水，美丽如画的村子！

在中国传统文化里，山水人互为影响。山水造就人性，什么样的山水，造就什么样的人性。山水硬朗，人会性情刚猛，使强用狠；水盛于山，人会情盛于才，男女多情；有山无水，人会性格沉稳，敦厚实在。唯有秀丽山水，得此地气，性情温和，聚集钱财，多出人才。朱毛草，就是一个拥有秀丽山水的村子。朱毛草人朴实、善良、厚道，而又不失灵动。在一切市场化了的今天，好多传统的东西慢慢丢失了，人与人之间的相处多是用价值衡量，算计的人多了，真情感就少了。朱毛草人，在这种大环境中，依然保留了一份原始的纯真与朴实，这是与所处的环境分不开的。

同样，什么样的生存环境，造就什么样的生存经验。我以前在乡里工作的时候，蹲点的村子土地贫瘠，村民越是薄收，越要广种。生存的艰辛，造就了村民的勤劳。人们早上天不亮就下田，披星戴月才收工。村里的老人，吃土豆用沙石划破皮就放进锅里。究其原因，说是害怕浪费。勤劳和节俭总是相辅相成的，缺一不可。只勤不俭，浪费严重，很难获得富有；只俭不勤，坐吃山空，只会受贫挨饿。朱毛草人，是勤劳的，也是俭朴的。在朱毛草，看着那些在田里佝偻着腰身挥汗如雨劳作的老人，看着那些坐在河边草甸子上陪着自己心爱的老牛说话的人，看着那些建在村前村后的大棚、猪舍和鱼塘，你就不能不为他们的勤劳善良、富有爱心而感动和感叹。

朱毛草，环境优美，景色宜人。身处其中，感觉身心十分舒服。那感觉，如同走进陶渊明笔下的世外桃源。

吃鬼肉

在朱毛草的河道里，李巨老师发现了鬼肉。人人都说鬼肉好吃，让我也试试。看着李巨老师吃得很泼辣，我害怕得直叫他小心中毒。看到人们都在吃，我也试着尝了一点儿。"鬼肉真酸！"我说。有人接过我的话说："鬼肉不酸。酸是生的，熟了就不酸了。"说话的人同时递来鬼肉让我尝，还是微微有些酸，但没有先前的酸牙咧嘴，而是口感十分鲜嫩。

上网一查，被李巨老师称作鬼肉的，其实就是瓦松，是一味中草药。李巨老师说鬼肉水大，他们小时候在山野里砍草口渴难耐，就猛劲吃鬼肉，用不了多长时间，就止渴了。有人怀疑李巨老师的话，反驳道："鬼肉能有多少水？是鬼肉酸酸的，起了生津止渴的作用吧！"不管怎么说，鬼肉水大鲜嫩，这一点是不可否认的。所以，我认为，是因为瓦松鲜嫩，才被形容成鬼肉，并不是因为鬼肉鲜嫩，瓦松才被称为鬼肉。在现实生活中，人们常常把达到一定程度或极致的现象，用"鬼"字去形容。比如，鬼才、酒鬼、小气鬼、机灵鬼。所有这些说法，都与鬼肉的说法异曲同工。

　　鬼肉，给大家带来了兴致，带来了回忆，也带来了思考。不少人想起小时候的一些经历，也联想到现实社会存在的一些现象。以至于后来的一路采访，总有人时不时提起鬼肉，提起与鬼肉那个年代相关的一些经历与故事。因此，只要徒步的时候，总有人突然指着路边的一棵草卖关子说，谁能知道这是一棵什么草？此时，大家总会围拢过来，猜上一阵子，议论一阵子，感叹一阵子。不管多么稀有的草，总会有人能认出来，叫上名来。每当此时，也总会引起人们的一些争吵，有人说是，有人说不是，也有人说出不同的名字。最后，大家又统一意见，不管是还是不是，大家认为说的都对。因为地区不同，叫法不同。能想起名字的人，很开心；没有想起名字的人，也很开心。因为至少在他们的记忆中并不陌生，只是那时也叫不上名来罢了。每到此时，总会有人感叹与担忧，现在农村的孩子对农村太陌生了。

　　确实如此。很早以前，城里人来到乡下，分不清糜黍，分不清麦苗与韭菜。曾经有位朋友讲，他们县新上任的县长去乡里调研，指着麦苗田问乡长："种这么多韭菜，能卖出去吗？"乡长回答得很干脆，说："这儿离市里比较近，种韭菜变现快，老百姓喜欢种。"过后，随行调研人员都在埋怨乡长不该哄县长。乡长被逼急了，说："这么多人陪同调研，戳穿了，县长多尴尬呀！"而现在，分不清糜黍，分不清麦苗、韭菜的，已经不只是城里人了，就是村里的孩子，也渐渐远离了农业，远离了农村，远离了大自然。现在村里的孩子，认不得农作物，分不清驴马骡，叫不上农具名的，大有人在，更别说认识生长在田野里的野草野花了。

　　在人的成长过程中，环境是起决定因素的。这可以说是举世公认的真理。现在农村的孩子不同于李巨老师那个年代的农村孩子。那时候，从春天开始，孩子们就跑到大自然中，挖野菜、摘野果、掏鸟蛋、吸野蜂蜜。经历多了，那些种类繁多的野草野花，多数能够叫上名来。孩子们参与农村劳动多，接触农村生活多，深入大自然也多。对于走近大自然，那时说法没有现在时髦，但行动远比现在超前。

鬼肉，是我第一次听说，第一次认识，也是我第一次品尝的田间野味。如同我不知道瓦松又叫鬼肉一样，随着农村孩子远离农村、远离大自然，也许多年以后，鬼肉这种说法不会再被人提起。到那时，或许人们知道的，就只有瓦松了。

看大戏

因为离开朱毛草村进山里采访，我们未能从头至尾把戏看完，仅是走马观花看了一下戏场。或者准确地说，连走马观花也不是，仅仅是点到为止。所以，我真想知道朱毛草唱戏的整个过程，人们看戏的认真程度以及戏的内容，演员表演的卖力程度。但是，由于在戏场逗留时间太短，感受不是很深，印象也仅是星星点点，很难还原唱戏的整个过程。

戏开前，报幕员先登场报幕，这是我对儿时村戏的记忆。那时，每逢春节，过了初三，村里就请来戏班子，唱上几天大戏。锣鼓一响，十里八乡的人前来看戏。村里过年的气氛十分浓厚，人们穿着新衣，脸上洋溢着过年给人带来的快乐和幸福。看了？看了。都是邻村上下，见面相互熟悉，打招呼也简单。听上去虽是废话，但一问一答，拉近了关系。开戏前，人们都会提前挤在台前，选好自己的最佳看戏位置，静静地等着开戏。那时，年轻男女交流很少，几个男伴或女伴在一起，都很矜持，只是静静地等戏。最多有些不守本分的，也就偷偷地瞄上一眼自己心仪的对象就满足了，仅此而已。上了年纪的，便会在人群后面，蹲在一起，拉一拉庄户地里的收成，打问一下正月里猪仔的行情。也有想了解一下大牲口行情的，把手伸到衣襟下，捏捏揣揣，然后摇头或点头。或许，谈论一下孩子，多大了，娶过没有，聘了没有，谁家有合适的……每到此时，人们往往会围拢过来，给出建议，谁家的般配，彩礼要得多不多，能不能负担起。那时，开戏是需要报幕的。一阵密集的锣鼓声过后，报幕员就会精神抖擞地走上台来，站在台前亮相、报幕。报幕员脸上挂着微笑，声音甜美至极，内容大致就是请大家欣赏什么节目之类的话。只要戏开了，大家便立即簇拥台前，专心看戏。戏场再没有闲人，也没有杂音。唱到精彩之处，没有掌声；唱到动情之处，总会有人跟着掉眼泪。

现在的村戏，有电子屏的预告，所以也就省去了报幕这一环节。朱毛草的戏，应该也是这样。深入大河堡采访回来，戏早开了。几公里外就能清晰地听到优质音箱传送出来的优美旋律。

我走进戏场的时候，看到三个演员正在台上咿咿呀呀十分卖力地唱着戏。戏是晋剧，当然好听，也好看。啥戏？不知道。我随便问一个看戏的人，看戏人也只是随便回答我。我向里走走，又随便问一个人，听到的还是同样的回答。我抬头看时，突然发现，在朱毛草看戏，有一种奇特的景象。人们看戏，不是挤在台口看，而是戏场有人，戏场外有人；能看到戏的地方有人，看不到戏的地方也站了人。此时，我才想起刚才村路上，远远停在戏场外路边的三轮车上的三个妇女。有人有些好奇，问："你们坐在这儿干什么？"妇女们回答说："看戏。""看戏为什么不进戏场？"妇女们笑而不答。朱毛草看戏就是这样，整个戏场，人们三三两两地站在一起，相互寒暄，握手交流，拍照留影，聚在瓜摊前吃瓜，蹲在小商贩前讲价。此时，如果每人给一只酒杯，那简直就是一场特别有情调的乡村酒会了。当然，也有为数不多的上了年纪的戏迷，坐在台前认真看戏。看着眼前的人们，我在想，在手机网络、微信、小视频以及传统电视等各种信息渠道丰富着人们生活的今天，昔日很受人喜爱的看戏，已经不再是乡村文化和人们精神文化生活的主要获取形式了。我同时觉得，在朱毛草，人们已经把看戏当成了一种形式。一种交流的形式，一种展示的形式，或许也是一种情感获取的形式。这种形式，已经突破了传统看戏的做法和思维，赋予了新的文化内涵。

在朱毛草看戏，看得更像是一种回忆，一种情怀，一种文化理念。

李洁，企业工程师，现已退休。清水河县作家协会散文部部长，呼和浩特市作家协会会员。撰写了大量介绍家乡风土人情及饮食文化的散文作品。

父亲和他的老屋

三十五年前，那是记忆中最冷的冬天。父亲如老屋门口杨树上那一片枯叶，被寒风轻飘飘地吹落，永远离开了我们。

我不知道别人的父亲是什么形象，在我小时候的记忆里，父亲永远沉默寡言，老烟袋不离身。和父亲的记忆在一起的，还有他身边那头健壮的黄牛和大木轮车，那辆木轮车是我们村唯一的一辆，它比我们村里所有人家的小胶轮车都要高大。我们家有一头力大无比的健壮黄牛，父亲跟我二哥商量，要到外地买辆能多拉东西又结实的车。我二哥赶着黄牛走了一百多里地，从白银查干买回来的，父亲非常珍爱他的黄牛和这辆大木轮车。

　　每到暑假农忙时节，我都要坐上父亲的牛车帮家里下地干活。夕照下，劳作晚归的一家人坐在车上，牛车缓慢地行走在田间的小路上，车的轮毂发出"吱吱呀呀"的声响。父亲大部分时间都是放任黄牛自己走的，不驱赶也不吆喝，鞭子更是从不抽打。他表情淡然地坐在车辕上，老烟袋横在眼前，偶尔抽上一口，眼神迷离地飘向远方，那心事重重的样子，我永远猜不透他在想什么。黄牛气定神闲地慢慢行走在窄窄的乡间小路上，车轮从来都没有在土路上越界，更没有践踏或碾压过路旁的庄稼。

　　我躺在车上，看蓝的天和白的云，然后再看一眼父亲沉默的背影，这是我记忆中和父亲最亲密的接触了。如今，年过半百的我也走过很多路，乘坐过很多交通工具，父亲陪伴我走过的乡间小路总是在梦中出现，我觉得再也找不到任何一种交通工具比父亲的木轮牛车更舒适、更安稳了。

　　父亲瘦高个子，白皙而文弱，一头天生的卷发，再加上那副忧郁的神情，参照现在的审美标准，毫无疑问是美男子，可是，在当时那个年代的农村，人们崇尚的是粗手大脚的健壮体魄，认为那样才能更好地侍弄庄稼和牲口，大家都看不起父亲这样稍懂文墨又不谙农活的人，再加上父亲在多次政治运动中受到打击，原本老实木讷的性格仿佛就成了软弱或窝囊的代名词。

　　从母亲那里，我听说了父亲青少年时期的经历。父亲生于1922年正月，当父亲还是一个十六七岁的少年时，家里发生了一件悲惨的事情，这件事直接改变了父亲的命运。那时候，爷爷奶奶一家住在晋蒙交界旧京包铁路线旁的一个村子里，父亲的大哥也就是我的大伯在村公所任职，在一个寒冬的凌晨外出办事，被日本兵莫名枪杀，那时大伯刚满二十岁，新婚才几个月。悲愤的爷爷直接去县城学堂接回了父亲，经过了万千周折，将父亲送往当地的国民党部队。可是从小懦弱而善良的父亲连只鸡都不敢杀，终于受不了那种战场上的考验，参军不到一年就偷偷从部队跑了回来。

　　无奈之下，爷爷连夜把父亲送到县城一个朋友的糕点店铺当伙计暂避风头。后来父亲学了几年手艺，等逃兵的事情渐渐平息以后就结婚成家，随母亲去了外地谋生。

20世纪50年代，因为父亲当过国民党逃兵，被定为"反革命分子"，以后的历次政治运动，批斗的对象都少不了父亲，直至"文革"结束后他才彻底平反，父亲也不用再时时讲述他那屈辱的过去，可以把自己心灵的创伤深深埋进心底。可是，生来懦弱的父亲注定是那个最卑微和一贯被人欺负的人。有一年夏天，生产队急需挖一个两米多深的大坑堆积农家肥，大家判断坚硬的土层下也许是石头瓦砾，再说了，炎炎夏日把一锹锹挖起来的土从两米多深的坑里扔出来，也不是个轻松的活儿，队长把承诺的工分增加到两个半了，大家还在沉默，这时，我的父亲从人群中站出来，欣然接受了任务。当时的父亲心里已经打上了他刚刚十岁的三儿子的主意，他在暑伏最热的天气里吃了午饭竟然没有休息一刻，就领着儿子开始挖土坑，汗渍将他黑布褂子的后背浸染成白花花、硬邦邦的铠甲，父亲用一天半的时间挖好了那个大坑，可是当队长验收完后，原先承诺好的两个半工分变成了一个半。那个夏天的午后，骄阳把父亲的眼睛烤成了红色，高强度的劳作也令他捏紧锹把的手颤抖不已，但是，懦弱的父亲没有争辩一句。

我们村东头最好的水浇地是一片菜园子，供全村人一年的蔬菜，记得我上小学的那几年，父亲为了多挣工分，做着全村最脏最苦重的农活儿，每天挑了各家的农家肥到菜园子施肥，包括每家的厕所都定期清理。父亲每天往菜园挑粪都要经过学校门口，有时，我在上课的中间目光总会下意识地离开书本飘向教室外，学校门前的小路上会出现父亲高大而不再挺拔的身影，担着两桶粪的担子压在父亲瘦削的肩头，他步履摇摆又快速地走着，那逐渐远去的身影好像在轻轻地揪着我的心，令酷爱学习的我无法专注，等一会儿，父亲挑着两只空桶返回来了，步履轻松，身材也好像挺拔了起来，我终于轻轻地舒了一口气，开始认真听老师讲课。

因为曾经的经历，父亲的一生都是自卑的。不过父亲每年也有几天扬眉吐气的日子，那就是大队分红核算的时候，因为父亲打得一手好算盘，每年必去帮队长和会计的忙，也就那几天，父亲一扫脸上卑微的表情，眼神也明亮起来。当时，学校老师教的珠算只是简单的个位十位加减法，我们兄妹几个加减乘除的珠算其实都是父亲手把手教的，到三年级上珠算课时，我们掌握的珠算知识已经远远超出了课本范围，经常给老师当小助手，教那些打算盘慢的同学。

父亲生活的那个年代，没有现在的农机具，耕作方式还是原始畜力和人工，瘦削病弱的父亲却是我们村耙地和耱地的一把好手。尤其是耱地，我们村那几块上好的水浇地都是父亲一手打耱。耱地是播种前整地的最后一道工序，和耙地一样，又脏又累。人站在藤条编织的耱盘上，牵着牲畜的缰绳掌握平衡，随着耱的不停颠簸，前俯后仰，随时有栽倒的可能。站几个来回，腿和腰就困得难受，一天下来不仅全身如散架一般疼痛，眼睛、鼻孔和嘴里满是泥土，浑身上下囫囵一个土人。可是，父亲对这份工作情有独钟，他一站在耱上，那佝偻的身板儿就挺拔起来，从背后望去，文弱的父亲突然之间平添了几分豪气，一人一牛配合得天衣无缝，不知是父亲在驱赶黄牛还是黄牛在左右着父亲。半天下来，父亲自己不曾抱怨苦累，却拍着黄牛喃喃低语："累了吧？累了咱就歇一会儿吧！"黄牛悠闲地卧在地头倒嚼，父亲则会拿出他那把随身带着的铁丝挠子给黄牛梳起毛来，浑身上下都梳理一遍。梳理下来的牛毛他都会收集起来，等到冬天农闲时，捻成毛线，为我们兄妹每人织一双粗糙又保暖的牛毛袜子。

父亲对耕牛着魔般爱惜呵护，大黄牛是我们村里皮毛最光亮、膘情最好的牛。父亲还有个保持了一辈子的习惯，春耕第一天出去侍弄土地，必然换上他那套只有过年才穿几天的黑布裤褂，不管天气多冷、风沙多大，必定会摘下帽子，因为这事每次都会受到母亲的责备。可父亲依旧我行我素，劳作一天回来后把衣服脱下来，在院里抖一抖黄土，拿给母亲去洗了再放置起来。我当时年幼，实在不明白父亲为什么会在每年春耕的第一天要穿上平时舍不得穿的新衣。直到父亲去世后多年，八十多岁的母亲虽衣食无忧，儿女们也万般劝阻，但仍旧坚持每年种那几亩土地，我才明白了父亲，父亲注重的仪式感就是对土地最朴素的敬畏和热爱。我也明白了我的父亲，热爱土地犹如热爱自己的生命、呵护耕牛犹如呵护自己的儿女一样的生活态度，深入骨髓般刻在我心里。

父亲是沉默而古板的，从来不表达他的喜怒哀乐，也从来没有和我们讲起他的过去，关于父亲的点点滴滴，我都是从母亲的讲述中得知的。只记得唯一的一次，家里只有我和父亲，他和我讲起了他年轻时打仗去过的地方，讲起转战晋蒙交界地区的艰苦和残酷，讲起部队白天隐蔽宿营，夜里秘密行动都要负重行军几十里山路，那时他的眼神不再迷离，而是明亮又自信的，也许每一个男人都有一种英雄情结吧。

半生曲折，身心受伤，导致了父亲的软弱与隐忍，他很少明朗地表达自己的意见，即使我们主动征求，父亲也是客观地分析利弊，从来没有给我们一个坚定的指导性意见。爷爷当初送父亲参加国民党部队的选择，让父亲屈辱自卑了一辈子，也许，父亲是逃避为儿女做什么人生选择吧。人们总把父爱比作山，我的父亲在我的生命中犹如故乡的老屋，历经风雨、残破不堪，却依然兀自矗立，用独特的方式为我们遮风挡雨。因为他知道我们自己的路必须是我们自己去走。相守时安稳踏实、默契无言，离别后让人心痛到无言！

少年和成年后的不幸生活，令父亲的身心受到巨大的伤害，导致他疾病缠身，六十五岁便早早离开了我们。和父亲在一起的日子，我不懂父亲，总认为父亲有一段不光彩的历史让我脸上无光，常年病弱的父亲也不曾给我坚定的依靠。如今，年过半百的我终于读懂了父亲这本记录了人生苦难与哲理的大书。父亲走了，我才明白，在一起，就是一种幸福；父亲走了，看似平淡无奇的相守却成了一种奢望。

想起我从初中开始就常年住校，每周六下午放学才回家，总是父亲在家里等我，冬春天农闲时说："饭在锅里，你妈去串门了。"夏秋农忙时节说："饭在锅里，你妈在地里呢。"多少年就是这几句话，平淡的表情与口吻，只有那双眼睛一直盯着你不离左右。如今人到中年，再没有人跟我分享这份淡然与安宁，也没有哪双眼睛如此关切我的行踪。

父亲走了，父亲的黄牛也老了，步履不再稳健，常常卧在地上反刍老半天，偶尔想起来却似有千斤重负压在身上，费好大劲儿才能站起来。那时的我还是个多愁善感爱流泪的小姑娘，受了什么委屈或遇到什么困难了，总爱去找老黄牛倾诉，摸着它光滑的毛皮，默默流泪或黯然伤神，犹如又看到了父亲的身影：春寒料峭的黄土地上，父亲和黄牛在耙糖；夏日黄昏的小路上，父亲疲惫地坐在木轮车上抽着旱烟，而黄牛则一副闲庭信步的样子，晚霞为他们的身影披上一层金色的光芒；秋日午后老屋的南墙根下，父亲小心翼翼地摘下一片片碧绿的旱烟叶；寒冷冬夜，父亲披着破旧的羊皮袄为我们编织毛袜，那双满是老茧的大手在如豆的油灯下变得格外灵活。

老黄牛精力日渐衰弱了，再也拉不动陪伴了它十几年的木轮车了，母亲便含泪把它卖了。没有了老黄牛，家里买了一辆拖拉机，那辆父亲曾经珍爱的大木轮车也彻底退休了，闲置在后院堆放杂物，风吹日晒了好几年，终于散了架。父亲去世几年以后，哥哥弃了农田到城市谋生，母亲也搬离了窄憋的老屋，住进了哥哥留下的砖瓦房，哥哥的房子虽然比老屋宽敞明亮，但是，再也没有了老屋的味道，更没有父亲留下的气息。

我家的老屋，也许是父亲这一生最值得骄傲的一件大事。父亲五十岁那年，哥哥娶回了贤惠又吃苦耐劳的嫂子，壮年的父亲不甘三代人挤在两间窄憋的房子里，心心念念要再建一处院子，那时物资供应极度缺乏，没有木料，也没有一砖一瓦，父亲虽身体瘦弱，常年被肺病折磨，但仍然在集体生产劳动之余带着母亲和哥哥、嫂子、姐姐一起拉土、拉水、拓土坯。

父亲在那个夏天的中午就没有休息过一次。有一天下午，父亲和母亲都出去劳作了，晴朗的天空突然之间乌云密布、大雨瓢泼，父亲惦记着中午拓好还在晾晒的土坯，就拉着母亲一路从地里飞跑回家，他想跑赢这场猝不及防的大雨，赶回家搬回土坯，可是那雨来得太急，等父母亲回去时，拓好的土坯已经被大雨浇透了，绝望的父亲和母亲在大雨中抱头痛哭。第二天中午，父亲又像什么都不曾发生过一样，把被雨泡烂的土坯和成泥，开始多日来重复的工作。我六岁那年的初秋，宽敞明亮的三间土坯窑洞终于建好了，当窑口合龙的那天，那个被别人笑话了半辈子抠门的父亲，那个旱烟袋从来不离手只在大年除夕抽几支纸烟的父亲，破天荒地买了整整一条纸烟，散发给来帮忙的村里人。我家的窑洞虽然是土坯的，但在村里也算得上好窑洞，那时农村住宿条件非常简陋，有的人家是一间房子，有的是一间加一个小小的走廊，父亲亲手为我们建的这三间窑洞，伴着我们兄弟姐妹度过了贫穷却快乐的童年和少年时代。

父亲走后，土坯窑洞没有人打理修缮，变得破旧不堪、岌岌可危，在前几年被拆了。九十多岁的母亲私下里总是和我唠叨着过去，她怀念和父亲曾经走过的那些坎坷，怀念那些艰难却温暖的岁月，痛惜父亲不曾过上一天好日子就匆匆离去。从此以后，每次回老家看望母亲，她总会让我用轮椅推着回到老屋的旧址。随着母亲的唠叨，我也找回了失去多年的记忆，父亲的身影好像又浮现在我的眼前，他穿着春耕第一天才舍得穿的黑布裤褂，赶着他的老伙伴大黄牛和木轮车，从老屋门前的小路走向远方，留给我的永远是那个瘦弱又温暖的背影。

老黄牛走了，木轮车散架了，老屋已经成了平地，故乡也彻底改变了当年贫穷落后的面貌。只有关于父亲的记忆依然清晰地陪伴着我，或许这正是一个父亲的爱不曾消散的印记吧。

遇见

又是一年杏儿黄

　　每年小暑过后，就到了杏儿成熟的季节，一嘟噜一串的金色在绿叶中恣意摇曳，树枝微动，那杏儿竟如天空的繁星一般。占据树梢位置的，得益于阳光的偏爱，橙黄中竟然带着些许迷人的红晕，恰似娇羞的少女低头的一抹温柔。家乡漫山遍野的杏树，微风吹过，空气中也多了一分微甜的清香。杏儿是最不耐存放的水果，在七月骄阳的烘烤下，从绿到黄像变戏法一样，再不摘的话，第二天早上，树下便是满地如金子般的一层。

　　记得小时候，家乡的杏树还属珍贵。到了杏儿快熟的日子，老人们往往会给外地的儿女或亲戚捎个话："赶快回来，杏儿熟了。"我二姐在大青山下的乌素图村，每年都会早早托人捎话或计算着杏儿成熟的日子提前写一封信，让我们去吃杏儿。

　　杏儿的品种多，成熟期也是参差不齐。这个季节，半大的孩子们会迫不及待地去村里村外自家杏树旁看越来越大的杏儿。从绿茵茵、硬邦邦再到泛着淡淡的

140

浅黄色，还有向阳处的红脸蛋，直至金黄一片。哪棵树的杏儿先熟，哪棵树晚两天或三天，估算得一点儿不差。

现在，交通方便了，通信也快捷了，不用提前捎话，打个电话或发个微信，要不拍张图片、发个视频，第二天便三五亲朋好友相约开车回去摘杏。家乡黄河两岸的荒山绿化，栽了大片的杏树林。林果基地也多了起来，杏儿早已不是个稀罕的水果。到了杏儿成熟的季节，超市、农贸市场或路边摊儿到处都是卖杏儿的。有雅兴的话，开车沿着黄河畔行驶几十公里，总会遇到大片的杏树林，这些用于绿化美化荒山的杏树，可以随意采摘。外地求学、工作的子女或亲戚回去吃杏儿，已经不是纯粹只为了那筐杏儿，而是一种久别的相聚，是一种情感的寄托。

就在前几天，我如期收到了一份惊喜和感动，离县城三十多公里的党计良大哥给我发微信，他说："杏儿熟了，妹子抽时间来村里摘杏儿、吃杏儿。"

我和大哥相识于2020年冬天，此后每年杏儿熟的日子，他都给我发微信。可惜的是2021年杏儿成熟时我在外地，没有去成。2022年，大哥给我发微信，得知我又不在家时，他说杏儿熟了就几天的工夫，他这几棵树一周内回来没问题。一周后的话，就不能保证有没有了。处理好手头的事情，我赶到了大哥所在的村子，并带着回乡探望父母的张劲夫教授。当我为他们彼此做介绍时，党大哥热情之中又多了份腼腆和拘谨。他讷讷地念叨："真想不到，咱家乡出来的大教授还来我家品尝杏儿。"他将粗糙的大手在衣袖上擦了又擦，满树挑拣着最大最圆润的杏儿，小心翼翼地摘下来递到我们手中。

想起我和党大哥的相识过程，心里总会泛起一丝温暖和感动。2020年冬天，我要买海红果，他在一个特别寒冷的日子搭乘乡村公交车给我送到县城。海红果是他仔细挑选过的，个个圆润饱满，没有丝毫磕伤碰坏，价格也是市场上的公道价，可他坐公交的费用来回要十块钱。我买的也不多，就想多给他十块钱补贴乘车费。他说什么也不要，推辞的态度竟然有些生气，我只好由着他了。那天非常冷，他要出去等另一位顾客取海红果，我就留他在我家里等着。攀谈中得知，他对自己侍弄的那些树怀着一份如对待儿女般的疼惜和爱护。党大哥年轻时就学会了嫁接本地的各种果树，每到春天就把自己选好的优质品种枝条剪下来，整理保存好，然后开始对品质和口味不太好的老树进行改造。三十多年过去了，凭着自己的摸索和学习，竟然成了当地村民有口皆碑的果树土专家。每年到了嫁接的季节，他除了精心侍弄自己的那些树，还经常骑着摩托车到周围的村子帮别人嫁接。他的杏儿有七八个品种，都是自己多年来选育嫁接出来的，不仅口感好，而且果型和颜色也特别漂亮。

"不觉流光易，枝头杏子黄。"搁笔遐思中，我的心早已飞回家乡。崖头下，沟岔旁，那曾经缀满枝头的青涩，已换来四季中最早的收获，喜人的橙红色挂满枝头，热热闹闹地来赴一场盛宴。

孙虎原，1959年出生，内蒙古呼和浩特市清水河县人，退休教师。爱好阅读与写作，作品散见于《内蒙古教育》《老年世界》《内蒙古日报》《呼和浩特日报》等报刊。已出版作品集《年轮上的绿叶》。

大圪洞探秘

清水河县杨家川，原名太洛河，发源于山西省平鲁地区，经蒙晋两省交界的寺怀和正沟等地流入清水河县，是境内流域面积最广、流经路线最长的季节河。杨家川弯弯绕绕行进于浅山丘陵区，河床舒缓宽展。最终在清水河县西南的老牛湾汇入黄河，全长105千米。

杨家川的名字颇有几分来历。相传北宋"三关元帅"杨六郎，曾镇守雁门关、宁武关和偏头关。其中从偏头关出红门口北上，翻过双台山和大路梁便是一马平川。杨家将在这道川里排过兵布过阵打过仗，留下了遗兵家属。为此，后人就把这道川叫作杨家川。

杨家川西行至现在的老牛湾镇北古梁（这个村子实

际叫鼻骨梁，起因是村子坐落的一道山圪梁很陡直，形似人的鼻梁骨。后来，人们嫌这几个字难写，便记作北古梁）村下，由于南北山峦相逼，河道收窄，出现了石河床。每当暑季暴雨过后，洪流奔涌，浩浩汤汤，蔚为壮观。大自然的鬼斧神工，往往就在转瞬间制造出惊奇——水流毫无遮拦地在青石磐上一往无前，没想到突然间出现了20多米高的断崖，洪水猛兽前呼后拥倾泻而下，掀起团团水雾，弥漫山谷；巨大的落差发出撼山震谷的声响，相闻数十里。

经过亿万年洪水的惊涛骇浪，在石磐的前沿磨砺出一道长长的半椭圆形凹槽，有3米多宽2米多深，酷似幼儿园滑梯的滑道。上游来水大的时候，在整个石崖断面形成巨幅瀑布，其壮观程度不比壶口瀑布逊色；洪水小的时候，洪水被乖乖收拢在这道光溜溜的凹槽里。没有水的时候，可以看见凹槽豁口深处卡着两块大石头，其中一块被冲刷成不规则的球状。看着这道光滑圆润的凹槽和卡在豁口里的顽石，无不让人感叹时间的力量。

水滴石穿，道出其以柔克刚的持久与耐力。杨家川源头纵深，一旦发洪水来势汹涌。年复一年的水流从四五层楼房的高度悬空泻落，在崖底掏凿出一个10米见方的深潭，当地老乡叫它大圪洞。奇怪的是，雨季的洪流泥石俱下，但到洪水过后的第二天，大圪洞便是蓝汪汪的清澈。骄阳似火的大旱之际，别处的泉水都"瞎"了，大圪洞依然是蓝汪汪的清澈。原来，大圪洞底部有一孔特别旺盛的泉眼，因此，这一泓深潭除了大圪洞这个土里土气的名字，还有"蓝眼泉""水门洞"等神乎其神的称谓。

在曾经受制于大自然的年代，方圆几十里村村寨寨的老百姓，都是来大圪洞取水维系生活的。这里的水，酷暑凉爽甘冽，严冬温润柔和。如此一泓清泉，岂能没有故事？

传说每年农历的五月初五清晨，凡是走红运的人，趁着仲夏的曙光，趴在静静的大圪洞边缘窥探，可以看见幽深的潭底似有隐隐的宫殿。殿里殿外宝物遍布。其中一匹金马驹活了似的甩开鬃尾驰来奔去，不时昂首长嘶。攫取大圪洞里的宝物，成了不少贪婪者的欲望。起初，人们在长绳的一头系上铁钩打捞，费尽心机却一无所获。黄河岸边的人，尤其是那些河路汉和渔夫，颇有几分水性。有的人脱光衣服纵身跳进去，有的人凫到水面中央再小心翼翼地潜入……不管哪种方式，不但没有寻着宝贝，而且活不见人死不见尸。大家议论，一定是被金马驹给"吃了"。

那一年，来了一老一小两个南方人，老的是师傅，小的是徒弟，自称无所不能。他们径直来到大圪洞前，师傅交给徒弟一副铁笼头安顿说："你站在岸边接应，防止金马驹逃脱，只要看见我伸出手来，就表示已经生擒了金马驹，你赶紧把笼头递到我手里。"师傅言罢手持法器潜入潭中。过了好一会儿，但见水面翻滚，一阵疾于一阵。忽然，一只蓝洼洼的像老鹰展翅一样的东西"唰——"地露出水面，剧烈地抖动着。徒弟见状吓坏了，丢了铁笼头扭头就跑……据说，师傅经过打斗已经扭住了金马驹，那个蓝洼洼的像老鹰翅膀一样的东西，正是师傅的一只手。只因为徒弟道行不深，识不得本相且临阵脱逃，葬送了师傅的性命。

2005年暑假前夕，我和同事吕世军受教育局委派，到单台子中学公干。茶余饭后，老师们给他讲了很多关于大圪洞的传说。校长的父亲跑过河路，颇晓掌故。受父亲的感染，校长讲起大圪洞来眉飞色舞。他说："一位老羊倌，拿着准备砍口袋的二斤毛绳绳，拴块石头一边让其下沉到大圪洞水底一边放开毛绳绳。没想到毛绳绳用完了，石头还没沉底——大圪洞就是个无底洞！"这个故事在老牛湾一带广为流传，而且大部分人深信不疑。

那天下午放学后，在我的怂恿下，学校刘永才、杨林等一行6位老师，骑了3辆摩托车，带着碗口大的2个工程线疙瘩和皮尺，风风火火地来到大圪洞。我们从南侧的陡坡下去，走近这一泓蓝汪汪的清潭。虽是一年中最炎热的季节，但我们顿觉从头到脚冷飕飕的。潭水周边三分之二是绝壁，水面上方的岩石上，有几道特别水平而又完整清晰的横沟。在避开瀑流旁侧距水面约一米高的隐蔽处，有一个山燕窝。显然，即使发洪水，浪花溅不到，潭水淹不着，人和别的什么走兽想要侵害这窝燕，更是痴心妄想。

同行的韩飞老师最年轻，他找了一块拳头大的石头，拴在工程线的一端，选了一个最佳位置，把石头抛向潭水最蓝的地方，那肯定也是最深的地方，然后迅速放开线绳。大家屏息凝视，只见他放啊放……韩飞手中的线绳再没有下坠的迹象，他高喊："沉底啦！"大家生怕不准，又选择不同位置反复做了几次测量，结果证实水深9米多。

我们的验证破解了"二斤毛绳绳"的谜团，但大圪洞水深9米也足以让人惊叹。至于金马驹的神话，本身只是人们对大圪洞心生敬畏而赋予的联想而已。

清水河县境内的明长城（二边长城），从大圪洞南岸起西至老牛湾，借助巧夺天工的悬崖峭壁为屏障，仅在人可能攀爬的地段，砌筑了断断续续的墙体，故称"山险长城"。以大圪洞为中心，在杨家川北山坡上，有一道长800余米呈半圆环的夯筑土围子，其东西两端直抵杨家川北崖，与杨家川南壁山险长城构成内外拱卫的簸箕形状，民间称"圈水圐圙"。这是多方夹峙守护大圪洞水源的特殊防御工程。圈水圐圙既保证了滑石洞堡一带军民用水，又不使水被外敌所用，同时借此强化了附近长城的整体防御功能。

去年深秋，我应好友——老牛湾镇小学校长杨建国之邀，重游大圪洞及杨家川出口峡谷。那是一个天空晴朗的上午，我们驱车来到北古梁村下的杨家川，将车子停在安全地带，步行到大圪洞。两个人都带着相机，一边赏景一边拍照。

距上次用工程线测量大圪洞水深，已整整过去了18年，此时我已是花甲之年。然而不变的是，大圪洞的峭壁还是那样巍峨，大圪洞的潭水还是那样清澈。从大圪洞溢出的溪水，"哗哗哗"流向下游的老牛湾。这段5千米长的沟谷，经过上亿年流水的侵蚀与切割，形成多重阶梯状石壁峡壑。在大圪洞附近，最高岩壁下切28米，到老牛湾谷口的阎王鼻子，最险崖壁高达70米。

峡谷间的水流千变万化。有的从岩石上跳落，形成小巧玲珑的瀑布，不时变换着调子；有的潭池清若明镜，将树木、山体、白云倒映其间，招惹着观赏者的目光；有的岩壁湿漉漉的，不断有泉水渗出。小溪渐次接纳沿途的山泉，水势越来越大。

这里的岩石不管是自然粗糙的山壁，还是经过流水磨洗的顽石，一律密布宽窄不等的横纹。哪怕是其中薄薄的一层，也需要上万年的孕育。有的表层光溜溜的，好似人工抛光一般；有的凸凹不平，呈现出"猪脸""象鼻""宫柱"等难以描摹的形态。专家评说，这里是华北北缘发育最完整的一套古生代地层系统。

谷底乱石丛中长满喜阴的植物，枝枝蔓蔓勾连着，让人难以迈步。偶有小块平地，必被茂盛的芦苇和杞柳占领。潭溪里的水藻浮来漂去，鸿雁、麻燕和一些叫不来名字的鸟类时起时落，欢快的啁啾声打破峡谷的幽静；老鹰和成群的乌鸦在高空盘旋，平添了几分苍凉。

峡谷重峦叠嶂，峰回壑转。宽的地方四五十米，窄的地方只有四五米。我们在涓涓细流中跨越，在石头与石头之间穿行。豁然，北岸绝壁下出现了一个宽敞的岩洞，如果改造成礼堂，能坐二三百人。模模糊糊望得见洞掌底部是方方正正的石台，仿佛什么神仙或妖魔鬼怪摆下的一溜桌案。奇怪的是水流贴着石洞的右侧进去，转一圈后又从左侧出来，蓝汪汪不知深浅。假如有胆大的人想要进去探个究竟，也只得划一条小船了。游人大声说话时，洞里便传出瓮声瓮气的回音，很是瘆人。当地人把这个石洞叫作"龙口"，原因是它头顶的山梁像一条蜿蜒起伏的苍龙。

我和杨建国几乎是手脚并用，从龙口西侧攀爬上崖顶。举目眺望，杨家川南岸山崖壁立，配合山险长城的人工墙体时断时续时隐时现，远山近谷烽燧相望。我心里暗暗思谋历史的可笑：曾经的鼓角争鸣已经远去，留下来的是深邃幽静的自然风光。

沿一条山涧继续北上，在奇峰突兀怪石嶙峋的山坳里，坐落着一个仅有六七户人家的村庄，叫水门塔，距大圪洞约1千米。村前台地上有座建于清朝乾隆年间的伏龙寺。寺院内青石板铺地，卵石甬道。据说，当年的伏龙寺香火特别旺盛。2015年以来，清水河县有关部门对这座庙宇进行修缮保护。殿宇和戏台皆为石基砖瓦木质结构，占地3500多平方米，气势恢宏。现已是内蒙古自治区文物保护单位。正殿廊檐下有一通石碑，碑阳额题"山高水长"，碑文中描述："……此地西临黄河天险，石垩边垣，内外山形如群牛之奔饮，至此一聚；亦犹之群山万壑赴荆门也。距此东北三五十里，并无水泉，惟至此至河，涌泉百出，遂相传此地为'水门'云，此亦藏精聚气之地也。"从这段碑文可以推测，当年高僧之所以选择这里修建寺庙，是因为看中了这里的地理位置。

行文至此，需补叙说明的是，作者初衷本是写大圪洞的，却信马由缰写了些大圪洞以外的内容。因为有了大圪洞，便有了圈水圐圙的历史里程；因为有了大圪洞，便有了伏龙寺的晨钟暮鼓；因为有了大圪洞，便有了杨家川出口峡谷的灵秀；因为有了大圪洞和杨家川出口峡谷，便增添了几分老牛湾国家地质公园的资质和要素。

清水河油炸糕

《诗经》里写道"俾民稼穑有稷有黍",周代"五谷"即指"黍稷麻粟豆"——这里的"黍"即黍子,是我国驯化栽培最早的作物之一。据河北磁山新石器遗址保存的早期农作物籽实灰化样品定年测试,黍子种植在距今10000～8700年前。

黍子主要生长于华北干旱半干旱地区。现今河北、山西、内蒙古均有大面积种植。在我的故乡清水河县,黍子始终占据当地粮食作物的重要位置,尤其适宜县境西部低海拔黏性土壤地栽培。

老农说,黍子是"薄眼皮"作物:它对茬情、耕作、锄搂等要求比较苛刻,一时农艺不周便"秋后算账"。黍子喜热,最好种在向阳地块,底肥施细碎的羊粪;黍子耐干旱,只要底墒好、出苗全,在拔节和抽穗等关键生长期下两三场雨,收成基本可以保证。这是千百年来它与黄土地结下的情缘。

黍子果实有黄、白、红、紫多种外观,籽粒去壳后呈金黄色,称黄米,磨成的面叫黄米面或糕面。传统加工糕面的程序是先将黄米用温水浸泡淘洗干净后，上石碾轧或在碓臼里捣。这样面质富含水分又不破坏生物活性，做出来的糕更加筋道、绵软、醇香。

蒸糕前，往糕面中少量多次加水，用双手反复搓揉，称擦糕面。然后将擦出来的块垒撒到笼屉里大火急蒸。将蒸熟的毛毛糕倒进瓷盆里，手掌蘸上冷水摁压、揉杵、拍打，谓之揻糕。清水河日照时间长、昼夜温差大，糕的营养价值高，含有人体必需的氨基酸、蛋白质、淀粉、脂肪、维生素等。当地有"三十里莜面二十里糕，十里捞饭饿断腰"的说法，强调的就是糕的耐饥性。

糕有好几种吃法，最常见的是现蒸的素糕裹着炖肉汤、烩菜汤吃。用筷子夹起软糯的糕团，在碗里滚来滚去，使糕的表面粘满汤汁肉糊，糕的香甜与肉的美味相得益彰，然后轻轻送入口中，稍加咀嚼便滑进肚子里，回味无穷。糕的品质从外观上一眼可以看出来，越是金黄、细腻、光亮，其黏性越大。换乳牙的儿童、牙齿松动的老人、镶假牙的食客，吃糕不注意的话常会把不牢固的牙齿给"拔"下来。

登得上大雅之堂的当数现炸油糕了，从形制上可分为单片糕和包馅糕两类。单片糕是把素糕揪成大小合适的剂子，捏成圆饼形状，寓意圆圆满满。包馅糕有红糖馅、豆沙馅、土豆泥韭菜馅、土豆泥地皮菜馅等，捏成元宝形状。炸糕是一道重要工序，体现着主人的一片心意。倒半锅当地胡麻油，在炉火上加温到泡沫消失似有青烟的程度，用一双长竹筷夹起捏好的糕迅速放进油锅，伴着"滋啦啦"的声音，锅油顿时翻腾起来，糕的表面立马遍布不规则的泡泡。高温后的胡油分子扩散开来，透过门或窗户飘到院子里、飘到村街上，诱惑着人们的味蕾。炸好的油糕呈棕黄色，放在瓷盘里撒上白糖——那真是看着好看吃着香啊！

糕性热，遇冷则变成硬邦邦的圪垯，是吃不下的。然而在我童年的记忆里，半前拉后碰到紧急情况，正好家里有一块剩糕，母亲有的是办法：锅里舀少许水，放点儿荤油、切点儿葱花、捏点儿咸盐，把糕切块放进去加火煮软吃，叫煮糕；锅里倒点儿胡油，把糕切成片加火烫软吃，叫炕糕；把糕放在炒莜麦或煮猪食的灶膛柴火灰烬里烧软吃，叫烧糕……每到这时，一块剩糕便承担起应急的责任。

民俗是不成文的规矩和地域文化的遥远传承。无论谁家，只要迎来具有象征意义的顺心事，举办或大或小的仪式庆典，油炸糕便是餐桌上当仁不让的主角儿。河开二月，老农扛起犁头开始新一年的春耕，为讨个吉利，这天要吃糕，称出牛糕。秋天，场上垛的庄稼像小山一样，村上人互相帮助突击场收，主家为了犒劳大伙儿的辛苦要吃糕，称打场糕。经过长时间的备料、垒基础、拱土牛，碹石窑扳碴当天要吃糕，称合龙口糕。主妇生下孩子，经过一个月的休养生息，身体基本恢复，婴儿也一天比一天出脱，特意为前来探望的七大姑八大姨准备的糕，称满月糕。恋人相处情投意合互许终身，双方父母为了向亲朋和周围人宣示要吃糕，称订婚糕。农家养的猪，到大雪季节膘满肉肥，请来屠夫宰杀的当天要吃糕，称杀猪糕。逢年过节、红白事宴、贵客临门时，吃糕自不必细说，故有"无糕不成席"的说法。

过去，婚丧嫁娶、生日满月等规模化事宴，都是在自己家里操办。午宴前夕的大半个上午，不管客人早到迟来，先要吃衬席糕，多为流水席。油糕放在热炕头的盆里保温，就着黄豆芽，人们随到随吃。十里不同乡，位于黄河岸边的喇嘛湾一带称衬席糕为汤糕，不变的依然是油炸糕饱肚吃，不同的是每人一碗豆腐块粉条加托县红辣椒文火慢炖的汤。

家里办宴席，有时要向邻里借锅碗瓢盆之类的炊餐具，用完归还有个讲究，要在某个器具里放两个油糕，以表酬谢。在曾经的贫困年代，传说办宴席最怕遇上"吃口"，一旦遇上这样的"日子"客人似乎吃不够。为此，主人会事先盛一碗烩菜搁两个油糕，偷偷用瓷盆扣藏于烟囱背后，作为破解之法。

伴着年复一年的四季轮回，演绎出不少关于"糕软""糕硬"的离奇故事，说来也十分搞笑。

乡干部到张家吃饭，张嫂在灶前搋好糕，转身到后地倒油准备炸糕的空档，家狗蹿进来叼一口糕便逃。张嫂扭头发现从糕盆至门外有一条"糕绳"在颤悠。

说时迟那里快，她操起菜刀就着门槛把糕绳砍断。奇迹发生了：糕绳的一头如同橡皮筋一样圪揪回糕盆；糕绳的另一头也如同橡皮筋一样圪揪到狗嘴里。听罢，谁能不为张嫂的糕软喝彩！

老羊倌轮到李家吃饭，李婶以炖猪肉素糕招待。席间李叔用硕大的铜匙给老羊倌铲糕，由于糕硬、铲重、用力过猛，铲起的糕块在惯性的作用下甩到窑顶又反弹下来，"扑通"一声跌落在木盘里。老羊倌用筷子夹起那块糕细细打量，棱棱角角都没倒，便打趣地说："你可比我用羊铲铲起打羊的土坷垃顽固……"

人民群众不仅创造了生活，也创造了语言。岁月长河中的清水河，沉淀出许多关于糕的俗语或歇后语，恰当地运用这些简洁、生动、形象的语言，具有很好的修辞效果。例如：挖苦不自量力去做不可能完成的事，谓之"月子地娃娃啃冻糕"；戏说糊里糊涂把自己的钱财托付给见利忘义的人保管，谓之"狗窝里寄油糕"；调侃劳动归来的男人食量大，谓之"油糕就怕灰脸汉"；夸自家孩子能言巧辩又声音好听，谓之"软油糕"。

以盛产好糕自信满满的清水河人，对民歌《夸河套》情有独钟："软咯溜溜的油糕，胡麻油来炸……"不但唱出了河套地区的物产丰腴，而且唱出了清水河人的热情似火。婉转的歌声似当地的油炸糕，令游子魂牵梦萦，无论离开故乡的时间有多长、距离有多远，这份情思总难以割舍。

杨玉明，农民，内蒙古呼和浩特市清水河县人。清水河县作家协会会员。

又到莜麦开镰时

我的家乡，地处黄河东岸、长城脚下的一个山洼里。喜凉耐旱的莜麦，是当地多年以来的主产作物之一。白露过后，庄稼已熟，也正是莜麦开镰之时。大片的莜麦田在秋高气爽的氛围中，由恣意的绿转为成熟的黄。当丰满的铃铛随着微风摆弄身姿，接受大自然的检阅时，乡亲们的脸上总是洋溢着丰收的喜悦。

昨晚在电话中得知，今早收割机开割莜麦，一早我便驱车行驶在回家的路上。虽然近几年不在村里常居，但总是挂念村里的事务。

20世纪80年代初，我完成中学学业，成为一名农业社员。自己深知，生在农村，长在农村，根就在农村。

和大人们一起劳动，虽然身小力薄，但总是积极主动地走在前头，碰上重体力的营生，就显得力不从心了，有时还被哥哥们笑侃。不过，尺有所短，寸有所长，每当生产队开会时，队长会先让我给大家伙念上一段报纸，也为我这个瘦弱的社员找回点儿体面。

那年雨水勤，庄稼长势好。到了莜麦开镰时，我被分配到了庄户地，和妇女们一起秋收。队长叮嘱我说："你虽然体力单薄，但责任心强，先到地里磨炼磨炼吧。"

手工割莜麦，分三人一巷。中间一人开垄，两人左右紧跟其后，左手抓麦秆，右手挥镰，割下的麦把整齐地搁在地上，后面"捆个子"的将麦秆捆起，然后码成二十个一垛。

我将镰刀磨得很锋利，心里想着，可不能再落个"无用"之人的口实。刚开始我还跟得上，快到中午时，体力渐渐不支，身体弯成拉开的弓，暗暗使劲，腰酸背疼坚持不住了，就舒展一下身子。而婶嫂们从一入镰直到地头才直起腰来。我面前的三垄莜麦，就像高速公路中间的绿化带，直挺挺地立于地面。已割过了地头的人们，还不误帮我割上几把。此时的我，既感激又羞愧。

下午收割仍在行进，我更显得心有余而力不足。顾不得火辣的日头烤得脑袋又红又疼，也顾不得汗水往眼里钻。忙乱之中，镰刀尖划到脚腕上。抓一把黄土按住伤口，继续开割。后面"捆个子"的组长见状，忙上前替我割上一段。到了暂休时，别人有说有笑，还不误拔点儿猪草，而我则有气无力地平躺在地上，大脑一片空白。高高的蓝天上，一只苍鹰在盘旋，似乎也在看我的笑话。

几天下来，我大胯拉伤，举步维艰。缠着小脚的母亲心疼满嘴燎泡的儿子，将二茬苦菜拔了回来，煮熟后连汤带菜倒入小瓷坛里。每当我从地里苦渴乏困地回来时，母亲就给我舀上一碗凉凉的苦菜汤。连汤带菜喝下去之后，我顿时感到沁人心脾。

七八天后，身体渐渐适应了。操作技巧和收割技术基本到位，干起活来灵活了许多。同时，在苦练中我渐渐找到了自信，在奋斗中向成熟的方向迈进。

村对面一道长坡，种植着高秆大日期莜麦，长势喜人。开镰这天，全村两个妇女小组以及部分男劳力集中于此，场面胜过拉力赛。各小组一字排开，我第一个开垄。队长振臂一呼："开镰——"只听"嚓——嚓——嚓"，急促的镰刀割扯声胜似声声战鼓。

几年后，村里实行了土地承包责任制。村民们虽然各自在自家地里作业，但到了大忙的紧要时候，便自发地互帮互助。

手机响了，里面传来大哥的声音："走在哪儿了，我们收割都快结束了！"未曾想到，进度如此之快。当我来到地头时，几位叔哥们站在地畔，一边观看收割，一边谈论着丰收的话题。一台大型收割机正在作业。机械一开割就是十垄一齐吃进，秸秆飞回地里，颗粒进入粮斗。一台智能机械作业车代替了过去全村的劳力，完成了从莜麦开镰、驴驮车拉上场，到打场等一系列繁重的体力劳动过程。

我从车厢里抓起一把饱满的莜麦，不禁感慨："科学技术是第一生产力啊！一道坡好几家的地，能同种一种作物？"我疑惑地问道。人们解释说："咱们村集体观念一直很强。开春就众人一起商议，这道坡种啥，那道梁种啥，春种秋收，机械作业省工又省时。这样规划，既有灵活多样性，又有高度集中性，各家各户都得到了实惠。"

哦，我明白了。如今的乡亲们，轻轻松松种地，舒舒服服生活，过上了好日子，赶上了好时代。

生　日

在我的记忆中，7月1日党的生日这天发生的一些事情，令我难以忘怀，直接影响了我以后的生活。

在我小时候的某年7月1日晚上，我们村里的党员召开过一次座谈会，让我记忆深刻。

"三叔，今天是党的生日，晚上过大队开会。"村里一位大爷跟我爷爷说。我问爷爷："给谁过生日？"爷爷回道："等你长大就知道了。"

晚上，爷爷说出去开会，我软磨硬泡要跟着。本村大队窑洞的后炕墙上，挂着一面党旗。炕上围坐着六七个人。灶台里柴火正旺，锅里冒着热气，一股黍香的味道传来。今儿能解馋了，我心里美滋滋的。

老支书讲："今天是党的生日，如今我们翻身作了主，幸福生活来之不易啊。永远都不能忘记过去吃的苦、受的罪。时刻牢记党的恩情。"众人你一言我一语，越讲越激动。一位急性子的爷爷抢过话题："旧社会遭了荒，粗糠野菜是主粮，树叶树皮也吃光。"当时的我，似懂非懂。

炕中间灯台上，黄豆般的煤油灯头，挑逗着我疲倦的眼神。锅碗勺碰撞的响声把我唤醒。一位奶奶正在舀饭，说："让孩子也尝尝。"我端起小半碗饭，借着灯光打量，绿色汤糊里泡着苦菜。我拨开苦菜喝进一大口，"呸！"嚼在嘴里又吐了出来。我的反应逗得爷爷们哈哈大笑。我充满怨气地嚷嚷："这叫啥饭，难吃死了！"爷爷语重心长地教诲我说："孩子，这叫'糠菜糊'，过去闹饥荒时人们连糠菜糊也吃不饱啊。"

1968年7月1日晚上，我们村发生了一场较大的洪水。那年我八岁，那惊心动魄的场面，至今令我心有余悸。

已近黄昏的晚霞，在天边黄云的相送下早早收场。天旱盼甘露，人们等待着及时雨如期而来。下雨了！今晚的雨由小到大，越下越急。整夜下个不停。黎明时分，大河里狮吼般的洪水在电闪雷鸣中溢上村里。

村前河塔上，堆放着准备盖戏台用的椽檩等木料。眼看就有被洪水推走的危险，部分小椽已浮到水面。只见两位党员叔叔冒着大雨，冲进齐膝盖深的洪水里，吼喊着往外扛木料。村民见状，也纷纷跳入洪水中抢运木料。当最后一根大檩被众人抬起时，洪水已上涨到了臀部。

在他们的带领下，所有木料全部被转移到安全地带，保住了集体财产。

在日常生活中，不论在乡村还是城市，党员总是起着领头羊的作用。每当紧要关头，处处都有党员的身影。他们的言行，常常影响着我、触动着我。我虽然不是党员，却时刻用党员的标尺来要求自己、衡量自己，助人为乐、多做好事。在培养子女方面，正确地引导孩子们，好好学习，天天向上。若干年后，我的女儿在大二时光荣地加入了中国共产党。

一个七一的晚上，女儿打来电话："爸，告诉您一个好消息，您先猜猜。"我抬头看看日历，忽地问道："入党了？""对！"电话里传来"咯咯"的笑声。妻子也喜乐地说："咱们家有党员了。"

此时的我，自我陶醉地哼起了小曲儿："共产党像太阳，照到哪里哪里亮……"

女儿每次放假回来，第一件事就是让我看她得到的奖状或荣誉证书。几年后，儿子在大学期间也光荣地加入了中国共产党。

时光如流水，两个孩子都成了家。女婿、儿媳也是中国共产党党员。如今，我们已是四位党员之家了。我常叮嘱孩子们，踏踏实实做事，诚诚恳恳待人，生活勤俭节约，不可铺张浪费。

这年是党的第102个生日。7月1日早晨，我早早出门定制了特别的蛋糕，并书写入党誓词于卡片上。之后通知孩子们中午回家吃饭。妻子知道我的想法，也配合地筹备美食。

蛋糕摆在餐桌上。孙子、外甥一进门，"哇——生日蛋糕！"一大家人欢聚一堂。蜡烛点燃，我家四位党员起身端端正正地站立，铿锵有力地重温入党誓词……

李军，内蒙古呼和浩特市清水河县
人，高级教师。作品以农村题材为主，朴
实无华，发表于《呼和浩特日报》《老年
世界》及"清河创客"微信公众号。

老　屋

　　曾经无数次在睡梦中绽出甜美的微笑。关于你的一
切历历在目，你藏匿了太多太多的记忆宝藏。每当某个
记忆片段被挖掘出来时，就再也舍不得放她回去。时间
会消逝，一切也会让这些宝藏在她的长河中消失殆尽，
我怕在这场关于成长和生活的竞赛中丧失回忆的资格，
所以每当关于老屋宝藏的回忆出现在脑海中时，总会用
这拙笔将她深刻铭记。

　　老屋是何年何月打成的，我不清楚，听父亲讲，
他小时候就住在这土打的窑洞中。她没有独特的装修风
格，也没有多大的面积，更没有珠光宝气的家具，有的
仅仅是土泥抹上去、白泥粉刷的墙壁，板木做的门窗，

简单的家具和那生活的琐碎。

北方的春天来了，没有江南的万紫千红、鸟语花香，有的只是黄沙漫天，尘土飞扬。老屋凭借窗户上糊的一层麻纸，便把外界的恶劣天气拒之于外，有的只是温馨与甜美。劳累了一天的父亲，磕掉一天的尘土和疲惫，回到了老屋的怀抱，饭罢一支烟，在均匀的鼾声中，父亲便进入了甜美的梦乡，母亲在整理完家务后，又在煤油灯下做永远做不完的针线活儿。老屋静静地欣赏着、等待着，渐渐随着父亲的鼾声进入了甜美的梦乡。

夏天外面酷热难耐，晌午太阳炙烤着大地，像火舌一样要吞掉一切。忙碌了一上午的父亲回到老屋，端起母亲早为他准备好的酸米汤"咕嘟、咕嘟"地往肚里倒，痛饮之后，嘴角露出欣慰的笑容，此时母亲早已把丰盛的午饭端上来了，就在这日复一日的劳作中，父亲又打起了鼾声。大概是老屋冬暖夏凉的缘故，这鼾声似乎比春季时更响亮了。

秋天是丰收的季节，更是农民忙碌的季节，打谷场上，父老乡亲吆喝牲畜的声音此起彼伏，加之农村特有的鸡鸣狗吠和树上麻雀的叽叽喳喳，构成了一曲乡村和谐的乐章，没有伴奏，没有主唱，这种巧夺天工的纯自然本色最为质朴、久远。老屋像一位仔细聆听的观众默默地伫立在那里。只有到了夜晚，一切平静了，老屋才又伸出她爱的臂膀，接纳劳累了一天的父亲。在她的怀抱中，父亲鼾声如雷，老屋又好似一位慈祥的妈妈，用爱的眼神欣赏着她怀里的孩子。

冬天，银装素裹，老屋披上了洁白的外衣，她用火热的内心温暖着她外出归来的孩子，瞧那袅袅的炊烟，既是洁白世界的点缀，又是她爱的诠释。此时炊烟升起时的屋子里，又响起了那熟悉而又均匀的鼾声。

四季轮回，时代变迁，花谢花开，人来人往，老屋见证了一代又一代人的成长历程，承载着每代人的珍贵记忆，更书写了一代又一代故乡人勤劳、质朴、善良的美德。

那一缕炊烟

唐代刘禹锡的《竹枝词》中有"山上层层桃李花，云间烟火是人家"，好一派优美、恬静、闲适的乡村图景。每每读到此处，眼前便浮现出姥姥家烟囱里的缕缕炊烟。

姥姥家离我们村也就八里多，儿时的我有一半时间是在姥姥家度过的。一则我不愿上学读书，二则来到姥姥家，我能得到姥姥"高规格的优待"。其间，最让我不能忘怀的便是姥姥家的炊烟，那炊烟里有姥姥忙碌的身影，也弥漫着饭菜的香味儿。

每到夏天傍晚时分，西落的太阳映红了半边的天空，小路上忙碌了一天的农人，荷着锄头，赶着牲畜回来了，额上的汗珠此时已晾干，风吹日晒的面庞在夕阳的余晖映照下，更显得黝黑发亮。他们笑容里溢满着幸福。羊"咩咩"，牛"哞哞"，狗"汪汪"，夹杂着他们"来来""哒哒"的叫喊声，汇成了乡村夏日黄昏的交响曲。

　　落日余晖里，各家的烟囱都升起了缕缕炊烟，忙碌了一天的人们找到了温暖他们心房的港湾。炊烟下忙碌的身影有一个便是姥姥。刚从地里赶回来，姥姥便一头扎到了灶台边，洗手、和面、倒油，一系列动作是那么麻利、娴熟。拢柴、点火，当红色的火苗舔着锅底，姥姥家的烟囱里也青烟袅袅，和着夏日的微风，飘飘然飞向天际，渐渐淡化，直至消失。

　　一股胡麻油烙饼的香味儿此时扑鼻而来，让我急不可耐，垂涎三尺。我三步并作两步冲进屋里，抓起一个油亮、金黄、松软的油饼一顿猛吃海塞，姥姥此时绝不会让我先洗手再吃饭，因为她们也没有那么多讲究，只是笑着假装嗔怪道："慢点儿吃，没人和你抢，一会儿还有粉条鸡蛋汤呢。"

　　天色渐黑，就这样，一顿农村上等的佳肴在昏暗的煤油灯下完美收场。我摸着滚圆的肚子，心满意足地钻入姥姥为我铺好的被褥中，进入了甜美的梦乡。

　　第二天一早，睡梦中诱人的香味让我睁开了蒙眬的睡眼。姥姥又为我准备好了我最爱的早饭——胡油扎蒙花疙瘩面。在我的记忆里，姥姥总能把最平常的食材做成最美味的佳肴。胡麻油是地道的，扎蒙花是姥姥亲手采摘下来晒干收集起来的。看着飘着油花和扎蒙花的疙瘩面，我早已睡意全无。

　　这样神仙般的日子周而复始，年复一年，我度过了人生中最美好且最难忘的童年。

　　姥姥离世已很多年，她家的院落早已杂草丛生，烟囱里再没有了昔日的缕缕炊烟。更别说，油烙饼和疙瘩面的香味儿了。每次去三姨家（三姨嫁到了本村），我总要驻足在姥姥家门前，注视、凝望，很久很久……

杨东升，笔名悟尘。呼和浩特市作家协会会员，呼和浩特市电影家协会会员，清水河县文艺志愿者协会副主席，清水河县作家协会会员，清水河县音乐家协会会员。作品主要有诗歌、歌词，刊登于纸媒及网络平台。创作的《你就是那一道光》《生命之光》等歌曲获内蒙古文化馆优秀原创作品奖、天津市原创歌曲大赛优秀作品奖，创作的歌曲多次登上呼和浩特市春晚、清水河县春晚等大型晚会的舞台。

老牛湾的传说

长城黄河握手地，自然古韵清水河。这个美丽的地方就是内蒙古清水河县的老牛湾国家地质公园。老牛湾是万里长城与滔滔黄河交汇的地方，是清水河县最为著名的旅游景点，吸引了无数国内外游客来此一览长城的巍峨伟岸和黄河的波澜壮阔。

老牛湾的美，美在那些惟妙惟肖的美丽传说。上古时代，天下大旱，大地开裂，玉帝令风云雨雷电五神下凡行云布雨，降下甘霖。大雨一直下了六六三十六天，玉帝派猪悟能查看雨情，猪悟能不屑这种小事，认为探一下身便可知晓，于是伸腿探身，一只脚恰好踩在了一副大磨盘之上，然后自以为是地上报玉帝："雨水不

163

济，大地仍干如磐石。"于是大雨又下了七七四十九天，导致庄稼尽淹、房屋尽毁，百姓痛失家园，哀嚎遍野。哭声惊动了上天，玉帝紧急派遣太上老君驾青牛开河泄洪，孙悟空和猪悟能随后挑槽排水。孙悟空东西各挥一棒开了大堤，猪悟能左右各扫一把开了无数沟岔。太上老君指使青牛没日没夜地排水泄洪，玉帝看到天暗视线不清，特派顶灯大仙赶到山上为其照明。此时开河正至老牛湾，神灯在明灯山亮起，顿时光芒万丈，犹如白昼。青牛被突如其来的灯光所吓，左冲右突，在开河的地方犁了一个大弯，从此，此地便称作老牛湾。太上老君也因神灯受惊，一愣神，影子在身后的山上化成一座石像，后被叫作老君石。如今的老牛湾不仅能够看到青牛犁下的大弯，后湾的老君石犹如一位呆立的老人。这便是老牛湾的由来。

在老牛湾码头的半山腰，有一块叫作"望夫石"的大青石。传说大禹治水时，禹的妻子涂山氏就住在老牛湾。大禹三过家门而不入，一直忙碌在黄河上下指挥治水。涂山氏便经常站在大青石上遥望夫君，盼其早归。到了近现代，老牛湾成了黄河"几字弯"重要的水旱码头，很多老牛湾的青年男子为了养家糊口，随船到河上跑河路，留守的母亲、妻子们便像涂山氏一样，站在大青石上盼着亲人平安归来。虽然望夫石并不是很大，但据说可以站很多人而岿然不动。所以，望夫石也成了当地妇女期盼亲人、聊以相思的实物寄托。

老牛湾的自然美景总能让人流连忘返。传说昭君在出塞时途经老牛湾，被老牛湾迷人的景色吸引，不知不觉走进了深山，一去数日。昭君的丫鬟遍寻无果，深感愧疚，便毅然决然从仓口的石崖一跃而下，跳入滚滚黄河。不久，跳河的丫鬟化身小鸟，经常飞到河边，发出"啾啾"的鸣叫，依旧矢志不渝地寻找着主人的身影。现今在老牛湾对面有一座护水楼，只要往水里扔一块石头，水下就会传来"啾啾"的鸟鸣，据当地人解说，这个叫声就是丫鬟化身的鸟儿在寻找主人的悲鸣，不离不弃，千年驻守。

老牛湾的后湾叫杨家川峡谷，是清水河县境内黄河的第一大支流。其名称的得来源于我们耳熟能详的杨家将，传说当年的杨家将曾率军在此地驻守，一守便是多年。在杨家将回军的时候，特地留下一部分精兵强将长久驻扎，以镇边关。从此，此峡谷便被称作杨家川。时至今日，在老牛湾镇仍居住着众多杨姓家族成员，均自称为当年驻边杨家将的后裔。

据史料记载，康熙皇帝赐地四万倾于和硕恪靖公主作为"阌氏地"，赐地范围北至土默特，南至老牛湾。四公主慈善爱民、轻徭薄赋，深受人民的尊重和爱戴。为了粮食丰收和地方经济发展，四公主招来山西移民和属地居民共同开垦，并亲自下地劳作，使得各民族之间文化交融。百姓为了赞扬四公主的功绩，在老牛湾的楼塔底为其树碑立传，以赞扬四公主的德政。时至今日，老牛湾仍保留着这一四公主的德政碑，见证着当时四公主的高尚德行。

在老牛湾神牛广场旁边有一座距今约二百年的老宅院，是清末老牛湾唯一的秀才李兰先生的故居。当年的李兰先生在老牛湾黄河边上造水磨、修香坊，富甲一方。李兰先生学识渊博，急公好义，仗义疏财，经常为百姓伸张正义，深受百姓尊敬。一次李兰先生又为百姓出头，与清水河的县太爷对簿公堂，最终县太爷输了官司，被调离岗位。临走之前，李兰先生对县太爷说道："虎走山还在！"县太爷怒视着回道："山在虎还来！"至此，两个人结下了梁子。几年后，县太爷果然又回到清水河任职。在又一次为百姓伸张正义时，李兰先生被县太爷诬陷获罪。县太爷用七张麻纸蘸水捂住其口鼻，李兰先生最终窒息而亡。一百多年来，李兰先生不畏强权、挺身为民的故事一直在老牛湾地区广为流传。现在，已年过八旬的李兰先生的后人依旧居住在这座历经百年风雨的古宅里。

老牛湾得天独厚的地理位置以及仙境般的山水风光，传说和故事比比皆是。

一碗臊子面

感知味道，是动物与生俱来的能力，从味道里感知真情却只有我们——人类可以做到。

儿时，总觉得邻家的饭香。当灶膛上那股幽香随风飘来，我的心，便不由自主地飞过那道矮矮的院墙。于是，母亲便会拖着疲惫的身子，用生满老茧的手，给我做上一顿我最爱的美食——臊子面！可我却总收不回被隔壁传来的幽香带走的心。

长大后，我的心早已飞出了那座老旧的平房，游走在课堂之外的花花世界。我点精美的小菜，和同学觥筹交错，有趣没趣地谈论着一切能想到的话题，却忽略了守在烧干水的灶旁等了几个时辰的母亲。只觉得，家之外，才是天堂。

不知从何时起，我和母亲之间隔了一道心墙，母亲的臊子面，再也拴不住一颗叛逃的心。

于是，上大学时，我逃到了离家两千多公里外的呼伦贝尔，那破旧锅灶传出的清香达不到两天两夜绿皮火车的距离。我终于成功地逃离了家，对于我来说，它就是我最想摆脱的束缚。

我的失落来自那碗臊子面。在那个习俗截然不同的地方，当地的饮食无法满足我陈旧的味蕾，再尝母亲的味道成了我的终极愿望。当费尽周折吃到一碗比筷子还粗的拉面时，我想起了母亲，想起了母亲做的臊子面！

前所未有的怀念，那味道，让我生平第一次有了想家的念头。之后，我用两毛钱的邮票把自己变成了唠叨的母亲的样子。

母亲是一个不幸的人，身患脑瘤，做了四次开颅手术，每次母亲住院，我都是她的贴身厨子，虽操作有别，但端到母亲面前的臊子面，依旧有小时候母亲的味道。

之后的二十年里，无论信件还是电话两头，唠叨成了我和母亲共有的癖好。

儿时，总想着外面的世界才是自己的天地。

长大后，终于明白，母亲才是我的天地。在这个天地间，我总能听到母亲唤儿的亲切和飘荡着的臊子面的香甜。

"平儿——回来吃面喽！"

董金堂，文学爱好者。清水河县作家协会会员，作品多发于"清河创客"微信公众号。

油菜花开等你来

还是这道梁，还是这块地，没有忘记那个约定："花开的时候你就来看我，等你来摘最美的那一朵，月起的时候点燃了篝火，你会看见最炽热的眼波……"

静待了一个冬季，便开始寻觅你的身影，终于听到摇响播种的耧铃声，春风吹拂沉睡的大地，春雨浸润播下的种子。在沃土的温床中生长，生出了嫩芽，长出了枝叶，舒展妖娆的风姿。荡漾妩媚的风韵，将黄色的土丘披上绿装，将绿色的田野装扮成金灿灿、黄澄澄的花海。

等你在时间的长河里，等你在冬日的期盼中，等你在春天的希望里，等你在夏日的花开时。等到了黄土高坡的七月，盼来了油菜花开的季节；每到这个时候，徜徉在乡间的阡陌小路，慢步于梁峁的田地边；那是油菜花盛开的地方，那是金色闪烁的世界，时时充满爱的温馨，处处都是花的芳香。

成片的油菜是无垠的海洋，浸染山野；芬芳的香味是醉人的梦乡，沁人心脾；盛开的朵朵油菜花就像孩童那顽皮的笑脸在花丛中绽放，似微笑，似点头，似招手，也像是在欢呼；花朵里沁出亮晶晶的珠子，那是甜甜的蜜露，那是招蜂引蝶的诱惑。蜂飞蝶舞，万紫千红，流光溢彩，馨香怡人，不禁联想起曾经有过无数次的等候。

春暖花开的江南美景固然让人神往。可我偏偏不喜陶醉于鱼米之乡，而是追逐油菜花开的那一刻。曾经在池塘边观望，曾经在草屋里寂寞，曾经在雨夜中等待。希望你来的脚步快一些，停留的时间长一些，走的速度再缓一些。

有缘千里来相会，年年三月定会等到你！但你总是来得慢腾腾，走得急匆匆，虽然兑现了我们的约定，但不能长相厮守；花开花落，时光短暂，还得急急忙忙地跟随你的脚印去追寻你的背影。

来也匆匆，去也匆匆，但我始终没有失去追逐你的信念，江南一别中原重逢。旷阔的田野是你绽放的天地，你的花香更加诱人，你的花朵更加迷人。让我愈来愈增添了对你的留恋、对你的倾慕，在初夏五月再次和你相聚，共续前缘。而此时，对你的花香、对你的艳丽倍加珍惜。日夜守候在你的身旁，居住在搭起的帐篷里，尽享你的芳香，采收你分泌的甜汁。

美好时光总是这么短暂，离别的日子又将来临，我从江南追到中原，还得从中原追到黄土高坡；从三月追到五月，从五月追到七月，又从冬天等到了春天。日复一日，年复一年，从风华少年追到了花甲之年，仍然没有停下追寻你的脚步。然而，岁月沧桑，生活转变，不得不让我将追逐你的脚步放慢，停留在我的故土，停留在黄土高坡的田边，在七月油菜花开的时候等你来看我。带来蜂飞的嗡嗡声，瞧见摆放的一排排蜂箱，看到搭起的那顶帐篷里走出放蜂的故人，握紧你的双手，在油菜花开的季节里，再次兑现我们的相约——花开的时候你就来看我……

春回故里

挨过漫长的寒冬，多少心儿盼望，早点儿听到春的消息。而今年的春天，如同初出闺房的少女，含羞带怯，脚步轻盈。本该春雨淅淅沥沥，却是默默挥洒白雪，柔曼的轻纱覆盖大地，掩饰着自己那芙蓉春色的面容。没有奏响春雨惊春的动人乐章，而是静听飞雪迎春的美妙旋律。

尽管如此，她携带的暖阳，还是将沉睡的万物唤醒，欣然张开朦胧的双眼，窥视大千世界的盛景。冬雪融化了，春潮灿烂了，群山回唱，万物复苏，俨然一副春天的模样。

掐指算来，离开家乡有近二十个年头了。从阔别的那一刻起，在外闯荡的我，经历了世间的风风雨雨，见识过城市的喧嚣繁华，也领略过乡村跌宕起伏的发展历程。但生我养我的这片土地，始终在我脑海中占据着十分重要的位置，无论人情世故千变万化，她始终是我生命中挥之不去的牵挂，常常会抽空回家探视。那里的一草一木、一山一水，深深地在我心中打上了印记。每一次回去总会看到一些变化，而这一次重返故乡，眼前的景象让我震惊。

还是这条路，还是这个村，虽说不是什么名村古镇，但这里的过去，这里的现在，这里的将来，都蕴藏着数不清、道不尽的感人故事和发展前景。

这是我春节后头一次回乡，恰逢刚刚下过一场春雪。在通往村里的这段路上，积雪已开始融化，没有担心，归来的路上心情总是雀跃着。

当阳桥是座桥，也是座水库。库区冻结的冰面还未解封。远远望去，尚未消融的雪团将碧玉般的冰面分隔，形成了不规则的图案，宛若艺术家勾勒的一幅彩画呈现在眼前；水库北端的石壁山雄伟壮观，一直向西延伸；村子背靠龙凤山，浑河从村前流过，岸上形成片片良田，如同椭圆形的金环套着银碗。

跨过桥头，矗立在路中央的村口门楼熠熠生辉，体现了古典建筑与现代文化相融合，彰显着"踔厉奋发创伟业，勇毅前行拓鸿基"的气势。

在村前，有城市里才拥有的木制长廊；在路旁，有公园和景区才有的亭子；在小桥边，有各种景观装饰，还有结伴而行、慢步走动的游人；在地里还有远程智能滴水灌溉设备。再看看村里人的住所：整洁美观的窑洞里，暖气、洗手间、家用电器一应俱全，独具特色的乡土文化与时俱进。返乡创业的人多了，南来北往的游客多了。

这些变化是我上次回乡没有看到过的，突然间出现在面前，怎会不让人感到震惊呢？目光所及之处，到处都是一幅美丽和谐的乡村画卷，乡村的美，美在环境，美在产业，更美在越来越好的生活，不由得让我想起那个传说——

村后龙凤山顶的那条小沟，有一泉眼，常年四季涌流不断，顺沟流到山下。倚山而居在窑洞里的一户高姓人家，就是靠饮这股泉水繁衍生息，故而得名高茂泉窑。

独特的自然风光，蕴含着巨大的发展潜力，承载着高茂泉人的希望和未来。一代又一代的耕耘者，在时间的长河里穿行，在历史的碧波里泛舟。涌现出那些动人故事，有志之士，他们的名字、他们的事迹镶嵌在人们的心底，走进了村史馆的厅堂。

乡土中心汇集了传统中的乡风民俗，也吸引了受过高等教育返乡创业的新农人。游客入住，人来人往；"七路半"剧组夜宿在这里；"爱我中华——内蒙古长城摄影展"隆重呈现……润泽山乡，文化振兴。

春天来了，静寂已久的农民活跃起来了。虽然很少看到那种"九九加一九，耕牛遍地走"的景象，但停放在庄稼人门前的耕地机、耙地机、播种机，在机手的摆弄下早已整装待发，跃跃欲试。

试想在柳絮飞飘、青草出土、黄蜂筑巢、春燕归来之时，田野里机器轰鸣，人声鼎沸。人们将一粒粒希望的种子播下，期待着夏锄、秋收之时，处处都焕发出勃勃生机。

期盼到金秋时节，五谷丰登，粟米飘香。一声开镰，让曾经闪烁在田野里的"自然写作营"再次重现。那首出自本土诗人刘海豹笔下《从田野走来》的诗篇，让谷穗融入文化，让田野充满浪漫，让笔墨和镰刀共舞，让劳动者绽放活力。

鉴赏春天的情韵，神往山乡的雅丽，在朦胧里探寻未尽的余兴，在徜徉中预览春潮荡漾的时光。心中油然升腾起一股奇异的吸引力，促使我不得不对故乡更加牵挂、更加流连。

牛何如，出生于1971年，内蒙古呼和浩特市清水河县人。经常在工作之余有感而发，广交天下文友。

你好，清水河博物馆

2023年5月18日，是我最难忘的一天。清水河博物馆开馆的那些情景，至今依然历历在目。

鲜花、彩带、气球、歌声，整个广场沉浸在喜庆的氛围中。领导来了，群众来了，白发苍苍的老大爷来了，载欣载奔的小朋友也来了！掌声固不可少，乌兰牧骑的文艺表演别有风味。在全县老百姓久久期盼的眼神中，在能工巧匠的鬼斧神工中，在县委县政府的精心筹备中，清水河博物馆终于开馆了！

博物馆坐落在金盖山上，与南山的文体中心遥相呼应，精美的绿化装点了她的羽翼，蔚蓝的苍穹赋予她放飞梦想的自由，博物馆诉说着天圆，文体中心描绘着地方，将"天圆地方"这一中国的古老智慧发挥得淋漓尽致。

踏着四百三十级砖红色的台阶拾级而上，不由自主地想起曲折而上的哲学思想，一直通向历史的深处，也象征了老一辈清水河人艰难曲折的生存史和斗争史。每上一级台阶，你的视野就开阔了一圈，你也会不由自主地兴奋起来。当你行至最高处时，整个清水河的风光尽收眼底，有一种"会当凌绝顶，一览众山小"的感觉。

当你惊诧于展馆的一千余件文物的亮相时，你是否在这里找到了曲径通幽的感觉？一千余件文物，我们帮忙选出件镇馆之宝吧。要么选清水河县府印吧！属于国家二级文物，它来自民国，见证过清水河的苦难和沧桑，见证过无数的大案要案。要么选八思巴文圣旨银牌吧！它曾经指挥过千军万马，是我县出土的国家一级文物，又称成吉思汗圣旨银牌。要么选硅化木吧！它大气磅礴，安安静静，波澜不惊地躺在那里，它见证过风雨雷电，受过阳光的照耀和黑暗的洗礼。要么选新石器时代的组合件吧！它们知道茹毛饮血、刀耕火种，它们出生在宏河镇岔河口环壕聚落，把清水河的文明历史推向6000年前的新石器时代。要么选老牛坡党支部的印章吧！它是清水河博物馆的宠儿，经历过共产党人不屈不挠的斗争史，它知道斗争必须依靠人民，它在时刻警示后人珍惜来之不易的和平生活……让每位游客按照自己的喜好去安排吧，只要心中有爱，这里的每一件文物都可以是镇馆之宝。

如果说历史是一面镜子，那么清水河博物馆就是收录清水河历史的万花筒。它涵盖了中华文化、红色文化、长城文化、黄河文化、民俗文化、自然科学等，它的功能是全方位的。

清水河博物馆是爱国主义教育基地。在这里，爱国热情的烈火会被点燃，那些平时在电视剧里才能见到的场面——小泉村惨案、大庙坡惨案、火烧老牛坡……原来在我们现在居住的地方也曾经出现过，会让你情不自禁地肃然起敬。

同时，你也会被共产党人领导下的清水河军民奋起抗战的事件感动得热泪盈眶，东平太李林奋战事件、渡河袭击战、黑寺沟伏击战、双碾儿歼灭战、白泥窑沟伏击战、柏杨岭伏击战、南王庄据点围困战……使我们牢牢地记住为抗日牺牲的李林、梁雷、胡一新、计全……

清水河博物馆是黄河和长城文化的研学基地。黄河过境清水河六十五公里，明长城过境清水河一百五十五公里。一个十来万人口的小县城，能够同时拥有黄河和长城两个世界级的自然奇观实属不易，况且，她们两个过境清水河还有了交集！这两个板块终于在博物馆有了一席之地，我们可以在这里追溯黄河与长城的历史，领略祖国大好河山的雄伟壮丽。远方的游客可以将这里当作领略黄河与长城的落脚点，我们的子孙后代可以在这里启航，放飞民族的梦想。

清水河博物馆是自然科学研学基地。麻雀虽小，五脏俱全，在历史上，清水河境内的动物、植物、矿物质……能大饱你的眼福，参观后令你心悦诚服。清水河虽不"地大"，但绝对"物博"，尤其值得一提的是县域内的中草药，被爱好者做成了标本，陈列在博物馆内，活脱脱的一个现代版的《本草纲目》陈列馆。清水河地下有丰富的矿藏，有冰洲石、花纹石、马牙石、木纹石、铁矿、花岗岩、白泥、石英、长石、方解石、云母、石墨、冰洲石等矿产资源。这些丰富的矿藏撑起了清水河经济的半边天，而博物馆的珍藏恰恰起到了穿针引线、过河搭桥的作用，它给黄口小儿以启迪智慧的机会，给耄耋老人以无穷的回味，是投资者了解清水河的窗口，是清水河走向世界的桥头堡。

清水河博物馆是民俗文化的研学基地。清水河县境内民俗文化十分丰富，长城沿线有踢鼓子秧歌、抿豆面；形成了独特的黄河文化，如酸米饭、油炸糕、灯游会、古瓷艺；靠北方的居民还留存有游牧民族的草原文化。这三种文化交融发展，取长补短，优良传统得以赓续发展。久居高楼大厦的人们，还是来民俗馆看看清水河窑洞吧！一篇窑洞进化史，就是一部人类与大自然生存的斗争史，从土打窑的苟且，到宜居窑洞的高大上，使你真正领略到幸福生活是什么！

你好，清水河博物馆，你还年轻，我们伴你一路成长！

文博荷韵

一觉醒来，朋友圈里，铺天盖地都是晒荷花的，远在北京的同学打来电话问我是不是真的，上海的同学也让我给他拍几张图片。

惊诧之余，也是意料之中，独在异乡为异客，望得见山，看得见水，留得住乡愁，何尝不是一个土生土长的清水河人梦寐以求的！这几年，年轻的决策者们眼界开阔，思想超前，不辱使命，古老的山城发生了翻天覆地的变化。自从盘古开天以来，清水河县境内从未有过荷花，连想一想都是一种奢望，荷花本是一种长在亚热带和温带的植物，儿时在朱自清老先生的笔下领略过荷花之美，工作后在各个景点欣赏过，现在它就开在我们家门口了。

为了神圣的使命，为了获取一份神奇的喜悦，我独自一人在沿河闪烁的霓虹灯的照耀下，披着夜色，伴着习习凉风，好不惬意。

赏荷必须有一个绝佳的角度，站在桥上，翘首望桥下的荷塘，那绝对是"会当凌绝顶"。桥下有河，河上有桥，河增加了桥的灵性，桥挺起了河的脊梁。山城不大，但拥有厚重的历史文化底蕴，一条蜿蜒盘旋的清水河被数座桥分割成无数的网格，而我独爱在文博桥上赏荷。

文博桥因位于文博广场旁而得名。如果说杨万里笔下净慈寺的荷花是大家闺秀，那么文博桥的荷花便是妥妥的小家碧玉，在密密匝匝的荷叶之间，悄悄地探出半个身子张望着，羞答答地眯着惺忪的睡眼，看桥上人来人往，侧耳聆听文博广场的鼎沸人声。

赏荷使人心静。夏季的炎热让你怀疑人生，而夜色中赏荷是降温的天然空调。就着淡淡的灯光，呼吸着若有若无的荷香，心里流淌的血液仿佛更顺滑了，肺泡里满是清香，白天工作的烦恼、生活的压力被抛到九霄云外，人与人之间的恩恩怨怨被这一池荷塘的静感动得似乎已经消散。

赏荷使人心净。我背着手静静地在文博桥上踱着方步，看着这一池荷花，品味着它们那出淤泥而不染，濯清涟而不妖的高洁，便想做个高尚的人。吴钧的"鸢飞戾天者，望峰息心；经纶世务者，窥谷忘反。"五柳先生的"不能为五斗米折腰"的情怀我也有。面对这一池荷花，你会不由自主地深沉起来，你会为自己的肮脏和浅薄而自责不已，你会不由自主地想起晴空飞天的白鹭和压青松的大雪……

我爱荷花的静，更爱她的净，最爱的是她离我近。北上亲友如相问，一片冰心在玉壶。

李蛟，中国共产党党员，东北师范大学硕士研究生学历，清水河县中学教师，清水河县作家协会会员。

抗洪歌

八月云淡天高远，荷花娇艳树阴翳。庄稼长势好，高粱出穗谷子密，农家期盼今岁又丰盈。窗外其乐也融融，窗内一家温馨情依依。

今晚饭点陡然过，三口之家缺一人。电话微信齐催促，得到答复干脆有力又坚决。气象部门早预报，半夜时分有暴雨，防汛部门都坚守，我是共产党员，遇到紧急情况岂能待在家里当逃兵？值班室里人兴旺，遵照县委县政府部署制定应急预案，科学合理，群策群力不含糊。晚上值班不回家，蹲点静待除险情。阿爹晒阿女：但食勿复言。做完作业早休息，阿母明早一准归。

幽梦帘中一声响，雷霆乍惊闪电过。倾盆大雨倾泻下，雨打地面狗狂吠。阿母今为不眠夜，愿她完成任务早休息。不觉渐入梦里行，醒来已是大早晨。雨点淅沥风怒吼，阿爹就在身边候。急问阿母归来否？慢慢靠近轻轻说。

适才阿母来电话，洪涝灾害破坏大。五十年来它最强，房顶穿孔炕穿洞。房屋受损地受灾，灾害无情人有情。严重转移他处住，轻微记录再弥补。洪水滚滚冲河岸，石峡口水库要泄洪。洪水势头猛如虎，河槽两边需加固。编织袋沙子已具备，沙子装袋欠人手。阿母希望阿爹去，义不容辞地赞同。昔日入伍苦操练，听党指挥打胜仗。而今退伍志不减，优良作风须保持。身体强壮力气足，年轻后生能匹敌？

父母做出好榜样，儿女岂能不传承？从今不再懵懂小儿童，要向有为青年来跨越。读书学习长才干，国家跨越我跨越。跨越无止境，家里我能行。收拾好家做好饭，烧好开水展开被。待到双亲早归来，归来即可解乏困。今日家庭小主人，明天奉献社会我加入。眼界过雨帘，时光瓶诉说。抗洪大家齐出力，共同把家园清水河建设得更美丽！

遇见

正青春

从教十五载，不知不觉人到中年，我却并不感到倦怠。一日之计在于晨，每天都怀着怦然跳动的新奇踏上前往学校的路途，孩子们爽朗的笑声、生龙活虎的身影和刻苦学习的精神都在时时感染着我，他们对理想的执着追求、对人生的美好憧憬、对生活的无比热爱都深深地感染着我，使我时时刻刻受到感动，我是他们成长的见证者，是他们成才的指引者，是他们烦恼的倾诉者，是相随他们三年的志同道合的同行者。所以，无论是日常的备课、讲课、课外辅导、批改作业，还是批阅试卷、考试分析，我都尽量做到一丝不苟，发现问题及时解决。与将青春融于奋斗的学生共舞，我时常感到我的事业正青春，我和同学们一样不负韶华，教学相长。

四月的清水河，空气中飘着浮尘，清明和谷雨这两天还下起了雪，我却不感到苦恼。相较于小时候亲眼看见漫天黄沙的梦魇，如今已经有了根本的改观，绿水青山就是金山银山的理念深入人心，植根于老乡的心田。大力植树造林，涵养水源，防风固沙，栽种耐旱植物，我们的人居环境大大改善。村容整洁，乡风文明的氛围正在形成。两场雪其实就是空气质量提高的最好见证，充分说明空气中水汽充盈。皑皑白雪落挂到刚刚盛开的桃花、杏花枝头，更是摇曳多姿，风情万种，浴乎雪，风乎舞雩。面对此情此景，我忍不住拿起手机，记录下了这妙手丹青，拿它和所有同好者共享。与将青春融入奋斗的家乡共处，我时常感到我的世界正青春，我和乡民们一样不负韶华，乡村振兴。

光阴如箭，岁月如梭，科技日新月异，竞争日趋激烈，我却并不感到内卷。乘风破浪，直挂云帆，这正是国人的鸿鹄之志，人民有信仰，国家有力量。汇聚每个人的力量，形成合力，那便是磅礴力量，那便是中国力量。与将青春融入奋斗的中国共赢，我时常感到我的祖国正青春，我和建设者们一样不负韶华。

青春有花一样的年华，青春有火一般的激情，只有奋斗的青春才是无悔的青春。我的事业正青春，我的家乡正青春，我的祖国正青春，作为奋斗者，我——正青春！

乔俊华，内蒙古呼和浩特市清水河县人，文学爱好者，丰镇发电厂退休职工。多次获得清水河县文化艺术成果长城奖。

故乡的月亮

　　临近清明，不由得想起已故的父母和我那久别的故乡，想起故乡，就会想起故乡的月夜和月夜下难以忘怀的往事。

　　月是故乡明。时光流转，月亏月圆，无数文人墨客借月亮倾诉离愁别绪。城市的高楼大厦，匆忙的人影、来往的车流和如昼的灯光淡化了月亮，让人无法感受到月光的静谧辉映。我会时常忆起故乡的月夜，当天边最后一抹晚霞慢慢隐退，月亮悄悄从山坳里升起，围绕在月亮周围的几缕青云衬托出深邃而空旷的夜空。清澈、皎洁、朦胧的乳白色月光轻柔地倾泻下来。连绵起伏的群山，蜿蜒曲折的河沟，纵横交错的阡陌，沧桑破败的窑洞和院落，零星的炊烟，为数不多的草垛和牛羊等，全都沐浴在了柔和的月色中，一幅故乡生动的月下图画便浮现了出来。无论哪个时期，故乡的月亮都是最美的。

人到了一定年龄，难免对过去的日子重拾盘点，人有悲欢离合，月有阴晴圆缺，月圆月缺中沉淀着历史和记忆。但唯有年少时候故乡的月亮以及故乡月夜的故事如影随形，难以忘却。

那时的故乡，月初的月亮像船，悬挂在深蓝的天幕上，闪耀在簇簇群星里。山川隐约，田地模糊，树影婆娑。小路，窑洞，一盏油灯与朦胧的月光明暗交辉，遥相呼应。月圆时，群星隐匿，圆盘似的明月把皎洁的月光洒满田野、地埂、村落。

记忆中在这样的月夜下，特别到秋收时节，父母亲和其他村民一样，经常在田地和场面辛苦地劳作。当拖着疲惫的身躯回到家时已是深夜。他们曾在贫穷与希望间奋力挣扎，最终把毕生的心血奉献给了土地和儿女。那时的村庄，二百多人口，牲畜成群，白天人声鼎沸，鸡鸣狗叫；夜晚，喧嚣散去，醉人的月光，草木的气息，蛙叫虫鸣，是一幅热闹、和谐抑或静美的田园风光图。

故乡的月亮，春季，朦胧温润；夏季，明亮如昼；秋季，皎洁明朗；冬季，高远清冷。一代代的老家人在月下活着、故去……演绎出无数与月亮相关的亲情故事。

上初中时，我家搬入了新窑洞，六孔石砌窑洞和六间圈洞，让父亲吃了很多苦，流了许多汗。白天下地干活，晚上在月光下套起骡车一趟趟地从沟里搬运石头。记得父亲外出做工后，在月朗星稀的夏夜，母亲常带着我和姐姐背石头，每人三次。母亲说："背不动大的背小的，小的可以做插石，积少成多嘛。"她把小的放在我们的背上，把大块的抱到河沟的高处，蹲下身再背起，常常累得气喘吁吁，汗流浃背。那时的我们体会到了生活的艰辛和父母的不易。

记得考上高中的开学日，是父亲赶着骡车送我去县城上学的。那时交通不方便，从我家到县城需要走八十多里的山路。初秋的凌晨，天气有点儿冷，我蜷缩在铺满糜穰的板车上望向远方，天空高远、深邃，没有星星，一轮明月轻盈地飘浮在空中，随着变幻莫测的云彩移动。远山、田地、村落逐渐清晰了起来。父亲坐在前面驾车，一手拿着皮鞭，一手扶着车辕，路口处或是上下坡大声吆喝着老骡，皮鞭时不时在空中画个弧线，清脆地响起，车轮发出"吱吱嘎嘎"的声响以及"哒哒"的骡蹄声，打破了黎明前的沉寂。月下父亲赶车的身影似一幅图画刻入了我的脑海，让我从此难以忘记。迷迷糊糊中，天已大亮，父亲帮我办完入学手续后又赶了回去。后来听母亲讲，回家后的父亲因劳累受凉感冒了。父爱如山，托举着儿女，坚定而深沉。

岁月沧桑，世事无常，如今的故乡，像父母那代视土地为生命的村民们大都去世了，年轻人都进了城，偌大的村子仅剩四五十口人。仰望月光，它见证了社会的进步和科技的发展，也见证了人间百态。茫茫星海，长空皓月，无论盈亏，故乡的月亮是每一个游子无尽的精神寄托。

故乡的月光，是余生扯不断的乡愁。

老家的玉米

初秋的七月，暑气未消，只是早晚有了些凉意。参加完颁奖活动后，我回到了久违的村庄。站在这座熟悉的山顶上眺望远方，浩瀚苍穹，飞云如雪；广袤田畴，阡陌纵横，庄稼长势喜人。满视野无垠的绿，似一幅生机盎然的美丽画卷，给人以视觉上的享受和心灵的慰藉。

眼前的这片玉米，郁郁葱葱，修长而碧绿的叶子婆娑婀娜，楚楚动人。玉米棒子圆润饱满，吐出的缕缕红缨点缀顶端，显得风姿绰约，气度非凡。此时此刻，它唤起了我记忆中有关它的童年往事。

大集体时，每年秋天，等到玉米成熟后，生产队便会组织社员掰几回玉米，然后分到各家各户。秋天是龙嘴夺粮的时候，父母中午没时间，煮玉米只能等晚上下地回来。记忆中那时的玉米金灿灿的，籽粒饱满，颗颗分明，美如珍珠。剥下的青白色或淡紫色的玉米须，我们女孩子们会编成小辫接到自己的辫子上，前后甩来甩去，享受美味的同时又能打扮自己，内心感觉快乐无比。玉米下锅后，一会儿工夫，清香的气流袅袅上升，氤氲弥漫，微弱的煤油灯下，一家人啃着甜糯可口、鲜香诱人的玉米，谈笑风生，其乐融融。那时，简单的一顿煮玉米，不仅可以果腹，更是饕餮盛宴，它见证了贫穷岁月里生活的不易，成了我灵魂深处无法抹去的美味。

包产到户后，老家的生活逐渐好了起来。每家每年种玉米已成必然，除了喂牲畜，老家的主妇们时常粗粮细做，玉米面发糕、窝头、摊花儿等。看似普通却能百变的食物，在调剂胃口的同时，能让平淡的日子添香增色。

老家的土地很适合玉米生长，到了种植季节，除了田间大量耕种，母亲利用闲暇时间，在大门外的边头沿畔，用锄头刨挖出小坑，我帮她向坑里撒放种子。适逢一两场雨水的浇灌，种子很快破土疯长，渐渐地，叶子肥厚，秆子碧绿，翠色欲滴。追肥、间苗、除草，玉米抽穗拔节，一株株、一排排，密密匝匝。暑假期间，我常常把桌凳搬进玉米地里写作业，呼吸着玉米扬花淡雅轻柔的香气，享受着绿荫下的凉爽，感受着蝶飞蜂舞、叶影斑驳的舒适，感觉思路似乎畅快了许多。晚上，疏星寥落，月影迷蒙，微风轻拂下，可以隐约听到玉米拔节声，让沉静的乡野增添了一种自然而神秘的感觉。

秋天，玉米将要成熟时，踅摸一些老嫩适中的，时不时地就能吃一顿。那时的玉米种类单一，绝大多数是金黄色颗粒，偶尔有一种紫黑色的，无论哪种，煮出的玉米都会口口爆浆，软糯香甜。掰下棒子的玉米秆，随即用镰刀砍倒，然后拿匝刀匝成小节喂牲口。那时候的我们，有时会捡起一节，啃吸里面清甜的汁水，那味道，沁人心脾，令人满足而幸福。多年后的我，第一次啃甘蔗时，品尝到的味道也不过如此。

当青翠的玉米秆变成灰黄色，玉米彻底熟透了，老家人白天掰棒儿，晚上剥粒儿，全是人工干，其中的辛劳不言而喻。剥不完粒儿的玉米就垛在窗台上，一排排黄灿灿的玉米，生动了乡间岁月，厚重了烟火气息。

秋后玉米粒干透后，做爆米花的师傅就会出现在村子里，伙伴们不约而同地端着玉米，有的拿着糖精，看着师傅转动着烧热的两头细、中间粗圆的黑滚筒，紧张而又期待那一声巨响和一股白烟，鲜香松软的爆米花成了我们无比期待的美味零食。

老家碧绿的玉米地里有成群的麻雀飞落，我们在地里拔草、捉鸡、撵狗，欢声笑语泼洒其中，那里有我们成长的印记，像一幅图画刻在了我记忆深处，滋养了身心，也温暖了时光。

随着时代的变迁，老家发生了翻天覆地的变化。如今，玉米从耕种到脱粒，大部分程序已由机械设备所代替，省时又省力。玉米的品种也增加了不少，甜的、黏的、水果的……听我哥说，现在种玉米需要买种子，小时候那种金黄玉米尽管好吃，但因为产量比较低，已经绝迹了。这些年吃过很多玉米，无论是色泽还是口感，都远远逊色于记忆中的味道。

眼前的老家，绿色的风景依旧，那个曾经沸腾的村庄，包括庄稼在内，早已没有了当初的模样！

秦翻花，爱好文学，尤喜散文，偶作诗歌，作品散见于各类网络平台。呼和浩特市作家协会会员，呼和浩特市电影家协会会员，呼和浩特市长城科普学会会员，清水河县作家协会会员。连续五年获得清水河县文化艺术成果长城奖。

独钟牵牛花

有人喜爱富贵的牡丹，有人喜爱耐寒的冬梅，有人喜爱傲霜的秋菊，有人喜爱娇艳的玫瑰，而我独爱牵牛花。

三月底，我特意在自己租住的院子里的果树下种了几颗牵牛花籽，并开始留意她的长势。一个星期后，看着她周边蓬松的土，我便知她生根发芽了。几天后，她长出了毛茸茸的小小的叶子，嫩小的叶子上有一层短短的、细细的小绒毛。她的长势很快，前一晚只是绿豆般大的小嫩头，第二天早晨看时，便已抽出两三寸长的新条，缀着一两片满披细白绒毛的小叶子，叶柄处是仅能辨认形状的花苞，而末梢又有了绿豆般大小的嫩头。

几个星期后，牵牛花的叶子变成了浅绿色，藤也长高了，并不规则地向四面八方的树枝上攀爬生长。这时候，小花苞也长出来了，最初只有甜筒一样的小花苞，顶端可看见花朵旋转紧贴在一起，慢慢地吸收养分开始张开。其花朵先是一点一点地张开，从顶端闭合变成后期的微张小口，花朵向外扩张，直至彻底开放，形成一个喇叭状的花朵。花开的时候，她的片片叶子长得已经像手掌那么大了，一朵朵牵牛花像一把把撑开的小伞，一簇簇地盛开在绿叶中。走近细看，花朵呈喇叭状，大约有五六个花朵，每朵花约长五到八厘米，花朵上面深紫色和白色交相辉映，花面摸起来像精美的丝绸一样柔软，让人爱不释手。

开放后的牵牛花是那么的美丽迷人，一阵微风吹过，牵牛花随风起舞，姿态优美，令人陶醉。她们形态各异，有的停留在原地，好像不舍得自己的"家乡"；有的高高挂起，似乎在守护着自己的领地；有的弯弯垂下，好像在思考什么；有的到达了终点，仿佛在平视着山城里的点点变化。你瞧，牵牛花在清晨阳光的照耀下，那紫盈盈的花朵、绿油油的藤蔓，紫的优雅、绿的青翠，娇滴滴，嫩闪闪，看了养眼养心，真的是一种享受。你闻，那金灿灿的花蕊还散发出一丝丝淡淡的清香，她的香味淳朴、沁人心脾。

以前，我只知道这种植物叫牵牛花，不知道她是怎么向上生长的，更不知道她有极强的生命力。如今，我特别留意了她，原来牵牛花是有手的。它的手就长在茎上，茎上长叶柄的地方长出细细的丝蔓，丝蔓就是她的手。牵牛花用手缠绕着树干爬上去，嫩绿的头看似是静止的，并不动弹，实际却无时不回旋向上，先前朝这边，一会儿再瞧，她的头便朝向那边了，她时时刻刻在为自己的远大理想而不断地寻找攀登的机会。于是，悄悄地把稚嫩的小手伸向旁边的果树枝。我看到她每天绕着树枝登高一截，就觉得她向自己的目标又迈进了一步。旭日东升时，她精神抖擞，高高地扬起那漂亮的衣裙，借着和风扭动着纤细的手臂，奋力向上攀登，一圈、两圈，望着长高的她，我欣喜不已。

牵牛花具有顽强的生命力，耐干旱、耐高温，每年3—4月栽种，5—9月开花。她是一种随遇而安的花，并不似外表那般柔弱，也不像其他花那样要求那么多：肥沃的泥土、适宜的温度、精心的照料。她的种子随风飘散，风把她带到哪里，她就生长在哪里，不选择地点，不选择环境，随遇而安。落入泥土的一刹那，她就紧紧地与大地相拥，不断吸取养分，无忧无虑地生长。她像一个游侠，出没于荒村野岭，于人迹罕至之处，在天地间自歌自舞，逍遥自在。她们生长在不起眼的草地上，不需要人们的精心培养，也不需要富饶的土地。

她那种专注、那种顽强、那种积极向上的精神真令人佩服，尽管人们不注意她，但她还是每年都攀登得很高很高，不断向最高点进发。

深秋的一场大雨夹着狂风袭来，让我很担心我心爱的牵牛花会不会受到摧残。我隔着窗户不停地眺望，目光一寸也不曾离开。眼看着雨点狠狠地敲打在牵牛花瘦弱的身躯上，我无能为力，只有暗自伤心。猛烈的雨点无情地抽打着她漂亮的衣裙，她不再惊慌失措地缩成一团，摇了摇瘦弱的身躯，积聚了所有力量，勇敢地直面风雨，倔强地挺直身子，昂起头，接受暴风雨的洗礼。过了好久，雨停了，我急速跑到院里仔细查看，柔弱的牵牛花坚强地活了下来，真了不起。太阳出来了，牵牛花吮吸着新鲜的空气，沐浴着温暖的阳光，看着自己又长高了一大截，脸上露出了胜利的喜悦。她用自己柔韧的身躯，借助一切可以支撑的力量，紧抓不放，向上、向上、再向上。她不仅有顽强的生命力，而且不屈服于大自然的摧残，她用鲜花和绿叶美化环境，点缀庭院，从不因为干旱少水打蔫，也不因为风吹雨淋而枯萎，尽管风云变幻，仍然生机盎然，努力绽放自己所有的光彩。能在逆境中不断成长，这让我对她又多了一份敬意。

关于牵牛花，还有一个民间传说。从前，一座山下的村子里有一对孪生姐妹，姐妹二人心地善良。有一天，姐妹俩刨地，刨出了一个银喇叭。这个银喇叭是开伏牛山的钥匙。天黑了，姐妹二人去伏牛山牵牛，牵到最后一头时，天亮了，姐妹二人被关在了伏牛山里。银喇叭一变，变成了一朵喇叭花。为了纪念两姐妹，人们将牵牛花种到自己家里，又称喇叭花为牵牛花。

牵牛花还具有很高的药用价值。牵牛花性寒、味苦、有毒，有利尿消肿，止泄、止痒等功效。牵牛花的种子即中药牵牛子，能泻下通便、消食积，尤其适用于实热便秘。牵牛花含有脂肪油、有机酸色素等多种对人体有利的成分，可以祛除色斑，还可以治疗蚊蝇叮咬，有很好的止痛止痒功效。牵牛花植株外形美观，花色丰富，茎、叶青绿且花朵秀丽淡雅，适合盆栽，种于室内，可供人观赏，还可净化空气。

牵牛花虽然没有玫瑰花那么娇艳美丽，也没有紫罗兰那么天真烂漫，更没有牡丹花那么高贵典雅，但她有一种积极向上的精神，有一颗为大自然作出贡献的忠心！她那种不畏疲劳、勇于攀登的精神，时刻鞭策着我努力奋进。我独钟爱牵牛花！平凡中体现出伟大。我喜欢她坚强不屈的意志、积极向上的心态，更喜欢她默默无闻、无私奉献的精神！

微信扫码

☑走进作者 ☑有声阅读
☑诗歌朗诵 ☑文化活动

魅力清水河

　　我的家乡清水河，风景优美，物产丰富，人杰地灵，是一个美丽的地方。走进县城，在任何一个角落，都可以看到让人陶醉的美丽风景。

　　当你沿着蜿蜒的柏油马路走进清水河的那一刻，首先映入眼帘的就是高大的"福"字碑两边醒目的红色大字："活力清水河，魅力新山城。"此时，你的心情一定会豁然开朗。魅力新山城，确实名不虚传。

　　登高远望，无论你是登上县城的南山还是北山，目之所及，无不惊叹到你！啊！好一幅美丽图画。柔和的阳光，蓝蓝的天空，洁白的云彩，连绵不绝的群山，与县城里古老的窑洞和拔地而起的高楼相映成趣。袅袅炊烟、涓涓细流层层叠叠，一层山水一层人家。在这里，你可以感受到一方水土、一种风情。她既有悠久的历史和深厚的文化底蕴，又充满现代气息。奇特的地理环境，孕育出清水河人民的善良、淳朴、勤劳和智慧。

　　连绵不绝的群山绿出了生机，绿出了希望。虽然没有肥沃的土壤，但树木郁郁葱葱，苍翠欲滴，松香沁心，真是不可思议。这充分显示出清水河这块儿宝地的无限魅力。

近瞧，造型新颖的建筑物鳞次栉比。冬暖夏凉的石窑洞像珠宝一样镶嵌在郁郁葱葱的山坡上，缕缕炊烟从家家户户的屋顶上缓缓升起。这就是充满烟火气的、最富有诗意的清水河农家人的普通生活。高楼林立，如雨后春笋般拔地而起，宽敞明亮，美观舒适。

北山上，新建的清水河博物馆，以崭新的面貌展现给大家。通往展馆的通道步步登高，穿云直上。南山上，圆柱形的文体活动中心，巍然屹立，十分壮观。一条条纵横交错的街道上，车辆穿梭，行人往来不断，马路两旁，翠柳依依。绿化带丛中，各种鲜花尽情开放，蜜蜂围绕在花蕊之间，时而亲吻，时而相拥，美得动人。

清澈的河水从东向西汩汩流淌，穿城而过，河水透明、恬静，像一条银色的飘带。小河流动着，清脆的声音像一位少女，用灵巧的双手弹奏着一曲山城人民奋进新时代的优美旋律。河水养育着两岸人民，见证着勤劳的清水河人民齐心协力、携手前行、共同建设美丽家园的伟大实践。

美丽的银滚山长城公园、劳动公园、文博广场，每到傍晚时分，游人如织。跳舞的、打球的、坐着闲聊的，游人就像赶庙会一样多。更有趣的是，孩子们各自都穿旱冰鞋，互相追逐，玩得很开心，到处洋溢着欢乐的笑声。

夕阳西下，更是景色宜人，水面上波光粼粼，水中倒影，五彩缤纷。灯火辉煌，远远望去，就像无数个流星瞬间落在河面上。人们成群结队地出去兜风，有的走在人行道上，有的在河岸边漫步观景，微风吹动着柳条在人们的脸颊旁轻歌曼舞。

城外绿树环山，四季风光无限。城内福水长流，人民安居乐业。清水河，一个可爱的地方。这里景色诱人，四季如画；这里山清水秀，鸟语花香；这里马路宽广，高楼林立；这里工业发达，商贸繁荣；这里人们友爱和善，热情好客。这就是清水河，我可爱的家园。

遇
见

　　这样迷人的山城小镇，难道你就不想来一段休闲的慢生活吗？来吧，和我一起感受山城小镇的魅力吧！

微信扫码

☑走进作者 ☑有声阅读

☑诗歌朗诵 ☑文化活动

李天亮，1966年生于内蒙古呼和浩特市
清水河县范四窑村。1986年毕业于乌盟师范
学校。于清水河县城关镇第一小学任语文老
师，教龄37年。清水河县作家协会成员，曾
在《内蒙古教育》发表教育随笔多篇。

母亲的手擀面

我出生在20世纪60年代，那时候物资匮乏，能吃上
一碗手擀面，简直是一种奢望。只有在生病的时候，母
亲才会给做上一碗手擀面，卧上一颗荷包蛋，让我发发
汗，好快点好起来。

小时候，有时为了吃上一碗手擀面，我竟然会装
病，现在每每想起来，总觉得有点儿好笑，但细细品味
总会感到温暖，那是母亲亲手做的长长的面条，粗细匀
称，薄厚适中，软硬可口，再加上一小勺香喷喷的胡麻
油炸红彤彤的辣椒面，上面再漂浮上绿油油的葱花，一
想就让人口水直流。

上中学后，我便开始住校，一个星期回去一次，每

次回去，总能吃上一碗母亲做的手擀面。尤其是天寒地冻的冬天，放学后一路步行回家，又累又饿又困，吃上一碗手擀面，头上汗津津的，小脸红扑扑的，身上暖洋洋的，心里热乎乎的，让人感到满满的幸福！

长大后，在乌盟师范读书，离家一走就是半年，每每想起母亲做的手擀面，口水都会情不自禁地流出来。尤其是有点儿感冒等小病时，便会想起母亲，更会想起母亲做的手擀面。是啊，此时此刻，若是能吃上一碗手擀面，小病随即离我而去。好在那时候学校的伙食不错，可是吃面条的时候好像很少，大概是学校学生多的缘故吧！要想吃一碗面，需要学校校医开具证明，提前送到食堂，才能吃到病号饭——一碗面条。虽然这个面条也很香，但和母亲做的手擀面不可相比，也总吃不出母亲的味道。

参加工作后，虽然离母亲近了，但也有几十公里，况且工作忙，想吃一碗母亲做的手擀面好像也是一种渴望，只有寒暑假回去守在母亲身边时，才能随时吃到。

如今，已近花甲之年的自己再也吃不上母亲做的手擀面了，再也吃不到母亲的味道了，每每想起，不免黯然神伤，心里总觉得空荡荡的。以前一到寒暑假，总想马上回去，吃一碗母亲做的手擀面，如今的寒暑假已无处可去，也再吃不上母亲做的手擀面了。

时光不老，岁月静好，母亲做的手擀面养育了我、温暖了我，我一生都不会忘记！

温暖的支教路

为了均衡发展教育，振兴乡村教育，教育局派优秀教师去支援乡村学校，让县城学校与乡村学校一对一结对帮扶，把优质课送到乡村学校。农村出身、农村长大的我，对乡村有种特殊的情结，便毅然报名前去支教。

支教四年了，我先后去过三所学校，认识了许多默默坚守在乡村学校的老师，接触了众多活泼可爱的山乡留守儿童，也结识了淳朴善良的农村留守老人。他们那一双双真诚的眼睛，时时出现在我的眼前；他们那一句句暖心的话语，常常响在我耳边；他们那一个个令我感动的画面，久久留在我的生活中，温暖着我、鼓励着我。

记得那是一个冬天，天气特别寒冷，尤其是地处我县东部的韭菜庄乡更是奇冷无比。星期五放学后，孩子们被家长接回家了，离学校近的老师也陆续骑车回去了，支教的我只能星期六回去，因为当天已没有班车了。天渐渐暗下来了，不久，天气大变，狂风卷着雪粒飞扑而来。刹那间，整个学校便罩在大雪之中。

我只好待在宿舍里，欣赏这漫天飞舞的大雪。不料，宿舍没电了，外面风大雪大，大概是电线被风刮断了吧。这漆黑的晚上，我可怎么办呀？我开始发愁了。没有电，学校的取暖锅炉循环不动，供不上暖；没有电，我不仅吃不上饭，甚至连口热水也喝不上；没有电，屋里渐渐冷如冰窖。我只好摸黑钻进被子里，和衣躺下。此时此刻，我多么盼望灯忽然亮了，电忽然来了呀！时间一分一秒地过去了，眼看十点多了，我冻得瑟瑟发抖，心想：这可怎么办呀？就在我手足无措之时，一道手电的光亮划破了漆黑的夜空，风雪中出现了一高一矮两个身影。我透过窗户向外一看，这两个身影渐渐向我的宿舍走来。借着手电的亮光，我认出来了，是小瑞和他的父亲。

一进门，小瑞着急地问我："老师，冷不冷？"没等我回答，他的父亲也赶忙说："老师，天黑小瑞不敢走，非要我领他来。""老师，快跟我们走吧。"小瑞催促着。接着，小瑞从他爸爸的怀里拿过一件老羊皮袄递给我，让我赶快穿上。之后便拉着我的手，边走边炫耀说："我家可暖和了，一铺大炕，热乎乎的，还生着小火炉呢。"顿时，我一点儿也不觉得冷了，一股暖流流遍了我的全身。踩着厚厚的积雪，拉着小瑞肉嘟嘟而又热乎乎的小手，我们便出发了。一路上，风更大了，雪也下得更猛了。

小瑞的家离学校不远，一会儿就到了。一进门，热气扑面而来，一铺大炕占据了左边的半个屋子。我盘腿坐在这个温暖的大炕上，感动得不知如何是好。不一会儿，小瑞爸爸端来了一碗热腾腾的面，小瑞也端来了一碟自家腌的咸菜，他爸爸说："老师，还没吃饭吧，趁热吃，暖暖身子。"朴实的话语再次温暖着我。闲聊中，得知小瑞的母亲在他三岁时便撒手人寰，父子俩相依为命，种着二十多亩地，养着十几只绵羊，懂事的小瑞既是他爸爸的小助手，又是他爸爸的骄傲和希望。小家伙儿聪明好动，学习也非常刻苦，成绩很优秀。躺在小瑞家温暖的炕上，我久久无法入睡，我被他们的热情感动着。我能做些什么呢？我唯有做好自己的本职工作，为这些留守儿童撑起一片晴空，帮他们走出大山，走得更远，才不负这些可爱的孩子和这些可敬的父母。

支教的路温暖而漫长，我将坚定地走下去，和这里的老师携手共进，践行自己的初心，为党育好人，为国育好才！

微信扫码

☑走进作者 ☑有声阅读
☑诗歌朗诵 ☑文化活动

遇见

吕青沄，内蒙古呼和浩特市清水河县人，1960年
出生，高中毕业，1978年参加工作（参军），2020年
退休，中共党员。喜爱古典律诗词、散文。

艾草飘香

　　艾草有一股特殊的清香，无论是叶子，还是茎秆，都有着浓郁的芳香。中医讲，艾草灸医，健康大益。更有民间谚语道："艾草门上挂，福禄全送上。"

　　每年的端午节，我都要和妻子一大早出发，去城外郊野里采摘艾草。今年不同了，儿子从部队退役回来了，非要和我一起去。于是乎，我早上五点多就起床，看他怎么办！嘿！这小子比我还惦记着呢，一咕噜就起来了。我们驱车到五公里外的郊野寻摘艾草。在一处沿河的田埂上，远远地看到了一溜青绿色的艾草，长势十分喜人。晨曦即将升现，艾草带着晶莹的露珠，散发出浓郁的清香，我们开始采摘。儿子快乐得像个孩子，乱

采乱舞，嘴里还不停地哼着《绿色的军衣》，问我："老爸，不见红日采摘的艾草是不是真的很有灵性？""那是你爷爷奶奶告诉我的，谁知道有没有那回事。"看着他欢快的劲儿，我陷入了沉思。是啊，又是一年端午节到了，这飘荡了几千年的艾香，依然是那样的浓郁、那样的绵长。而我的父母呢？我的童年呢？记忆的闸门瞬间打开。

小的时候，我家里兄弟姐妹多，全家七八口人仅靠父亲一个人挣钱养家，生活无疑是清贫的。但是尽管如此，每年的端午节，母亲还是千方百计地用红豆加红糖做馅儿，用本地的黄米做凉糕，做好后摊在一个搪瓷大盘子里，一层黄米凉糕，一层豆馅，馋得我直流口水。那个时候，县城里只是在晚上的七点到十点供电，乡下更是奢不可及。在我的记忆中，母亲总是半夜就起床，点上蜡烛或煤油灯为我们做凉糕，而我们兄弟姐妹依然在梦乡里。母亲说，不见红日做出的凉糕能去百病，让吃的人身体结实。母亲是个没有文化的人，她相信这个说法，早早地起床做食物就是图个吉利，因为她深深地爱着她的儿女们。父亲则在我们起床之后，把一块红布剪成几个小方片，包上艾叶，或者用红头绳缠绕几根艾草，装在我们的衣袋里，说是能辟邪驱虫。避蚊虫还真是管用，但什么是邪？我不明白，可能就是鬼怪吧。我不晓得父亲是什么时候起床采摘艾草的，在什么地方摘的。或许他比母亲起来得更早些。我深信父亲采摘回来的艾草一定是没见红日。可以想象得到，他三四点就已经走在郊外的寻艾路上了，深一脚、浅一脚。那个时候县里还没有柏油马路，都是土路，有钱的人家骑自行车，我们家不曾有。父亲不善言辞，有的只是默默地为儿女们付出。我曾疑惑地问父亲："您为啥不提前一天大白天轻松地去摘艾草，非得在端午节这天跑这么远，而且是天还没亮就去拔艾草呢？"父亲慈爱地抚着我的头微笑着说："不见红日拔的艾草才有灵性啊！等你长大了长高了，就不用我去拔了，你就可以替我去了。"这话仿佛就在昨天。说实在的，父亲对我们的爱有时候甚至比母亲还要体贴入微，因为他很少冲我们发脾气，这就是人们常说的父爱如山吧。父亲的勤劳善良早已深深地刻在了我的骨子里，他影响了我整个人生。

遇见

早晨起床，我们一家子围坐在一张小桌前，母亲用锅铲把凉糕一块一块盛在碗里。我们吃着是那样的香甜、那样的美味。母亲还说："等我们有钱了，也从大城市买些粽叶，包几个粽子给你们尝尝。"虽然那时候我们没有吃过粽子，也不曾见过粽子是个啥模样，更没有品尝过粽子的滋味。但我坚信：母亲做出的凉糕一定比粽子要香，是世界上最好吃的凉糕！因为这里包含着一个母亲对她儿女全部的爱和无私的奉献；父亲包的红艾包则是世界上最好的香囊！因为它珍藏着一个父亲大山般的责任和他对儿女们深沉的爱。记得有一年，我觉得碗里的凉糕不怎么甜，眼瞅着父亲想要加点儿糖，父亲就背着母亲悄悄地往我的碗里撒了一小点，不承想这个举动被其他兄弟姐妹看到了，都争着要撒。干脆，父亲把剩下的小半斤白糖，全部分着给我们撒在碗里，母亲狠狠地瞪了父亲一眼，父亲憨厚地笑了，随后母亲扑哧一声也跟着笑了。因为他们看着儿女吃的是那样的香甜、那样的高兴，比他们自己吃着更香、更甜！那时日子虽然清贫，但其乐融融，写到这里，我的心都融化了。直到今天我也成为人父，才深切地感悟到：世界上最疼爱你的人是你的父母，他们把最无私的爱全部给了儿女，不求回报，但求儿女们幸福快乐。

如今回家再没有了母亲的嘘寒问暖，再没有了那甜甜的味道，再没有了那熟悉而忙碌的身影……我再也吃不到了、见不到了，也再不可能甜睡在妈家的炕上，等待妈妈催促："起来吃凉糕了。"

想到这里，我的眼泪已喷涌。父亲做的红艾包……我下意识地摸了摸上衣的口袋，红艾包没有了，哎！是我的幻觉啊……好痛。父母离我们远去了，他们的音容笑貌犹在耳边，尤其是父亲做红艾包的样子，已深深地印在我的脑子里。

"爸爸，我们摘的艾草差不多了，该回去了。"儿子的话语将我从回忆中唤醒。是啊，又是一年端午节，这传习了几千年的民俗依然情浓意长。如今我也会做凉糕了，而且是玫瑰、蜜枣、葡萄干等食材拌馅的凉糕。远在天国的父母知道我也会做凉糕、包粽子，一定在欣慰地笑呢。

当我和儿子带着艾草回家时，墙上挂着的钟表指针正好是早晨六点整。还好，我们不感觉累，因为是开车嘛，不像父亲当年起早贪黑的那样辛苦。此时一股香喷喷、甜丝丝的气味儿充满整个屋子。哦，妻子做的凉糕已经端到了餐桌上。"不着急吃。"我对妻子说。我也学着老父亲的样子，用红头绳儿把新鲜的艾草缠了个小捆儿，交给儿子，让他挂在自家的户门上。妻子冲我会意地笑了，我更是由衷地笑了。因为我明白，我传承了老父亲的爱，儿子又传承了我的爱，将来，孙子也会延续下去。

这就是爱与孝的传承吧，不是吗？我们很开心，愿我们每个家庭都能其乐融融，幸福安康。

微信扫码

☑走进作者 ☑有声阅读
☑诗歌朗诵 ☑文化活动

贺云飞，清水河县退休教师，中国教育
学会会员，内蒙古作家协会会员，内蒙古诗
词学会会员，内蒙古小作家协会名誉主席。
著有《教坛拾零》《记忆喇嘛湾》等作品。

忆当年的毕业歌

1955年，我简师毕业（简师是简易师范的简称，招
收小学毕业生入学，学制三年），虽然中华人民共和国
刚成立六年，但第一个五年计划取得了斐然的成绩，广
大人民群众的思想觉悟得到极大的提高，建设社会主义
的积极性空前高涨。我们这一群将要迈出学校大门走向
生活的年轻人胸中像有一团火在燃烧，都摩拳擦掌、跃
跃欲试，要到最需要的地方为祖国培养建设人才。

毕业前夕，我们简二十六班与简二十八班举办了
一个毕业联欢会。二十六班是男生班，二十八班是女生
班。两个班的男女同学聚到一块儿，像久别重逢的老朋
友一样有说有笑，这个唱一曲那个跳一段，气氛十分热

烈。受此气氛的影响，我突然心血来潮，也想表演一个节目助兴，便信手拈来一首不知道是哪位同学创作的新诗，用带着浓重本地口音的普通话朗诵起来：

> 我们年轻人，有颗火热的心，来到师范学本领，走出校门去育人。
>
> 党让去哪儿就去哪儿，最艰苦的地方去扎根。
>
> 到伊盟，到乌盟，清水河县也能行！
>
> 我们年轻人，有颗火热的心，来到师范学本领，走出校门去育人。
>
> 党让去哪儿就去哪儿，最艰苦的地方去扎根。
>
> 独人班，二人台，不管在哪儿都安心！
>
> …………

伊盟全名是伊克昭盟，就是现在的鄂尔多斯市。那个时候，伊盟全境被毛乌素沙漠和库布其沙漠覆盖，是一个荒凉至极、寸草难生的不毛之地，为全自治区最贫穷的地区之一。乌盟就是现在的乌兰察布市，天气寒冷，无霜期很短，只能种一些山药、莜麦之类的小日期作物。尤其是昼夜温差之大超出了我的想象，民间有顺口溜说："早穿皮袄午穿纱，怀抱火炉吃西瓜。"还有"早晨冻死骆驼，十二个人拿着刀紧收拾慢收拾，骆驼肉就全腐臭了"的传说。这样的气候条件当然是和艰苦、贫穷连在一起的。我的家乡清水河县是一个山大沟深石头多，出门就爬坡的穷地方，很多地方人畜饮水用的是天上降下的雨和雪。有民谣称"清水河人不嫌脏，洗脸水下面汤。多见石头少见人，半年糠菜半年粮"。不仅是在内蒙古自治区，就是在全国也算得上是个自然环境恶劣的穷地方了。有谁愿意一辈子在伊盟、乌盟、清水河这样的穷乡僻壤扎根？可胸怀为祖国培养建设人才远大志向的我们，早已把"艰苦""偏僻""贫穷"等抠出了自己的词典，硬是发出了"到伊盟，到乌盟，清水河县也能行！"的最强音。

所谓的独人班，是从校长到工勤只有一位老师的学校，几个年级的所有课程都由这一位老师教授。所谓的二人台，是有两位老师的学校，比起独人班来稍微好一些，但和完全小学无法相比，有哪个老师能安心在这样的学校工作一辈子？可是，我们没有一个人考虑个人得失，硬是发出了"党让去哪儿就去哪儿，最艰苦的地方去扎根。独人班，二人台，不管在哪儿都安心"的豪言壮语。

应邀来参加联欢会的音乐老师粟明清听了我朗诵的这首诗后异常兴奋，激动地做了现场点评："这首诗表达了一千多名即将毕业走向工作岗位的同学们的志向，他们发出的'到伊盟，到乌盟，清水河县也能行……独人班，二人台，不管在哪儿都安心！'是时代的强音，是一首很有激情的励志歌词……"

很快，粟老师给这首诗谱了曲。粟明清老师是很知名的音乐家，她谱的歌曲悠扬动听，热情奔放，很受大家青睐，经常在广播电台播放。因指挥大合唱《大渡河》获奖而闻名全市的路丁老师亲自执棒，将这首歌搬上了我们毕业生誓师大会的舞台。

从此，这首歌就在学校传唱开来，成了当时最流行的毕业歌曲。这首毕业歌对我们上千名毕业生的激励作用非常之大，虽然学校要求毕业生要把自己最希望到哪里工作的意愿写在分配志愿表中，届时将尽可能地满足各自的要求。但从旭日东升到夕阳西下，"到伊盟，到乌盟，清水河县也能行……独人班，二人台，不管在哪儿都安心！"的歌声不离口的我们，早已做好了到最艰苦的地方安家落户的思想准备，每一位同学都在分派志愿一栏中清一色地写上了"到最艰苦最贫穷的地方"或者是"服从组织分配"的字样。

我当年十七虚岁，是毕业生中年龄最小的一个。很多同学开玩笑说："指头肚大点儿的孩子，连学生大也没有（那个时候，很多学生十几岁才上一年级，所以有很多年龄比我还大的学生），能当老师吗？要是和学生打起架来，谁来拉架？"班主任李广恩老师也找我谈话："你是今年毕业生中年龄最小的一个，我建议你继续留在学校读三年普师（普师是普通师范的简称，即后来的中师）。到那时，你长大了，再去工作，岂不更好？"

能继续留校读三年普师，是多少同学梦寐以求的好事。我一听李老师说我可以留校深造，高兴得几乎跳了起来。可转念一想，自己曾经在同学们面前表过

"党让去哪儿就去哪儿，最艰苦的地方去扎根"的决心，说出去的话如同泼出去的水，怎么能收回来呢？如果临阵变卦，岂不让人说自己心口不一？

我犹豫了，"党让去哪儿就去哪儿，最艰苦的地方去扎根"的歌声和李老师说的可以留校读三年普师的话在脑子里打起架来。打着打着，歌声渐渐占了上风，我毅然谢绝了李老师的好意，踏上了回乡的路。从此，我就在家乡这个贫穷的山区和一批又一批流鼻涕的孩子搅磨了一辈子。

现在想起来，自己虽然一辈子没有走出大山，但，何悔之有？

遇见

白淑贤，内蒙古呼和浩特市清水河县人，任职于清水河县疾病预防控制中心。清水河县作家协会会员，喜爱文学创作。

遇见变化

说起清水河县近十年的变化，作为亲历者、参与者，三天三夜都说不完。概括这十年，我遇见了具有代表性的几个变化，我想用几个"更"字。

天更蓝，山更绿，水更清。记得十几年前我上大学时，每次一到"五一""十一"假期回家，总能赶上沙尘天气。那时候雾霾也比较严重。你看近几年，基本没有沙尘和雾霾了，取而代之的是蓝天白云，风轻云淡。这都得益于我们不断推进生态建设、植树造林、河湖保护、节能减排等一系列措施，使得生态环境得到进一步改善。这既与"生态优先、绿色发展"不谋而合，也是我们建设我国北方重要生态安全屏障的最扎实的行动。

老牛湾黄河大峡谷、青龙洞山等，相继成为旅游胜地，我们也因此获得了生态保护带来的红利，真正把绿水青山变成了金山银山。

名气更响亮。过去外地人一谈论起清水河，第一印象是"穷"。现在外面的人说起清水河，想必有很多种印象了：好吃的油炸糕、炖羊肉；穿城而过的清水河；老牛湾黄河大峡谷、老牛坡红色教育基地、八龙湾小峡谷乡村旅游等。我2009年刚参加工作的时候，县里的外地人很少，包括各单位上班的干部基本都是本地人。现在，县里的外来人口非常多，这也展现出清水河开放包容的态度、政通人和的营商环境和欣欣向荣的发展活力。吸引八方来客共同建设清水河、宣传清水河，讲好清水河故事。

城市建设更美。一座城市建设得好不好，老百姓最有发言权，十年来，清水河县城区的发展变迁大家有目共睹，城市路网骨架不断扩大，城市空间持续拓宽，城市品质稳步提升，逐步形成一河两岸产业带、文博路中心区块文化娱乐休闲空间、沿河健身步道、体育公园等。十年间，市民们从老旧平房搬进宽敞明亮、配套齐全的楼房，生活品质得到大幅提升。人居环境越来越好，基础设施越来越完善，居民幸福指数持续攀升。这些城市的变化也成为集聚人气的成功之作。

农民生活更轻松。要说变化，农村的变化应该是最大的，十年来接续推进的脱贫攻坚、乡村振兴，让农村基础设施建设更加完善，村村通了水泥路，大部分村子通了自来水，包括电、网络、电商等都做到了全覆盖，村子里也有了文化广场、文化活动室，甚至还有些村庄搞起了乡村旅游，农民兜里有钱了。再有就是现在农业生产走向现代化、机械化，耕、种、收全部可以靠机械，节省了大量的劳动力成本，农民种地比起十年前省力省时。还有一个显著变化就是随着国家医疗、社保、兜底保障体系的不断完善，实现了农民病有所医、老有所养，现在去了农村，八九十岁的高龄老人更多了，这就充分说明他们的生活富裕了，身体更加康健了，精神更加富足了。

群众文化生活更丰富。每天晚饭后，沿着滨河南路散步，每隔三五百米总会遇见跳广场舞的阿姨们，她们神采飞扬、乐在其中。过去那些吸烟打牌的陋习逐渐消失了，广场上都是轮滑、舞蹈、舞剑、打拳的身影。近处有文化馆、图书馆、博物馆，远的有老牛坡红色教育基地、枳儿也研学基地，都是很好的开展文化活动的地方。县里每年会举办很多场形式各异、内容丰富、主题鲜明的群体性文化盛会，群众有兴趣参与、有场地练习、有舞台表演，释放出无限激情，为我们的县城增添了一道靓丽的文化风景线。

变是时代发展永恒的主题，定格清水河县发展的十年之变，是这座城市的光阴图谱，生活在这座城市的每一个人都是见证者，也是最大的受益者。十年来，清水河县发生了翻天覆地的变化，这也是一届又一届县委、县政府的接续努力，带领着一代又一代勤劳、朴实、勇敢、包容的清水河人朝夕奋斗的成就。相信在这样的努力下，清水河县的下一个十年，底色会更亮，颜值会更高，气质会更好，人民的幸福感会更强。让闻者向往、来者依恋、居者自豪。

郝世裕，内蒙古清水河县人，退役军人。清水河县作家协会会员，热爱诗歌和散文创作。

回忆六姥爷

六姥爷是姥爷的胞弟，母亲的叔叔，在兄弟中排行老六。

很早以前，姥爷的大家族一直在清水河县老牛湾镇黄河岸边上一个叫作扑油塔的村庄居住，整个村庄有四五十户人家，这在当时已经算得上是大村庄了。这个村庄人口众多，耕地却比较少，每户人家基本上也就有十来八亩地，如果遇上干旱年，粮食减产，再加上当时每个家庭的子女都比较多，那么大部分家庭的粮食总是不够吃。

1940年，是一段痛苦的记忆。清水河县遭遇了旱灾年，扑油塔村庄稼的收成很低。面对严重的饥饿，作为家里老大的姥爷召集兄弟和子女们召开了一个重要的家庭会议，决定带领一大家人到现在的乌兰察布市察右中旗一带去谋生（当时人们习惯称之为"上后山"），只留六姥爷一家在原籍。当时我的母亲刚刚成家，婆家黄树贝村到娘家扑油塔村有四十华里的距离。当姥爷率领一大家人去了察右中旗后，母亲在原籍的娘家亲人也就只有六姥爷这一家人了。

我现在依然十分清晰地记着六姥爷，他一米八的个子，总是留着一撮山羊胡子，慈眉善目，说话有条有理，很少高声言语。自从姥爷一家搬到后山以后，六姥爷每年都会来黄树贝村看望母亲，因为母亲是留在故土唯一的侄女，所以他特别牵挂。在我的记忆中，每年秋天，六姥爷都会赶着一头毛驴，驮着两大袋苹果，到我们村换一些豌豆、黑豆之类的粮食。四十里的路程，他每次得走四个多小时。因为在我们的村里没有几棵苹果树，而且在苹果很青涩的时候就被村里的小孩摘完了，我们基本吃不到自产的苹果。六姥爷带来的苹果都是经过精挑细选的，个大饱满无虫害，色泽好，吃起来香甜可口，所以特别受村民的欢迎，每次用不了半天的时间，苹果换豌豆的交易就基本结束了。六姥爷每年来的时候，都会给我家留个二三十斤苹果。这些苹果就变成了父母亲出地干活儿和我们上学路上的干粮。

我十五岁那年的秋天，六姥爷照旧给我们送来了苹果，在他要返回的时候，他跟我的母亲商量，执意要带我一同回去。六姥爷说："走吧，十四五岁了，还没去过姥姥家，去我们那里看看吧！"正好那段时间放暑假，母亲也就同意了。在去六姥爷家的路上，他给我讲《三国演义》和《水浒传》里的故事。我知道六姥爷也是识字的人，曾念过三个冬天的书，但是我不知道六姥爷竟然对中国古典名著这么熟悉。那个时候我已经读过这两套书，而且也读过了《西游记》《隋唐演义》《说岳全传》《杨家将》《封神演义》等文学作品，所以我们很快就找到了共同话题。一路上我们边走边聊，感觉没有年龄的代沟。走得累了，我们就吃点儿苹果，不知不觉就走完了这四十里路，到了六姥爷家。进屋后，六姥爷跟六姥娘说："今天可领回一个稀罕人，这是三女的四儿子，第一次来姥姥家。"六姥娘也是一副和蔼可亲的样子，热情地跟我打招呼，给我们做饭吃。

第二天早上，我跟着六姥爷到村里转了一圈。这里每家每户都有小果园，红彤彤的苹果密密匝匝地挂在树上，好一幅乡村秋景图！当走到两间无人居住的旧窑洞时，六姥爷跟我说："这就是你姥爷以前住过的家。"

又是一天，天气晴好，六姥爷跟我说："你还没见过黄河吧，今天咱们去看黄河。我们沿着蜿蜒曲折的山路，不紧不慢地走了二十多分钟，便到了黄河岸边。我在课本里学过，知道黄河是中华民族的母亲河，可我这是第一次真正见到黄河。站在波涛汹涌的黄河岸边，听着黄河巨大的咆哮声，看到成群的燕子和各种水鸟在水面上空盘旋，一会儿又俯冲下来。这些大自然的精灵，在空中跳着自由自在、无拘无束的舞蹈，让黄河的涛声给它们做背景音乐，我瞬间被震撼到了！这情景让我想到了在语文课本里学过的高尔基的《海燕》，感觉自己的心胸一下子宽阔了起来！

现在我也经常到黄河边上去，而截流后的这一段黄河，早已没有了那时候的气势，好像当年的一位气吞万里如虎的武将变成了一位温文尔雅、心气平和的书生了。

我在六姥爷家没住几天就要回去了。六姥娘从一堆柴火中抽出一根木棍让我带上，说打野狗。六姥爷说："好汉都是问酒问肉，从不问狗问路，怕什么呢？"

第二年秋天，六姥爷照样赶着毛驴给我家送来了苹果。不过在即将告别的时候，六姥爷对母亲说："六爹老了，走不动路了，这可能是六爹最后一次给你送果子了！"这句话一说，两位老人都红了眼圈。那一年，六姥爷七十岁，我的母亲也已经是快六十岁的人了。

1987年的春天，六姥爷咳嗽得厉害，最后开始吐血。因为当时的医疗条件差，交通也不方便，没有及时治疗。病倒后时间不长，六姥爷就去世了，终年七十三岁。那时候远在后山的姥爷、姥姥以及姥爷的其他几个弟弟都已经离世。母亲在参加完六姥爷的葬礼回来后，经常落泪，嘴里念叨着："我的六爹也殁了，再没人给咱送果子了，身边唯一一个爹也殁了！"我能感受得到母亲内心里深切的悲痛。

时光飞逝，一晃六姥爷已离开我们三十多个年头，再次想起那段温暖的印记，不觉间，泪水又湿了我的眼眶……

微信扫码
☑走进作者 ☑有声阅读
☑诗歌朗诵 ☑文化活动

刘赞功，中国共产党党员。清水河县作家协会会员，爱好文学，作品荣获第六届、第七届清水河县文化艺术成果长城奖。3年多来，发表各类文学作品近500篇，40余万字。

清水河博物馆掠影

从无到有，记载和展示清水河风土人情、地质地理、历史、文化等方面变迁的博物馆——清水河博物馆落成开馆。

我曾独自采风上山，来到当时仍在建设之中的清水河博物馆。当时，博物馆山顶工程还未竣工，不仅游兴未尽，而且感觉采风任务并没有完成。

如今，我乘着开馆剪彩（2023年），再一次拾级而上，二次采风意义迥然不同。清水河博物馆给人的感觉威风凛凛，十分气派、壮观。我默默数着台阶数，四百九十级台阶倏忽而至，转身鸟瞰县城时却突然心生一个念头，这四百九十级台阶多像是清水河县一步一步走过的艰难历程。四百九十年前是明世宗嘉靖十二年。在这四百多年的历史里，我们的先人究竟在这里留下过什么？留下了多少让人们值得记忆的东西？这里曾经发生过一些什么重大的历史事件？我们对此知道多少？

突然，我被身边一阵欢快的吵闹声惊醒，急忙回过神来。此时，北山山顶已是人头攒动，彩旗随风招展，还有空中荡漾着的歌声，好不热闹！随着阵阵鞭炮齐鸣，清水河博物馆宣告正式开馆。人们兴致勃勃地随着导游去各处参观。

清水河博物馆分设地质史展厅、历史展厅、民俗展厅、奋进新时代展厅和3D影视科普展示厅等展厅。进入展厅，涉及清水河县各个时期历史、地理、文化等方面的一千二百余件展品呈现人们眼前，琳琅满目。跟着导游一路走，听着导游介绍清水河县的历史、民俗、发展以及地质遗迹，让人心潮澎湃。

这座博物馆承载着清水河的记忆，是了解清水河的窗口。在这里，我们会感受到清水河时代的变迁。

徐婧，内蒙古呼和浩特市清水河县人，清水河县作家协会会员。作品发表于网络平台，多次获清水河县文化艺术成果长城奖。

那泉，那乡，那情

人与泉

那临街的"清郡第一泉"，如同镶嵌在永安长街上的一颗不落明珠。自乾隆年间起，长源未断，夏不炎热，冬不结冰，近百年来以福水润泽田陌，哺育着这方热土上的子孙们，无私奉献，从未停歇，故而得名——圣泉。儿时的记忆中，姥姥家就住在这圣泉的附近，我从小就耳闻母亲幼时在这里生活时的岁月过往。当时并没有自来水，小庙村的村民们一年四季都来此处取水，浣洗、食用、浇灌、饮畜，家家皆靠泉水维持用度。如火的夏季，泉旁是孩子们最欢腾的地方。清凉的泉水伴

217

着童稚的欢笑肆意溅出银花。他们平伸双臂，沿着泉边滑溜溜的石头一圈圈地走，清脆的童谣声伴着落日下金色的余晖，融化在浅浅的泉底。妇人们也喜欢三两结伴，端着盆蹲在泉边洗洗涮涮，勤劳的双手在清冽的泉底浣净污浊，一颦一笑间倾诉着家长里短和各自酸甜苦辣的人生。不知不觉中寒冬悄然而至，比起夏季的戏水之乐，此时的凛冽刺骨更显得难以忍受。我偶尔路过，瞥见两手通红的孩子在帮大人取水，心中总会燃起一阵暖意和感动。人与人之间的情，总会在这弯汩汩的泉旁汇聚升腾。那时的人呐，对这圣泉，怀着感恩，怀着敬畏，也怀着对美好生活的憧憬。

泉与酒

酒香不怕巷子深，这源于酒料及水的优质，再加上匠人上好的工艺火候，方能酿出纯烈的美酒。而水，正是酒的魂。据记载，圣泉水经由圣泉寺中石龙口内喷吐而出，其色清碧，其味甘冽，饮之沁人心腑。依泉而建的酒厂以圣泉之名为品牌口号，取圣泉之水为佳酿淀积，以传统工艺精心酿造，产出一批批纯粮好酒，畅销外地。最著名的灵虎、老牛湾牌经典系列白酒，更成为人们喜爱的馈赠佳品。步入酒厂参观，只觉浓香四溢扑鼻，颇有醉人之势。我惊叹于曾高举火把的高粱，在匠人手中，竟能化成如此甘醇柔和的晶莹液体。这赞不绝口的背后，是数道烦琐的工序。在一望无际的高粱地间，挑选出穗头饱满的上等高粱，将其粉碎润糁，加浆后发酵，出缸后拌以辅料，入缸蒸馏。为保证酒的口感，以上过程需再次进行。捻一盅甘酿纯柔味香，细咂入喉，令人陶醉。

高锦，男，汉族，1959年生，内蒙古呼和浩特市清水河县人。1985年参加工作，退休干部。主要作品有散文、纪实文学、曲艺剧本。

母亲的纸精缸

在我的记忆中，母亲聪明能干，心灵手巧，是用双手创造生活，也是创造艺术的人。无论是看到的东西，还是见到的动物，母亲都能用她的一双巧手，经过画、缝、剪、捏，创作出一幅幅惟妙惟肖、活灵活现的作品。母亲就是用这双巧手，为全家人的衣食住行付出艰辛，为儿女们的成长默默地奉献，为家庭琐事忙碌了整个人生。细细想来，母亲的双手饱含了无尽的辛酸、无尽的大爱，母亲用无私的奉献，为我们这一大家人撑起了一片天。

每当回到老屋，看到母亲亲手制作的那件纸精缸，我总会思绪万千，想起母亲，想起母亲灵巧的双手。记忆中，母亲的双手，除了晚上睡觉才能休息下来，就没见闲过。母亲总是为全家人的生活不停地刨闹，做鞋缝衣，做饭推磨，养鸡喂狗，锄搂割地。为生活努力打拼，默默付出，历尽艰辛。

母亲的一生，做得最多的，就是纸精缸。在那些艰苦的岁月里，村里人过着十分寒酸的生活。人们盛放米面的家具十分紧缺，根本买不起瓷缸和瓷盆。人们便发明了纸精缸和纸精盆，用来盛放米面。

在炎热的夏天，母亲把废纸浸泡在瓷缸里，有空就用木杵捣几下。二十多天过去，废纸就变成纸糊状。这个过程，村里人称作捣纸精。有了纸精，就可以根据需要，选择模具。做纸缸，就要选择瓷缸做模具；做纸盆，就要用瓷盆做模具；同样，做纸罐，就要用瓷罐做模具。母亲每次选好模具，就用拼凑起来的破布将模具包起来，以防纸精变干以后附着在模具上取不下来。将包好的模具倒扣在地上后，母亲就抓起糊状纸精，小心翼翼地将纸精均匀地拍捏在模具外面。数日后，纸精完全干透，就可以将成型的纸精壳从模具上取下。有了纸精壳，撕去破布，就可以进行修理和整沿，让纸壳变得更加光滑和漂亮。纸精缸和纸精盆的整沿相对容易一些，将沿整理整齐就行。最难的是纸精罐，需要捏上一圈沿，等到干透，再捏一圈沿，进至收成罐状的小口。纸精坯完成后，最后一道工序就是上色。上色的原料有荞面、红土、黑烟煤等，将其中一种原料用水制成浆液，需要什么颜色，就用什么颜色的原料涂抹纸精坯。上了色的纸精坯干透后，美观大方，就可以使用了。有的人为了纸精器皿美观，还用积攒起来的烟盒将纸精器皿装裱出来，既增添了纸精器皿的色彩，花红柳绿，鲜艳夺目，又可以使纸精器皿更加经久耐用。

纸精缸一般用于盛放白面、小米、豆面、荞面、粉面等，纸精盆可以放鸡蛋、大豆、扁豆等。使用纸精器皿，需要轻拿轻放，小心碰撞，这样能延长其使用寿命。

十年前，九十岁的母亲永远离开了我们。每当回到村里的旧居，看到母亲亲手制作的纸精缸，就不由得想起母亲，想起和母亲一起制作纸精缸的那些美好日子。

高仝才，内蒙古呼和浩特市清水河县人。爱好文学，致力于创作清水河县乡土散文。作品主要在网络平台发表，多次获得清水河县文化艺术成果长城奖。

扚龙须

龙须草是一种野生植物，生长在大山深处。夏天进入伏天雨水充足的时候，这种草就会疯长，穿薹拔节，长出一至二尺稀疏草穗子的草茎。因这种草茎细细的、长长的，看上去如同龙的须，故名龙须草。当地人把龙须草的草茎简称为龙须。龙须是农村扎扫帚的上等原料；扎成的龙须扫帚，是村里人专门用来打扫室内地面的工具。

扚龙须就是抓住龙须，将龙须从草上轻轻拔出来，又不能带起草苗子。在很早以前，扚下的龙须晒干后，县土产公司和乡镇供销社都会大量收购。

记得那年数伏天，村里正好轮到我放牛，饮过水的牛也不乱跑，在阴坡上低头吃草。俗语说，下雨天打孩子，闲着也是闲着。此时，倒不如找个羊群去不了的地方扚一捆龙须，自家扎扫帚用。我从沟坡上到梁上，沿着沟沿走，发现沟边有一个水涮圪钵里长满了茂盛的青草和龙须草。我小心翼翼地爬到那个水涮圪钵，尽情地扚起了龙须。由于龙须长在茂盛的青草林中，我心里不由得害怕，心想万一踩着了毒蛇怎么办？俗话说，打草惊蛇。我在青草林里扬了几把沙土，想迅速驱赶毒蛇。转念又想，青草林里怎么会有毒蛇呢？于是，我专心致志地扚开龙须。由于用力过猛，有时将龙须根部的毛胡子也拔了起来。半个多小时，青草林中的龙须草就被我扚完了。我拔了几棵青草做鞠子，捆住龙须。现龙须捆子沉甸甸的，估计拣干净晾干也有六七斤。我脱下鞋倒掉鞋里的土，拍打去身上的尘土，顾不得额头上的汗滴，夹着龙须捆离开水涮圪钵。回到牛群边上，牛群还在阴坡上稳稳地吃着草。

1990年身残后，我再也没有机会，也没有能力去到野外扚龙须了。听一些扚龙须的人讲，退耕还林还草以后，退耕地里的龙须长得又稠又高，农人再也不需要跳到水涮圪钵里去扚龙须了。

人就是这样，失去了才懂得珍惜。现在行走不便的我，真想再去扚一次龙须。

高晓梅，内蒙古文物学会特聘专家，呼和浩特市文旅广电局智库专家、副研究员。曾任中国万里长城杂志社社长，著作有《情系长城》《情系广播》《情系戏剧》《长城华章》（第一、二、三辑）、《话说长城：内蒙古篇》《故塞长风——内蒙古明长城科普摄影集》《美丽乡村筑梦者》等，发表论文20多篇，作品多次获奖。

海红花开想父亲

今春，我家院子里的海红果树又如期开了。那簇簇馥郁芳香的海红果花，再次将我的思绪牵到久远的过去，让我想起了父亲笑眯眯的眼神，想起当年父亲和我们共同度过的美好日子。

我的父亲叫高旺，呼和浩特市清水河县人。父亲六十四岁离开了我们，这是我从不敢轻易提起的话题。人们常说，孩子眼里的父亲是伟大的，也是帅气的。我的父亲也是如此。父亲很帅，是真正的美男子。父亲身材高大，皮肤白皙，大大的眼睛，浓密的头发，嘴角总是挂着微笑。父亲养育了我们四个儿女，吃了许多苦，受了好多罪，可容颜依旧，乐观的他从来不会被困难打倒。父亲生前是一位新闻记者，每每看到他写的那一篇篇鲜活的报道，我们总会为有这样一位才华横溢的父亲感到骄傲和自豪。

父亲只有中专文化，但他凭借自己顽强的毅力，先后参加了山西函授大学的学习，各种新闻、戏剧班的培训，同时还自学了英语。最终，父亲被破格晋升为全区新闻职称主任记者。在当时全区十二个盟市七十六个旗县，父亲是唯一获此殊荣的记者。

如同这个春天一样，那也是一个美好的春天。哥哥的同学送给我们家一株海红果树苗。父亲领着我们几个孩子在窑洞前挥锹栽种、浇水。很快，海红果树发芽开花，缤纷烂漫起来了。父亲笑眯眯地说："咱家种树开花好兆头，我和你妈盼着你们几个孩子如花似树、前程似锦啊！"

确实如此。父亲送给我们吉祥的祝福，不仅点亮了我们的生命，也给我们的生活增添了童话般的色彩。父亲的爱让我们对海红果有一种无法拒绝的亲近感，也注定了我们与海红果有着挥之不去的情结。多年以后，一些作家写回忆父亲的文章时，还称他是"操着海红果乡音的记者"。

父亲是精神的富有者。父亲一生都很穷，穷得甚至连一件值钱的物品也没有。父亲唯一的宝贝就是一个大大的手提包，里面放着笔记本、稿件、资料和小收音机。父亲将这些物件带在身边，随时随地开展工作。记得父亲住院期间，还经常翻阅资料，记录感受，收听国内外新闻。写作，是父亲一生的追求。小时候，每当听到父亲写的稿子通过电波传来，我就觉得父亲很伟大，很了不起，以至于父亲写的新闻稿《小煤矿作出新贡献》《箭牌楼下探山月》以及二人台小戏《贺喜》等作品，至今还让我记忆犹新。那时，跟着父亲走在永安街上，看着行人主动与他打招呼，尊敬地称呼他高记者，一种自豪感会油然而生。就是再穷，父亲也不会亏待他的事业。父亲举债一口气就出版了三部长城专著，这是他长期呕心沥血研究的成果。记得父亲病危的时候，还宽慰流泪的母亲和来看望他的亲戚说："即使我不在了，我出版的那些书会永世留存。"父亲对于深爱着的事业，从来都是目光远大，乐观向上。

在生活中，父亲是一个非常简单的人。在受癌症困扰无钱看病的时候，因无力解决医药费，父亲坐在医院门口的台阶上等着哥哥回单位借钱住院，还想着单位里的工作。卧床之际，他还在惦记着孙子巍儿上不起幼儿园的事。父亲一生从没有穿过一件像样的衣服，在我的记忆中，父亲常常穿着一件半袖白衬衣。姐姐精心保存了一块呢子布料，本来准备过春节时给父亲做一件外套，还没有来得及做，父亲就永远离开了我们。

癌症折磨得父亲疼痛难忍，可他依旧每天早早起来等着我，听我说说单位的事情，说说事业上的成果，说说医生治疗的新方案。父亲最留恋的，就是他未竟的事业。在父亲的长远规划中，本来想走完十万里长城，出版关于十万里长城的书，可是父亲匆匆离开了我们，离开了他所钟爱的事业、钟爱的长城。那天，我出差回来，还未等父亲安排什么，只见父亲睁大眼睛，留恋地看了我一眼，轻轻地叫了我一声，就永远闭上了眼睛。父亲就这样静静地走了，留给我们的是无尽的遗憾和永远的思念。

如果说人生最大的痛苦莫过于生离死别，那么遗憾就是心中的痛，无言的苦。多少个日日夜夜，我盼望父亲蓦然笑嘻嘻地归来，坐在我们中间，围着火炉，尝着海红果的酸甜，叫着我们久违的乳名，尽享天伦之乐。我要告诉父亲，院中海红果树长得很高很大了，结出的果实又红又甜。可是，这样的梦永远不可能出现在现实中。

生活中正因为有了您，我们的生命才有意义。又是海红花开，开得姹紫嫣红，开得娇艳欲滴，我不由得想起父亲，想起父亲和我们一起种海红果树的场景……

遇见

高尚儒，内蒙古呼和浩特市清水河县退休教师，清水河县作家协会会员，清水河县摄影家协会会员。作品发表于网络平台，有获奖史，亦有作品结集入书出版发行。

向光而行

秋深处，我遇见了最美的风景。

大地新雨后，天气晚来秋。恰逢节假日，我驾驶电动轮椅，由妻子和小孙孙护行，绕道银滚山长城公园北岭，沿着深秋车轮滚过的辙印，缓缓行进在金盖山的小径上。一路格桑花迎风绽放，那么热烈，那么奔放，充满着活力，洋溢着自尊，微风一起，绚烂了天地。看着眼前的格桑花，我的心瞬间被点燃。

阳光从不太密的叶片缝隙间释放出柔情，飘逸洒脱。此时此刻，怎能按捺住我赴一场博物馆之约的激情。我边走边想，不知不觉走到了博物馆门口。一排石阶拦住去路，让坐轮椅的我目瞪口呆。此时，只见两位

226

来此参观的年轻人，二话不说把我抬到了台阶上。我十分感慨，还是好人多啊！

走进博物馆，面对一个个展厅，听着导游娓娓道来，那是又一次认识自然轮回，认真领略岁月。

走进博物馆，当年鏖战急，大刀、长矛、地雷，刀光剑影，打退侵略军，给人们留下太平的世界。

走进博物馆，宝藏奇石，古钱币种；先民用品，刀耕火种；民俗物件，居住饮食；风土人情，应有尽有。

走进博物馆，古今融贯，历史写真，地理人文；老牛坡红色文化传承，演绎出抗战风云；老牛湾鬼斧神工，黄河传说话古今。

驻足博物馆前，凝望远方，对面山头墨绿，与建筑群融为一体，片片秋叶落红无数，格桑花戏逗着秋天的蜂蝶。

秋风掠过我的周身，轮椅碾过岁月的伤痕。感叹愈到深秋，愈是艳红。带着心中的不平静，感受着秋色的迷人，禁不住回头，又一次发现，格桑花正努力地挺直腰身，追逐阳光。看着格桑花前翻飞的蜂蝶，我顿悟：人生只要向美而生，向光而行，自己也会成为一道惹人注目的风景。

常美兰，喜欢文学，爱好朗读、摄影，清水河县作家协会会员，作品多发表于"清河创客"微信公众号。

捞河柴

我的家乡有条河，由东向西从村中流过。河水清澈见底，因此得名清水河。我从小生长在清水河边一个名叫缸房沟的村子里。父母是地地道道的农民，他们用勤劳的双手在这片土地上耕耘。我们祖祖辈辈就是靠饮这条河的水而繁衍生息。随着时代变迁，直到十多年前，村子里吃上自来水，才结束了到河边担水吃的历史。

这条河，有着悠久的历史，也蕴藏着许许多多难以忘怀的故事。记得每到夏季，天降大雨，就会山洪暴发，河水猛涨，人们俗称"发山水"。我们村的上游，沟壑纵横，山坡上很少能看到树木，等到下雨发大水时，山上散落的羊粪蛋、干草柴火都会被冲到河道里，就形成了我们所捞的"河柴"。那时候，人们生活困难，因此一到发山水，全村男女老少争先恐后地跑到河边捞河柴。

有一次发大山水，天还在下着大雨，"哗哗"的山水声响彻整个村子。母亲顶着狂风暴雨，拿着一根绑着杈子的长杆，急匆匆地跑到山水河边，沿着河畔寻找回水湾——因为只有回水湾才能旋住河柴。母亲一边捞一边往岸上搂，一会儿就搂了一大堆河柴。母亲用红条子编好的大篓子，一篓一篓往家背。湿河柴特别重，母亲硬是一步一步地挪着往回背。院子里、圪塄上晾的全是河柴。在那个年代，人们几乎全是用河柴做饭烧炕的。

其实，贫穷的人们，更多的想法是想在大雨过后捞到比河柴更值钱的宝贝。因此，每当山洪来临，河两岸的人们总会走出家门，跑到河边，看看河水里有没有漂来值钱的东西，哪怕是捞到山药蛋、葫芦、萝卜、小鱼儿，也会高兴得合不拢嘴。人们每当从山水中捞到这些能吃的东西，感觉就像发了一笔小财。一家人就围坐在炕上的小桌旁，美美地吃上一顿，别提那个高兴劲儿了。倘若发现河中央有大物件漂下，有点儿水性的男人们顾不得脱下衣服，就立即跳入河中，将漂来的物件拦下。每当这时，站在河边的其他人就会配合河里的人用长木棍或者抛出绳子，把所捞之物慢慢地往河边钩拽。所捞之物上岸，谁发现就是谁的。

七岁那年，一场雷雨过后，我随父亲到河边捞河柴。父亲在后面扫，我在前面瞧，突然看到一个铁东西，就把它捡起来，高兴地跑到父亲面前说："大，你看这是甚了？"父亲也高兴地说："这可是个有用的刮耙，种地用它搂畦子。"我好高兴，心想总算捡到一个有用的东西了。

社会不断发展，人们的生活水平逐步提高，那些沟沟凹凹、荒坡梁峁全部绿化成林，那些羊肠小道和土路也全部硬化成了水泥路。再大的山洪也不会有河柴出现，人们再也不用去捞河柴了。

对于现在的年轻人来说，很少有人知道捞河柴的说法。捞河柴成了历史，成为我们那代人的记忆，成为一个古老而有趣的故事。

遇见

张生华，内蒙古呼和浩特市人，有100多首诗歌发表于各文学社平台。获第四届清水河县文化艺术成果长城奖。

在希望的田野上

我的家乡是一座美丽的小山城，这里多山多水，风景优美。这里的人们衣食无忧，日子过得安稳踏实。这里的人们有梦想、有希望，因为有了梦想和希望，所以人们生活才会变得更加幸福美好。这里，人们皱纹里流淌着快乐；这里，人们眉梢上挑着喜悦。考上大学的人一天比一天多了，这里变成了走出去的孩子们童年时光最美好的回忆。

然而昔日，这里人们的生活贫穷落后，这里只有食不果腹的饥饿，这里滋生着苦难和不幸。那时，家乡的人们在贫困中喘息着、挣扎着、努力着。春雷一声震天响，改革开放的春风吹到了这片土地上，家乡焕然一新，生机勃勃。曾几何时，家乡的人们从温饱不足步入富足有余的小康生活。

我的家乡清水河，因河得名。清清的河水从城区穿过，多少年来孕育着两岸的人们。小河经过精心的维护和治理，换了新面貌，露出了甜美的笑容。蓝天白云，鲜花绿树倒映水中，微风轻轻一吹，河面泛起圈圈波纹，像一幅会动的水墨画，那是大自然的美呀！

清晨，漫步在清水河河畔，陶醉在潺潺流水与晨风共舞中，空气清新，绿草如茵。翠绿的树叶，火红的花朵，飘来阵阵清香，让人顿时心情舒畅。风里飘着树叶的清香，飘着花絮儿的芬芳，飘过人们的心间，飘过大路，飘向小城，飘向田野，飘向希望。

随着时代的变迁，山城跟大城市一样繁华热闹。大城市能享受到的，山城也同样拥有。放眼望去，一栋栋崭新的高楼，拔地而起，鳞次栉比；一座座跨河大桥，连接两岸，给山城增加了一道亮丽的风景线；一条条平坦又宽阔的环城柏油大道，伸向村里，伸向富裕，伸向未来。

街道干净整洁，令人心情舒畅。街心公园和小广场上，做操的、跳舞的、下棋的，还有在景观树下乘凉的，一张张笑脸洋溢着欢乐与惬意。

遥望清水河的山，山青了；俯瞰清水河的水，水绿了。孩子们和大人们幸福快乐的嬉笑声，像一串串甜美的音符，飞过山林，穿过河流，缭绕在家乡的角角落落。

美丽的清水河，我们走在希望的田野上。

遇见

李穆奇，清水河县第二中学在读学生，擅长发现生活中的美，用细腻的文笔表达出来，作品多次在"清河创客"微信公众号上展示。

珍藏的记忆

儿时的记忆是无边无际的小草，割不完、烧不尽，风一吹，小草便又连了天。无论光阴如何流逝、岁月怎样变迁，也都无法夺去我们回首往事的权利。岁月的痕迹被我们永远藏于心底，像童年时妈妈哼唱的儿歌，在星汉灿烂的夜晚悠悠响起，萦绕心头，打开我们记忆的闸门……

碧蓝的天空上飘着几朵慵懒的白云，金色的阳光从苍穹中洒下，洒在一处安静的院落，洒在宫殿般美丽的旧宅上，洒在我和四五个同龄孩子的身上。这就是我从前的家以及和我从小长大的朋友们。

春天到了，第一缕轻盈的春风拂过脸庞，叫醒了我们。大伙不约而同地走出大门，几只晨起的鸟儿也唱着欢快的歌自天空划过。每到这个时候，我们哥儿几个就拿上小铲子，来到一个经常有人走的土路上，悄悄挖个足有半条腿高的坑，往里面放些垃圾、石子、泥土。然后，把树枝架在上头，铺些包装箱上的硬纸片，上面用还未化的雪盖着，再推搡着来到墙角，想看看有哪个倒霉蛋踩上去。可等啊等，直到我们都回了家也没见有人踩到。只好第二天接着等，又等啊等，直到我们也忘记了大坑的存在。等长大了，我们才知道是那个"陷阱"太明显了，只有我们才会掉进去，现在每每忆及此事，都会觉得有趣。

春风继续吹，就到了夏天。夏天最常见的莫过于大雨倾盆，可我们偏偏又喜欢在雨天玩耍，哪怕已经淋湿，也不愿回家，几个人猫着腰爬进废弃猪圈里避雨。看大人们打着伞找我们的样子，捂着嘴笑出了声。

大人们干着急，我们却遵守原则决不出去，他们找他们的，我们聊我们的。

"你们长大想干吗？"

"宇航员。"

"特种兵。"

"侦探。"

"歌手。"

"就你还想当歌手？你给我们唱一个听听。"

"啊——我和我的祖国，一刻也不能分割……"

"哈哈哈哈……"

说啊说，笑啊笑，直到风雨声盖不住我们的说笑声。大人们找到了我们，我们才被迫回了家。但直到走的时候，大家仍在讥讽那名要当歌手的小胖子和他五音不全的歌声。

夏雨落幕，把我们带到了秋季，我们迎来了更喜欢的蚂蚱。山上一片金色中，一群孩子低下头不说话，沿路缓缓向前。"来这儿，来这儿！"不知谁吆喝了一声。这些孩童集中起来，盯着草地上一只又大又肥的蚂蚱，慢慢伸出手，眼晴负责看准时机，以迅雷不及掩耳之势"嗖"的一下，把蚂蚱扣在手心，再小心翼翼地把它装在瓶子里，仿佛抓住了整个秋天。

"走，再抓几只！"之后，大家又分散开来，继续"侦查"。不用问，这群孩子就是我们。虽然每次回家都会沾上满身泥土，被父母责备，但我们仍乐此不疲，依旧我行我素。每次我们都收获满满，玩着手中这些小虫儿，心中自豪感油然而生。

告别了我们的蚂蚱把我们推到了冬日。到了冬天，一年又要过去了。在我看来，这是最没意思的季节，雪花纷飞，冰天雪地，没什么好玩的。大家出来也只能爬上房顶去掰几个冰锥，然后比一比，看看谁的大、谁的长。比完之后傻傻地分成几块装在兜子里，一次吃一块，冻得舌头都在发抖，照样张着嘴哈哈大笑。

记得有一次，我抢到了一个最好的冰锥，足比他们的长了两倍。可就在我要炫耀之时，冰锥突然从我手中滑了下去，沾上了土，也摔成了碎末。

我正伤心着，却听到了同伴们的声音："没事，我给你吃我的。"

"还是吃我的吧。"

"你们俩别争了，要吃就吃我的。"

我愣了愣，说："别争了，我都要吃！"

也正是他们这几句话，温暖了我一整个冬天，让我在这风雪之际吃到了有甜味儿的冰。

碧蓝的天空上飘着几朵懒惰的白云，金色的阳光从苍穹中洒下，洒在一处安静的院落，洒在从前我生活过的旧宅上，洒在几个已经长大了的孩子的身上。我一直生活的地方被卖给了别人，已变得和从前不同——漂亮，崭新，但这些我并不在意。我在意的只有那个我生活了几年的小院，我在意的只有成长路上最亲近的那几个朋友。虽然房子还在，但已经不是以前的房子了；虽然朋友还在，但我们都已经长大。

笔墨不懂相思意，字句哪知我情深。这三言两语的几个字，怎能道出我整个童年！它装不下我这十几年轻盈快活但又沉甸甸的故事，装不下我情同手足的朋友，更装不下我春天的泥坑、夏天的猪圈、秋天的蚂蚱和冬天的冰锥。或许，只有我自己才明白它们的意义，它们和他们……

当我把春风、夏雨、秋霜、冬雪中的美好与浪漫打包珍藏在记忆中，就知道永远也回不去了。时间不会等人，但时间中夹杂着别致的风味，待我细细品味、慢慢咀嚼。

微信扫码

☑走进作者 ☑有声阅读
☑诗歌朗诵 ☑文化活动

王东麟，2003年4月生，呼和浩特市作家协会会员，呼和浩特市长城科普学会会员，自幼热爱读书，从小学一年级开始发表作文和摄影作品，先后被《北方新报》《小学生作文报》《快乐阅读与作文》《语文报》《作文周刊》等报刊选用100多篇，并多次获奖。出版个人作品集《我与笔墨话成长》。

长城脚下农家院

金秋十月，国庆佳节，位于长城脚下的内蒙古清水河县韭菜庄乡珠窝沟村的一个农家院，处处洋溢着欢乐祥和的节日气氛。我们一行驱车来到这里，感受着节日的气氛，呼吸着山里的新鲜空气，享受着大山深处的美景，体验着农民伯伯的农家生活，内心感到无比的快乐和幸福。我们不禁由衷地感叹，这是一个休闲的好去处！

内蒙古清水河县韭菜庄乡珠窝沟村，风景秀丽，山上的果树硕果满枝，山下的松柏郁郁葱葱，是一个山清水秀的美丽小山村。农家院就坐落在这样一个美丽的地方，是十多年前打造的集聚餐饮、住宿、休闲、娱乐、采摘、垂钓于一体的休闲之地，也是清水河县发展全域旅游，推进乡村振兴战略的示范点。

走进农家院，房屋干净整洁；果树、杏树、李子树、海红果树等各种花果树郁郁葱葱；蔬菜大棚整齐划一，棚内蔬菜铆足了劲生长，生机盎然；牛、羊、鸡、鸭、鹅等养殖的畜禽，活泼可爱。站在农家院前，阡陌交通，鸡犬相闻，一派生机勃勃的田园风光。空闲时光，邀亲聚友来到这里，酌酒品菜，尽享田园牧歌式的生活，不失为休闲放松、亲子研学和团建拓展的优选之地。

住在农家院里，除了可以体验农家生活，还可以畅游周边的名胜古迹。连绵的群山沟壑纵横，蜿蜒起伏的长城墩台相连，古朴的窑洞民居依坡散落；明洪武年间建造的箭牌楼、徐氏楼，古朴庄严；井儿沟党支部旧址向人们讲述着那段可歌可泣的历史。这里，独特的地缘优势、人文优势和名人效应不可复制，无法比拟。

对我而言，乡村远离都市喧嚣，生活悠闲简朴，在这里，我可以尽情享受自然风光，放慢生活的步调。欣赏金黄麦浪、青山绿水，是我一直向往的生活。

坐在车子里，放眼望去，无边的农田郁郁葱葱。打开车窗，花儿果儿香气四溢；牛儿"哞哞"的叫声不时从牛舍传来。我好奇地下了车，山野里充满虫鸣鸟叫和青蛙"呱呱"的鸣叫，如同欢迎我们这群来自都市的人。就连地上的泥土也敞开胸怀迎接着我们。我用手轻轻地摸着地上的泥土，暖暖的，润润的，绵绵的，一切都充满新鲜感。行走在田间，徜徉在村道上，村民们有说有笑，充满了幸福和惬意。

微风轻轻拂过，淡淡的草香随风飘来，也让我感受到乡间的凉爽和舒服。随着乡村振兴战略的实施和游客消费观念的转变，乡村旅游事业得到蓬勃发展。农家院作为乡村旅游的主要组成部分，越来越受到人们的青睐，越来越多的人选择住农家屋、吃农家饭、干农家活、享农家乐的旅游形式。

乡村虽然不甚发达，但这里是我们放松的好去处。农家院的建立，刷新了这里的农村产业模式，激发了珠窝沟的经济发展活力。随着农家院名气的越来越大，必将带动这里的经济不断向前发展，这里也将成为清水河县长城脚下旅游业发展的一颗闪耀的明珠。

诗歌辑

刘海豹，内蒙古呼和浩特市清水河县人，笔名煮硕。内蒙古作家协会会员，内蒙古诗词学会会员，呼和浩特市诗词学会理事。作品散见于全国各级报刊，入选多种诗歌选本，多次获全国诗歌大赛奖项。

清水河

从一个名词里流出的水
用她清清白白的身子
换来一座城清清亮亮的名字

河上诸桥比美
每一座桥的名字都寓意深远
它们像青竹上的竹节
让一条柔软无骨的河有了挺拔的脊梁

文博桥是花篮的提手。在七月
提来一篮子荷池

遇见

荷叶田田，蜻蜓点水。如果
你在雨中听荷，会有一曲高山流水
缓缓流过

彩虹桥是翡翠的玉镯
戴在一条河的皓腕上
万家灯火时，流光溢彩，璀璨夺目

两岸青山，是用清字里的三点水
换来的绝世容颜
北山厚重，南山飘逸
把一条河紧紧抱在怀中

我随着这条河的脚步一路向西
行至八龙湾，再一次
领略到她内心的决绝

我真想喊住她的脚步，让她
回头是岸。可她义无反顾地一跳
惊心动魄的玉碎，惊呆了世俗的目光

人们都爱这悲壮凄美的景观
可有谁在乎，一条河的疼痛

此后，这条河因淬炼而升华
水随山势走得瘦骨嶙峋

一路跋山涉水修行，其心志弥坚

万里云烟，行囊只装着方言

我与草滴血认亲

现在，我多像一棵小草
静静地活着。我要亲近
旷野中所有的草，与它们滴血认亲

蒙草，藏草，滇草，秦草……
遍地草民，都是我的至亲

多么庞大的族群啊
在山之巅，在水之滨
茫茫草野与辽阔的山河，暗生情愫

我们献出肉身，救活

草原的人间烟火。摁住
奔跑的沙粒，让沙漠温驯如一只绵羊

我们站在黄土高坡的悬崖上
抱紧即将流失的泥土
让它们从事天下最大的事情

我们以草的名义，守护
绿水青山，让江河湖泊清澈如许

现在，我多么庆幸自己是草的族人
以草的身份，养着一方水土
用草字头为姓氏，书写庞大的家谱

我喜欢小草的小，就用小楷
写出一种种草的名字

遇见

李巨，内蒙古呼和浩特市清水河县人，退休教师。清水河县作家协会理事，清水河县作家协会诗歌部部长，《中国诗歌报》内蒙古工作室主编，大河诗刊社签约诗人。在报纸杂志和网络平台发表散文、诗歌多篇（首）。有获奖史。

我在碛口想你了

又是阵阵秋风吹过杨柳枝梢
缠绵的雨却成了相思的歌谣

黄河向南，涛声依旧
而五月的夜广场上
那个风摆杨柳的身姿呢
那个击碎过我的灵魂
脉脉含情的眼神呢

河面上是流光的灯影
垂钓的人惊不散游鱼和奔马

身在碛口
却不见你娇俏的模样
只剩下淋淋洒洒的秋雨
缠绵着空荡荡的广场
夹岸，忧伤的月季花
在秋雨中是怎样的失魂落魄啊

知不知道，小广场上
在那回眸的一瞬间
你流光样的眼神
在我心底种下倾慕
种下相思和缠绵
像闪电在云间种下雨
像多情的夕阳在西天
种下迷人的彩霞
像晨曦在艳丽的花瓣上
种下闪烁的露珠

如果说。从前能够重演
或许世间就没有了遗憾
如果说。沉没的故事
还会重新浮上水面
或许多情的人就不会生出幽怨

而如今呢
湿淋淋的小广场竟这般暗淡

遇见

只剩下缕缕秋雨的诉说
同行中，我仿佛
一朵孤独的月季
被夹在两河的岸上
是谁掏空了我的心
装进满满的失落

一辆飞速而过的小轿车
溅了我满身泥水
我是在梦游碛口吗
这让人断肠的梦啊

夜宿古城

鸟鸣渐稀

秋虫低吟

处处凄黄残红

翻开蝴蝶之恋

已是另一种版本

我心如枝

落叶簌簌凋零

只怨秋深

长烟落日

不闭孤城

在乱瓦上默不作声

遇见

前不见，樵夫
桃薪赶昏急匆匆
后不见
归鸦下，小桥上
鞭促瘦马老翁
暮霭掩住近情远景

勾月半空。欲落程
不上茶肆酒楼
不入歌吧舞厅
嫌它闹闹嚷嚷乱哄哄
只寻僻静处安身

农家院里灯火明
父子忙铡草
家妇笑脸迎
羊咩咩，马哞哞
厨房传出剁肉声

醉里无须看剑挑灯
只与老农促膝
话今年好赖收成

杜全生，内蒙古呼和浩特市清水河县人。诗作发表于《散文诗》《草原》《散文诗世界》等报刊以及网络平台。多次在各类诗文大赛中获奖。

时光的背面

每天沿河而行，流水并非昨日之水
岸上柳枝的嫩芽，也非去岁春季的嫩芽
恍惚中，我比前一刻老了那么一点点
也非那一刻的我了

每天只是沿河而行
在身体的内部打磨自己，否定自己
遇见的每一个人，都是此刻的陌生人
他们都是瞬间的变体，过去了就空白了

所以我眼含泪水，曾有一次

在时光的背面讨要结果
可时光也并非那时的时光了
她连自己也顾不了
早已背上了沉重的枷锁

这样的夜晚

不是每个夜晚都刻骨铭心
除非大地足够黑，天上的星星足够多
黑，可以治疗伤痛
星星，发出救世的光

这样的夜晚一生有一次就够了
在乡下，在大山里，在戈壁滩
黑存在的地方，人一定少
星星一定多

最好只有一个人
这样可以拥有全部的黑

遇见

全部的星光

我一生都在寻找这样的夜晚
一生疲惫不堪

此刻的悲喜

从未有一次，自己看到自己
所以大片的繁华叫繁华
细微的孤独也叫孤独

在没有星星的夜晚
黑暗看到黑暗
在河流的源头
水看到水

在金盖山上
石头抱着石头
一截断臂的城墙，守着

另一半的自己

当我说出隐藏多年的一个词语
空山寂静
但仍有几波回声
让我悲喜，此刻的滚滚红尘

秦勇，"70后"，清水河县作家协会
会员，诗文散见于各类报刊。有获奖史。

初 夏

这些低处的荒草
落满了灰尘的荒草
——身体向上，仍能开出红花粉花

光是场景
阴冷亦是
——它们改变不了，生命的期限
但是它们命中相连

远处，我听见正路落日的晚祷碾过废墟
而石缝里的草芽是神赐予的日子

遇见

——喂养干渴的泥土

行在其间

是一个深邃的词

给某某的诗

山还是那座山
一草一木都是诗，不远，不近
因而我时常揣想永恒
揣想，由此纪念的吻

写一封信，心埋苦荷
花瓣散发酒气，尽情地哭
通过诗歌寄给你
再次将夏天固定于夏天

包括云上的梦变重时
即将落下的雨，妄图把旧事都冲走

遇见

你最美丽的照耀

某天，一定回返过来

然后在这条河里艰难地泅渡

多年以后

当我们谈论起生死
谈论起迎送每个清晨和黄昏
一生的角色，圆满或残缺
在风景中过片

当我们再被一些人事吸引的时候
过去与未来就隔着一条门槛
我依然渴望回忆——

也曾做梦，在天上飞翔
做父亲，匍匐与扬鞭无须负担更深的罪责
从未占有过不属于自己的东西

赵喜报，内蒙古呼和浩特市清
水河县狮子塔村人，爱好文学，偶获
小奖。作品散见于纸刊及网络平台。

家乡笑了

惠民的春雨，一场又一场
滋润了我久旱的村庄
一条条硬化了的水泥路
领着走遍大街小巷
叫你仔细辨认，它们穿上的新衣裳

残垣断壁，蓬头垢面的危房，都搁浅在记忆深藏
宽阔的街道，整洁的房舍
错落有致，婉约出平仄诗韵
让我的村庄开满了笑意

科技之花

在田间地头绽放

塑料大棚，把一段鲜嫩的日子

写入了冬的篇章

老牛再也不用为耕地彷徨，

千年爬行的犁铧已退休下岗

田垄里，爷爷那把闪亮的镰刀也派不上用场

从此，家乡的这张愁眉苦脸

换上了笑颜

叹息声渐行渐远

我的乡愁，在一纸素笺里安放

故乡是被世俗的风吹瘦的
一吹再吹，老屋瘦得只剩下骨头
无论缠绵的炊烟怎么挽留
也没留住年轻人去意已决的脚步

故乡老了，拐杖也撑不动，他艰难的脚步
只好在旅途的驿站处
画上了句号，加入收缩转移的行列

那被岁月压塌的老屋，早已无人问津
生活的过往被荒草淹没
我的脚下

走失了一场盛大的农事

老了的故乡，走丢了
我只好把那湿漉漉的乡愁
在一纸素笺里轻轻安放
时常牵肠挂肚地用文字喂养

父亲的书

父亲也是个读书人

每一块田地就是一页

春天

他赶着耕牛

一犁犁，一行行

在春的希望中阅读

夏日

他挥舞着大锄

一垄垄，一行行

顶着烈日，忍着酷暑

在夏的热情里阅读

秋天时

他又挥动着一把银镰

一丛丛，一行行

弯腰曲背，汗流满面

在秋的喜悦中阅读

时光流淌，苍老了岁月

也苍老了父亲

书还是那本书

读不完，看不尽

李洁，清水河县作家协会散文部部长，呼和浩特市作家协会会员，撰写了大量介绍家乡风土人情及饮食文化的散文作品。

我在清水河等你

一

初春的草芽

总是那般蠢蠢欲动

三岔河的冰凌

被它们急不可耐地拱开

待春风时节

流凌迫不及待要涌入黄河母亲的怀抱

岔河口的壮观时刻

仅仅一天时间

二

开河的大鲤鱼只撒一把盐

出锅已鲜美无比

黄河畔的女人是讲究的

金灿灿的酸米饭盛在一只蓝边粗瓷碗里

她们的生活就是一幅油画

喝完一大盆可口的酸米汤

问女主人

可否把这只色彩古朴的大盆带走

三

夏日的石头窑洞

让燥热的心凉爽

谁说山里人不懂下午茶

酸米汤是最惬意的享受

采一掬扎蒙花

捡几把地皮菜

令豆面与油炸糕顿时

活色生香

四

县城的小街东西走向

北面依山而建的一排排窑洞

夏日凉爽舒适

冬天有热乎乎的土炕

男人们在这炕上喝酒吹牛

唾沫星子飞溅也不会被人嫌弃

女人们躺在土炕上聊聊八卦

或说一些脸红心跳的小秘密

土炕会帮你保密

五

老牛坡

记录着赤子英灵

明长城的徐氏楼和箭牌楼

留下多少历史的印迹

长城脚下的女人们

泼辣豪爽

随意移步一家窑洞

冒着热气的莜面或大碗的抿豆面、荞面饸饹

热情地犒劳你的味蕾

饕餮一顿

伴着柴火味道的农家饭

突然感觉

城市的楼房离生活是否太远

六

八龙湾瀑布

雨季也颇具气势

摇铃沟四时变幻

秀美恍若世外桃源

浑河湿地

让各种不知名的候鸟留恋

银滚山、毛台山、青龙洞山

留下神奇传说

黄河、长城于老牛湾携手

河路汉的故事

三天三夜都讲不完

柳青河古戏台与码头

鸿门口马市

来狐坡曾经的繁华

明大边边墙见证着千年变迁

黑矾沟保存完好的馒头窑

依然在讲述着清水河陶瓷

曾经的辉煌

七

我在清水河等你

春天，漫山遍野的海红花

是我热情的邀请函

初冬，紫红透亮的海红果

来不及酿酒

已醉了远方的你

李军，内蒙古呼和浩特市清水河县人，高级教师，作品多为农村题材，朴实无华，发表于《呼和浩特日报》《老年世界》、"清河创客"微信公众号。

初　夏

孕育生命的甘泉
昨晚耐不住天宫的寂寞
飘飘洒洒喜降人间

为了不影响人们的睡眠
他悄无声息
让大地在静默中接受他的馈赠

晨起
天地间，焕然一新
江山多娇，分外妖娆

遇见

柳条的秀美长发彰显风姿绰约
白杨的深绿肌肤映衬伟岸挺拔
枝头欢喜的小鸟卖弄清脆的喉咙
唱出感恩的赞歌

晨练的行人
步履稳健
偶尔长吸一口带着泥土味儿的润湿空气
惬意无比

一日之计在于晨
初夏的礼物如此厚重
抛却身后的繁杂
迎着第一缕朝阳
向有诗的远方
前行

冬

冬。

严冬。

风疾，云散。

叶归根，天地广。

蜡梅怒放，松柏傲寒。

斜阳露美艳，明月嘘冷暖。

山峦收敛绿黄，小溪默诉衷肠。

朝见朔风凌弱柳，暮观青灯映寒光。

看千变万化之自然，品五味杂陈之人生。

遇见

年

守岁。

欢言，笑语。

昼璀璨，夜斑斓。

同饮美酒，共品佳肴。

壬寅辞旧岁，癸卯接新元。

日日财源顺意，年年福禄随春。

民安国泰逢盛世，风调雨顺颂华年。

郝世裕，内蒙古呼和浩特市清水河县人，退役军人，清水河县作家协会会员，热爱诗歌和散文创作。曾多次获清水河县文化艺术成果长城奖。

童年的故乡

鸡鸣三遍

故乡，从睡梦中醒来

排排窑洞上空升起缕缕炊烟

挑水回来的父亲

拿着旱烟袋

又忙着去牛棚喂养牲畜

喜鹊站在门前的树上

叽叽喳喳叫个不停

吃过早饭的孩子们

背着书包

遇见

成群结队

走在上学的路上

春季的田野

父亲吆喝着耕牛

把脚下的土地

一垄垄翻过

播种下一家人的希望

紫外线和山野的风合谋

把父亲的肤色变成了古铜

星星闪耀的夏夜

童年的我们

坐在门前的石阶上

听老人们讲天上的故事

辨认北斗、牛郎、织女

"该睡觉了！"

是母亲的声音

她在呼唤她的雏燕们归巢

午夜，劳作一天的母亲

在煤油灯下

把孩子们的旧衣服

一件一件缝补

昏暗的灯光下

母亲慈祥的脸庞

镌刻在我的心里
变成了永恒

无情的岁月
带走了我们的童真
一个个春去秋来
我们已鬓发染霜
童年的玩伴
早已天各一方
这个世界上
最爱我的双亲
已变成了野草丛生的坟茔

无数次重归故里
却再也回不去童年的故乡

眷恋故乡
不是因为故乡有多美
只是因为
那里有我们牵挂的人
因为那里
存储了我们太多的回忆
或喜，或悲

遇见

姜俊兰，网名春花秋月，内蒙古
诗词学会会员，呼和浩特市诗词学会会
员，清水河县作家协会会员，托克托县
作家协会会员，偶有获奖。

我的故乡清水河

一条河以她的清澈明朗
给一座依山傍水的小城
标注了一个富有诗意的名字
——清水河

在清水河，最打动人心的
还是那条生生不息之河
她仿佛就是摄人魂魄的女神

每一个情窦初开的妙龄少女
总要在这条河边照上几回

据说清凌凌的河水

能照见前世姻缘

连绵不断的山脉

一生一世只钟情于一条河

盘膝而坐，默默守护

就像一对恋人

许下地老天荒

清水河的土是热的

相距十里八里的人们

见面就以亲戚相待

过路的云彩

都会感动得多掉几点眼泪

清水河的水是甜的

滋养出甜软筋道的粟米

俊男靓女们都有一副

脆生生的嗓子

他们喊一声

夕阳就会红着脸

落下山崖

清水河人的骨头是硬的

就像山沟里的石头，棱角分明

他们肩并肩，手挽手

硬生生把家乡建设得
就像城市一样
一出门就是柏油马路

清水河的风是清的
轻轻吹过来
蓝蓝的天空就会飘过
牧羊人放逐的羊群
它们低着头
咀嚼离愁

李蛟,清水河县普通高级中学教师,清水河县作家协会会员。东北师范大学硕士研究生,中共党员,市级学科带头人、教学能手。

写给清水河博物馆的三行诗

一

仰望群山
走进山上的博物馆
把山装进了博物馆

二

博物馆里有我儿时的记忆
博物馆里有我思想的历史
我如快马,时间加鞭

过见

三

你的前世今生浮现在一间间小屋里
匆匆掠过的我和你
是过客，抑或是浮云

四

我的故乡，我知道你是怎么来的
博物馆告诉我的
它是悄悄告诉我的

董金堂，文学爱好者，致力于本土文化作品创作。清水河县作家协会会员，作品多发表于"清河创客"微信公众号。

皓月在召唤

日月在不停地转动
画出了天地间的阴晴圆缺
又到了这个向往的季节
那就是斑斓的金秋

金黄色的田野里
奏响了丰收在望的音符
清风送爽
那是开镰的哮吼
明月千里
那是振兴时代的前奏

过见

沉甸甸的谷穗
香飘飘的果味
肥壮壮的牛羊
酿造出生活的美酒
也正是这个时候
迎来了中华民族的团圆节
中秋

月饼美味
瓜果飘香
流进游子的心田
传递思乡的信念
向往与家人团聚的景愿
兴冲冲
急切切
踏上了返乡的路途
看到了老屋顶升腾的炊烟
望见了家门口等候的老妈老爹
儿女们将孝心奉献
老人家擦干激动的泪眼
盘坐在炕上
围坐在桌前
举杯邀月共叙家国情缘

圆月饱含着盼望

圆月蕴藏着思念

圆月是一种寄托

圆月也是憧憬幸福的光线

让我们共举杯

祝愿天下父母安享晚年

让我们共举杯

但愿亲人朋友聚首在身边

让我们共举杯

盼望全国人民共享皓月

没有悲伤，没有忧愁

没有孤单，没有寂寞

展望喷薄欲出的宏图大业

让我们共举杯

畅饮在皓月当空的中秋夜

遇见

李劲梓，偶用笔名辛沐子，中
共党员，高级经济师。在工作之余
写些小文章，偶有作品见于报刊。

清水河印象

山

开门见山，
是你坦诚的个性吗？
把真实的自己，
主动介绍给远方的客人。

山不在高，
是你谦逊的品质吗？
在山的族谱中，
总是籍籍无名。

清水河的山哟，

沟沟壑壑，

交错叠翠，

从远处缓缓走来，

向远处缓缓而去。

水

上善若水，

是你心中的追求吗？

收纳着无数路人，

欣赏你的眼神。

从善如流，

是你宽容的性格吗？

稳健的脚步，

从小城中穿过。

清水河的水哟，

没有瀑的声势，

没有湖的浩渺，

生活中有了流动的乐曲，

生命中有了不竭的源泉。

桥

星桥火树，
是你时尚的容颜吗？
你用五颜六色的灯光，
点亮小城的夜。

曲身为桥，
是你奉献的品格吗？
默默地承受着，
多少人奔赴小康的脚步。

清水河的桥哟，
粗犷地横空穿过，
细腻地逶迤前行，
山与山不再陌生，
岸与岸不再对峙。

老牛坡

一枚藏在鸟窝里的印章
翻开了一段晋绥人民斗争的历史
一个返乡的热血青年
点燃了老牛坡人民革命的火炬

老牛坡啊

三个人的党支部

却引来了多少升小米、多少双布鞋

走到了抗战的一线

老牛坡啊

多少次火烧、围剿

都阻挡不了

争取和平自由的脚步

老牛坡党支部啊

你是一根火柴

在暗无天日的日子里

划开了明亮的霹雳闪电

老牛坡党支部啊

你是一粒火种

在受人压迫的旧中国

点燃了熊熊的革命火焰

老牛湾

黄河因九曲而闻名

你定是她弯弯曲曲里

最美丽的那一笔

黄土因皱褶而闻名

你定是她万千沟壑中

最艳羡的那一画

传说中的老牛湾
从天上而来
带来了先进的耕耘技术
把人类文明一次次向前推进
生活里的老牛湾
不言不语
展现着大自然的鬼斧神工
把幸福生活分享给热爱生活的人们

老牛湾啊
你是在告诉我
生活哪有不弯的路
曲折处，或许会有
更好的风景

老牛湾啊
你是在告诉我
人生哪有不弯的腰
低头时，也许就发现
最初的心

董科，内蒙古呼和浩特市清水河县人。清水河县作家协会会员，擅长近现代诗、散文，作品《老街旧巷》获第五届清水河县文化艺术成果长城奖，作品多发表于各大网络平台。

背　影

父亲从我旁边缓缓移开
不知过了多久
才出现在我的远光灯前
母亲搀扶着他
两个背影摇摇晃晃
像被秋风推攘着往前走
隔着厚厚的玻璃
他像一张被丢弃的报纸
任风雨摆弄

一个魁梧的男人

竟脆弱到连土地都不接纳

他的双脚

把他的背影撕扯成

这夜里最糟糕的影子

像落叶一样自由

沿着落叶堆成的老路

他在寒风里缓缓移动

深秋的乡间小路

像是没有尽头的幽谷

粗重的喘息时刻在空气里回荡

忽远忽近，忽近忽远

消失在山间的浓雾中

山下这小小的院落

这几年父亲在来回盘旋

很难想象一个四肢健全的人

被命运撕扯成一个东倒西歪的人

遇见

我总是看着泥土里深深浅浅的脚印
悄悄拍下照片留在记忆深处
生怕这一年又一年的落叶后
这脚印再也看不见
这受制于身体的自由
随落叶不知所终

张军，内蒙古呼和浩特市清水河县人，清水河县作家协会会员。曾获清水河县文化艺术成果长城奖。

乡　愁

乡愁是什么
乡愁是山间那坑坑洼洼的羊肠小道
乡愁是家乡那永不干涸的老井和辘辘把
乡愁是坝圪梁梁上几孔破旧不堪的窑洞

乡愁是什么
乡愁是故乡飘动的朵朵白云
乡愁是游子淡淡的思念
乡愁是儿时美妙的记忆和忘不了的同伴

乡愁是什么

遇见

乡愁是喜怒哀乐悲欢离合

乡愁是你陪我长大，我随你变老

乡愁是承载越来越多的故事而听故事的人却越来越少

王文燕，女，就职于清水河县乌兰牧骑，是一名红色文艺轻骑兵。热爱文艺，热衷诗歌、散文创作。

秋之浓

转眼已是深秋，

秋雨绵绵如音符洒落，

轻抚陈年瓷窑，

划过山沟秋叶，

深入黄河湾，

让那大山换了容妆。

夏季大自然给予了她娇艳，

而秋季呢，却让她多了份柔美，

让人静静地，慢慢地赏析，

一阵清风传递秋天奏响的旋律。

它又像画家最后的泼墨，

遇见

让秋日画卷色彩更加浓郁，
轻轻地，柔柔地，
画入你的心里。

吕青沄，内蒙古呼和浩特市清水河县人，中共党员。爱好古典律诗词、散文。

赏　雪

塞外小城，杨柳青青，翠鸟鸣枝。

感四月飞雪，生当罕见！

山裹银装，嫩草雪滋。

小河吻化，桃李重开，

醉美雾雪杨柳丝。

情矗立，托双手落雪，沁人心脾。

轻盈蝶舞花袭，

似飘来音符漫天诗。

吟丰年瑞雪，硕果累累；

人民富康，丰衣足食。

遇见

山城丽景，虹桥九架，
楼鳞栉比窑洞昔。
迷夜景，步滨河两岸，华灯彩霓。

刘赞功，中共党员。清水河县作家协会会员。作品荣获第六届、第七届清水河县文化艺术成果长城奖。3年多来，发表各类文学作品近500篇，共计40余万字。

秋雨即景

白露为霜，
树叶渐黄。
陡然间天高气爽，
秋行将离去渐行渐远……

一场场秋雨轻轻洒落，
静谧夜色中雨声悄然响起，
犹如岁月与我的激情相伴，
在空中穿梭回荡。

我独自坐在窗前写诗，

遇见

静静地倾听那雨声如诗。
诗雨竟神奇地跃然纸上，
我不禁抚卷长思……

夜并未沉睡，
窗外仍在滴滴答答，
那便是明天在召唤，
我忙数那逝去的流年……

倏忽间我站立起来，
凭窗而立，
静静凝望窗外，
那雨中即景。

雨水滴滴答答，
敲打着窗户的玻璃。
那清脆悦耳的声音，
宛如一首昂扬的乐曲。

我打开窗户，
闭上双眼。
任凭雨珠滴在脸颊，
滑过时竟那样清凉舒适……

郝娜，内蒙古呼和浩特市清水河县人，新闻专业出身，曾供职于内蒙古教育杂志社。作品偶发于《呼和浩特晚报》《内蒙古教育》《文苑》等。

乡关何处　归去来兮

带你回到我的出生地
原来的小山村早被夷为平地
五六岁时我画在墙上的小姑娘
不知道变成了哪片瓦砾

带你回到我的祖籍地
跟你指出十岁的我曾躺在羊圈外的
哪根木头上
清晰看到银河的踪迹
又指出哪一孔窑洞
曾走出我的奶奶

遇见

从手里的蓝布兜
取出一块珍藏太久而结块的红糖
递到我手里

带你感受一进门就扑面而来的
亲人们的爱意暖意
告诉你哪张面孔对应着哪个称呼
那种不因多年未见而减损分毫的情意
随着自家种的柿子、南瓜，自家酿的蜂蜜
一起回到我们家里

这是乡野，是故土
是祖先世代耕作又长眠之地
走得再远也记得回来寻觅

张健，内蒙古呼和浩特市清水河县人。先后在清水河县城关镇小学、初中、高中上学，后考入内蒙古大学汉语系，毕业后考入内蒙古大学历史系，现在清水河县工作。

父爱如山

都说父爱如山
父亲用他那雪白雪白的头发
诠释了一生都在思考家族的前途命运
为了使全家人沿着正确的方向前进

都说父爱如山
父亲用他那炯炯有神的双眼
努力地看清这个世界
为了使全家人能够把人生顺应

都说父爱如山

父亲用他那略微溜溜的双肩

诠释了一生都在为儿子挑起重任

为了使儿子大步流星轻松前行

都说父爱如山

父亲用他那略显干瘦的脊背

诠释了一生都在为家里遮风挡雨

为了全家人免受风尘

都说父爱如山

父亲用他那厚实强壮的双手

诠释了一生都在扛起家里的全部重担

为了使全家人幸福喜庆

父亲所做的一切

只有岁月的年轮知道

当你读懂了父亲

也就读懂了人生

后 记

　　《遇见》是一本为清水河县广大作家协会会员和文学爱好者出版的文学作品集，与《流向大海的河》相比，《遇见》征集的稿件不只限于"清河创客"微信公众号上发表的作品，其目的是扩大征集范围，将更高质量的作品征集进来，从中选择更优的作品收入作品集。

　　《遇见》征稿的第二个特点，就是控制了作品征集的数量。还记得在征集《流向大海的河》的稿件时，由于初次出版作品集，缺乏经验，征集的稿件数量巨大，我们对每一篇作品都经过认真审读筛选，耗费了大量的时间和精力，给编辑工作造成了麻烦。所以，这次开展《遇见》的征稿工作时，吸取了上一次的经验教训，征集的作品数量不足上次的一半。作品数量少，编辑的工作量是下降了，但是稿件选择范围也相应小了很多，以至于有的作品因质量或内容不符合出版规定，缺乏选择余地，几易其稿，影响了定稿，致使向出版社交稿时间一拖再拖。

　　在编辑过程中，我们按内容分工，各负其责，尽心尽力，圆满完成了各自的工作任务。我们在工作中体会颇深，普遍认为投入很大的精力，特别是编辑过《流向大海的河》的工作人员，认为《遇见》投入的精力更多，对作品的修改力度更大。一方面，体现了作品在质量方面还有一定的提升空间；另一方面，也体现了我们认真负责的态度。总的来说，我们的辛苦不会白白付出。有付出，必有回报。相信《遇见》出版后，在整体质量上会更上一层楼。

当然，我们虽然花费了大量精力，但投入的改稿时间和开展改稿的次数毕竟有限，这就会在一定程度上影响到作品及成书的整体质量。再加上我们本身水平有限，疏漏和错误在所难免，望广大读者能够理解和包涵。

编者

2023年12月30日

微信扫码

☑走进作者 ☑有声阅读
☑诗歌朗诵 ☑文化活动